河岸忘日抄

I

海にむかう水が目のまえを流れていさえすれば、どんな国のどんな街であろうと、自分のいる場所は河岸と呼ばれていいはずだ、と彼は思っていた。明け方に降りた露がからまって草々がしっとりにおいたつおだやかな小川のほとり、石とコンクリートで無機質な護岸工事がほどこされた都市の川べり、亜熱帯の半島の、生活排水と汚水がまじったなまあたたかい大河にかかる桟橋、向こう岸が見えないほど幅があってもう海と区別のつかない大陸の河口。歩いていても立ち止まっていても、水は彼に音のあるめまいを引き起こし、視線を下流へ下流へと曳航《えいこう》していく。その先になにがあるのかを教えてくれる者は、誰もいない。知りたければみずからの足で確かめればいいのだが、どの河のどの河岸と特定しなければ、流れの先の風景など結局は想像の埒外《らちがい》に置かれてしまうのではないか。いま彼は、その埒の外に置かれた河岸にいる。そう、ただ河岸にいる、とだけ言っておこう。水が水自身を持ち運ぶように、彼は彼自身の河岸を自由に移動させるのだ、現実のなかだけでなく、地上からは見えない暗渠《あんきょ》のなかにおいても。

*

ところが、幸か不幸か、彼の河岸はいまかりそめの停泊を余儀なくされて、どこにも動こうとしない。全長一八・四〇メートル、幅三・九八メートルの可動式河岸。居場所を固定しないための唯一《ゆいいつ》の方途は、移動のできる河岸を所有することだ。どこにでもあってどこにもない彼の河岸は、二、三人ならじゅうぶん快適に暮らせる設備の整ったこの船と同義になる。両側に窓があって光がふんだんに射《さ》し込み、チーク材の重厚な調度のかわりに足の細いすらりとしたシルエットの家具が揃《そろ》えられているリビングは、天井が低いのになかなか広く見える。中央には高さを抑えた樫《かし》の木の、横にひょろりとながい棚があって、大小さまざまな書籍とLPレコードとCDが几帳面《きちょうめん》にならべられ、その隅には飴色《あめいろ》の艶《つや》が出てきた旧《ふる》いワインの木箱に板を渡しただけの棚があり、かたちのよい音響機器が収められていた。キッチンわきの階段を下りると、主寝室と予備室、そしてトイレとシャワーが隠されている。電話もテレビもある。河岸での暮らしは、だから灰緑色によどむ水に湿った夢想でも仮想でもなく、彼にとってはきちんとした重みのある現実になろうとしていた。

＊

あれもこれも、ぜんぶ好きに使ってくれたまえ。そう言って停泊中の船を貸してくれたのは、若いころ南フランスの運河でひろくワイン樽《だる》の運搬を手がけて富をなし、ここからも車で走ればそう時間はかからない界隈《かいわい》にある広壮なアパルトマンへと人生の河岸を変えたひとりの老人なのだが、耳が不自由になりかけているその人物と連絡を取りあうために、そして河岸でぼんやり日を忘れるという自身が課した仕事のために、この船にはどうしても足りない文明の利器があった。入居して、いや、乗船してまもない春先の一日、雨のなか彼は風邪気味の身体《からだ》を押して街へ出ると、何度か足を運んだことのある文具と事務機器の専門店に入った。品数が少なく、あれこれ悩まなくてもいい理想的な店だ。ファクシミリですか、どれをお選びになろうとご自由ですが、個人的にはインクジェット式をおすすめしますね、このモデルなら留守電機能付きでもそれほど高価ではありませんし。そんなふうに説明してくれるピンクのワンピートスを皮膚に張りつけた恰幅《かっぷく》のいいおばさんの、説明ではなく濃い眉《まゆ》にひっかかっているい白い糸くずみたいなものが気になって、彼は必要以上に相手の目を見つめてしまう。あわてて視線を逸《そ》らした大ガラスのむこうの通りでは、雨がいっそう激しさを増していた。数時間後に送られてくる大切な電子文書を、彼はこの船の隅で受け取らなければならないのだ。帰りの時間と設置の手間を考えれば、もうほとんど余裕はなかった。

*

わかりました、留守電機能のないモデルですね、念のために使い方をご説明しておきましょう。おばさんはまずコピー機能をたしかめるためにインクカートリッジを取りつけ、陽に焼けて黄ばんだタイプ用紙をフィーダーに差し込んでから、領収書を一枚べつの口に挿入して、緑色のスタートボタンを押した。その緑色のボタンに彼女の人差し指についていたカートリッジのインクがたっぷりした指紋をつくるのを彼の目は見逃さなかったが、なにしろ急いでいるので余計な口出しはしまいと自分を抑えた。ところがいったんスキャナー部分で読みとられるはずの薄っぺらな領収書が彼女のぞんざいな手つきのおかげでくしゃくしゃと折れ、まるまりながら飲み込まれて、エラーメッセージとともに機械の動きが止まってしまったのである。紙のサイズがあわないとたまにこうなります、ああ心配はご無用ですよ、と彼女はにこやかにカバーを開け、かすかにのぞいていた白い紙をピンセットでちびりちびりと引き出そうとするのだが、やはり見かけ以上に雑な手つきなのだろう、一部分だけちぎれてさらに始末におえなくなる。ようやく残りが引き抜かれて作動すると、今度は印刷された紙に細く黒い線が走っていた。あわてまいあわてまいと胸に言い聞かせて、あの、読み取り器のガラスかなにかが汚れてるんじゃないでしょうか、と彼は建設的な意見を述べた。

＊

あわてていないのは、しかし彼ではなくおばさんのほうだった。よくあることです、と彼女は平然と言い、特別な薬品が塗布されているらしい使い捨てのクリーニングペーパーを棚から取り出すと、開封するなり掛けていた眼鏡のレンズを拭《ふ》いて彼を絶句させてから、二度、三度とスキャナー部分にその特殊な紙を通し、四度目にやっと曇りなく印刷された紙を手にして彼に差し出した。ほら大丈夫でしょう、汚れがひどくなったらこれを使ってください、眼鏡もきれいになりますよ、でも、先に眼鏡を拭いておくことが肝心です、口を拭いたティッシュで誰が眼鏡を掃除しますか？　と彼女は微笑んだ。ところで、箱はどうしますか？ 雷鳴に怖《おそ》れをなして最後の台詞《せりふ》を聞き洩《も》らしたように思った彼は、ゆっくりと問い返す。箱？　ええ、箱です、お車でいらしてるんですか？　歩きです、と彼は冷静に応《こた》える。じゃあ、箱はないほうがいいでしょうね、抱えて歩けるよう包んで差しあげますから、そこでお待ちなさい、と彼女はなぜか女医の口調で命じた。こうして彼は、エアパックもなしにただビニールの大袋を二重にしただけの、雨に滑って転べばそれで終わりという簡易包装の事務機器と、五百枚入りの重いコピー用紙の束を抱えて、土砂降りの通りへ飛び出したのである。

*

ばかな話だ、と彼は思う。頼りにしていたタクシーは待てど暮らせどあらわれず、いちばん近い地下鉄をつかって乗り換えになる郊外線は事故で一部区間が不通になっており、その一部区間にふくまれる駅まで移動するつもりでいた彼はやむなく路線番号が三桁《けた》の郊外バスに切り替えたのだが、ようやくつかまえたそのバスも折り返し所止まりで、結局、中途半端《はんぱ》な場所から雨のなかをたっぷり三十分以上歩く羽目に陥ったのだ。あてにならない交通機関に悪態をつきながら息を切らして帰ってきたこの異国でのあたらしい住処《すみか》が、重油を抜いて動けなくなった船だなんて。おまけに、濡《ぬ》れた髪を乾かしもせず取りつけたファクスが最初に受信したのは、そのために駆けてきた仕事の書類ではなく、船を管理している業者からの、家具調度の現状明細書を追って郵送するからなるべくはやいうちに記載事項をチェックし、署名したうえで返送していただきたい、という業務連絡だった。居住用に改造された船は家具つきの部屋とおなじ扱いになるため、入居時の状況をすべて点検しておかなければならない。備えつけの家具や調度を自由に使うことと、毀損《きそん》した場合にそれを弁償し、退居時に原状回復しておくことは表裏の関係にあるのだ。しかし彼の目は、ワープロで整然と打たれた文面よりも、業者が送信票のロゴに採用している鮫《さめ》の姿に惹《ひ》き寄せられていた。四角い枠のなかで窮屈そうに身体を曲げているその鮫の影絵のような画像と、この河岸へやってくる数日まえに歩いていたべつの河岸の古書店で掘り出し、眠れぬまま三分の二まで読んだ文庫本の表紙が、瓜《うり》ふたつだったのである。

＊

ディノ・ブッツァーティ『K』、ジャクリーヌ・ルミエ訳、リーヴル・ド・ポッシュ、二五三五番。親本が一九六七年にロベール・ラフォン社から刊行されているこの短篇集を、彼はその年から本格的に欧州で流通しはじめたあたらしい通貨で買った。

来るべき文書を待ちながら、鮫を横目に表題作を読みなおす。主人公は、ステファノ・ロイ。父親が遠洋航路の船長で、ステファノ少年は、その立派な客船に乗せてもらう日が来るのをずっと楽しみにしていた。夢がかなったのは、十二歳のときだ。少年は昂奮《こうふん》して船乗りたちにいろんな質問を投げかける。そして、ふと船尾に目を移したとき、後方二、三百メートルのところに黒い影がうごめいているのを発見する。影は船を追ってくるようだ。少年はその影に魅入られて、甲板から動けなくなる。心配した父親が、なにをしてるんだ、と息子にたずねる。澪《みお》にときどき黒い影が見えるんだと息子は説明するのだが、父親にはなにも見えない。しかしあまりしつこく言うので望遠鏡を取り出してのぞいてみると、たしかになにものかの影が走っていた。父親の顔から、さっと血の気が引いていく。どうしてそんな顔してるのと不安がる息子に、父親が言う。いいか、船を追ってきたのは、ただの生き物ではない。世界中の船乗りが怖れている、Kという化け物みたいな鮫だ、と。

＊

円窓の外の、雨で嵩《かさ》を増して茶色く濁った水の流れに彼は目をやる。平底船の横腹をくりぬいた窓からそんな流れを見つめていたことが、ずいぶんまえにもあった。山あいの地方都市をふたつに分けている河の、中の島の一角に繋留《けいりゅう》されていた船上レストラン。満席だったテラスをあきらめ、キャビンで淡泊な鱒《ます》のフライとビールを味わいながら、静止しているのかどこかへ運ばれているのか、それともただ酔いがまわっただけなのかわからなくなって、まわりの客がみな帰ったあとも惚《ほう》けたように窓のすぐ下の水のきらめきをながめていたのは、十数年まえの話だ。あのときといまと、なにが変わり、なにが変わらずに残っているのか。自分はこう変わった、こんなふうに成長した、と第三者のまえで堂々と口にできる人々が、彼にはひどくうらやましい。いや、正直に言えば、疑わしいとさえ感じることがある。彼のなかにはだらだらと切れ目なくつづく日常があるだけで、日々の流れの幅がひろくなったりせまくなったり、あるいは勢いが増したり減じたりすることはあっても、そのあいだの変化を明確に言葉にすることなんてとてもできないのだ。何年かぶりに会った友人たちから、おまえは変わっていないなとあきれ顔で言われるたびに、どう反応していいのかわからなくなる。顔も、服装も、歩き方も、やってることも、むかしとまるきりおなじじゃないか、と旧い友人たちは茶化してくれる。ならば彼らのなかで変わったものは、なんなのか?

とはいえ、彼は移動している。移動しようとしている――繋留された船に乗って。でも、いったい、どこへ？

＊

現存艦隊、という物騒な言葉が彼の頭に浮かんでくる。戦略上存在するだけの、架空の艦隊。見えざる海の、いついかなる場所にも出現可能で、危険海域を敵方に想定させることによって意気をくじいてしまうまぼろしの船団。彼方《かなた》を目指し、けっして帰還を考えない虚構の船たち。ポール・ヴィリリオの本で覚えた軍事用語だが、この形而上《けいじじよう》的な持ち駒《ごま》によって、移動の概念がすっかり変わってしまったとヴィリリオは述べていた。大陸を、海を、都市を、河岸を通過していく距離の踏破が問題ではなくなって、時空のどこにも目的地がないような移動が生まれる。だからといってなにがしかの衝突が回避されるわけではないのだけれど、ここではないどこかへの、どこでもない海域への航行の夢が、現存艦隊の一語に集約されているのだ。この本を読んだあと、少しでも速く移動する術を追求した結果、進むべき方向性が消え失《う》せてしまうのであれば、速さの行き着く果てにあるのは要するに不毛な静止であり、しどけなく流れていく日々は、いまだ形而上の世界で身動きができないところまで堕《お》ちていないぶん真っ当ではないか、と彼は考えたものだ。戦力に数えられていない船のなかで速度と方向を消失させる危険性のあるものは、いまのところファクシミリだけである。Wを三つならべる電子の網の目がもしこの船に導入されれば、振幅の度も増していくだろう。日々の実践とは、もしかしたら大きな力によって現存艦隊に組み入れられるのを、拒みつづけることかもしれない。

＊

Wではなく、海の怪物Kの話だった。そう、ブッツァーティの短篇は、平板な日常を引き裂く心のなかの現存艦隊が、なにかの手ちがいで戦場に出てしまったような物語なのだ。いったん狙《ねら》いを定めたら、Kは何年も何年も、必要とあれば一生かけても獲物を追いかけてくる。不思議なことに、その姿は来るべき犠牲者とその家族にしか見えない。つまりステファノがいずれ命を奪われることは、避けられない運命なのである。だから父親は、息子の具合がわるくなったと偽ってただちに船を港に戻し、船乗りになる夢はあきらめろ、今後はぜったい海に近づくなと言い聞かせる。父親の命令で、ステファノは港から何百キロも離れた内陸部の学校にやられるのだが、毎夏、帰省のたびに、どうしても海を見に行かずにはいられなかった。港に立つ彼の、二、三百メートル沖合で、あの化け物がゆっくりと遊弋《ゆうよく》し、こちらを見ているのだ。どんなに離れていても、海であいつが自分を狙っている。その恐怖が、彼にとりついて離れなくなる。

*

たっぷりした水を切って、土砂を積んだ現役の平底船が上流へ向かっていく。波がこちらに打ち寄せて、足もとから切れ目のない揺れが伝わってくる。ブッツァーティの短篇を読み返す彼の頭からも、いよいよKの影が離れなくなる。ステファノ少年はこの先どうなるのだろう。するとだしぬけに、コロンブレという音が耳もとで響く。そうだった。おなじ話を彼は以前、母国語で読んだことがあるのだ。怪物はそこで、たしかコロンブレと呼ばれていたのではなかったか。Kとコロンブレでは、あまりに印象が異なる。前者からは東欧の香りを、後者からは奇妙にも明るい宴《うたげ》の音を彼は連想する。そして、前者のほうがより好ましい、と感じる。

＊

数日後、彼はそのあらすじを、船に遊びに来たひとりの少女に話してやる。ステファノはまじめな子だったんだよ、とまるで少年の知己ででもあるかのように彼は言う。勉学をつづけて、大きな会社に就職もするんだ。父親が死んだあと、母親は立派な帆船を売り払い、おかげでステファノにもかなりのお金が入ったので、しばらくは好き放題に暮らすことができた。けれど、どんなに楽しもうとしても、あの怪物の存在が頭から離れなかったんだ。そして、二十二歳になったとき、ステファノは仕事も友人もぜんぶ棄《す》ててふるさとへ戻り、自分は船乗りになる、と母親に告げたのさ。それからどうなるの？　少女は彼が焼いたクレープを口に運びながらつづきを要求する。息子の決心を喜んで受け入れたんだよ。じゃあ、おかあさんはKのことを知らなかったの？　たぶんね、知らなかったと思うよ、むしろお父さんの跡を継いでくれて感謝したんじゃないかな。ステファノは経験を積んで、恥ずかしくない船を買い、船長になる。背後にKを引き連れて、世界中の海をまわるんだ。もちろん仲間は誰ひとりそれに気づかない。

＊

ステファノ船長は、ある日、もう胸のなかの現存艦隊に苦しむのはやめようと、たぶんそう考えたのだろう。少年はいまや、引退まぢかの老人になっている。彼は、自分が変わったことを明瞭《めいりょう》に意識したのである。漫然とつづく日常に後もどりできない衝撃を与える要素のひとつは、老いなのだ。少女と話しながら、彼は頭の隅でそんなことを考えている。目的地のない航海は、老いとともに特定の岸にたどり着く。ステファノはもう船に乗ることができない。かといって陸にあがり、安楽な暮らしもしたくない。Kに象徴される海の深淵《しんえん》が、いよいよ彼を惹きつける。そこである晩、全幅の信頼を寄せている部下を呼んで、秘密を打ち明ける。わたしたちはともに老いた、これ以上待たせるわけにはいかない、わたしはあいつに身を委《ゆだ》ねる。そう言い残すと、老船長は三日月に照らされた海へボートでこぎ出して待った。ほどなくして、Kがあらわれた。おまえに身を任すことにする、と覚悟を告げたステファノに、Kが応える。貴様はなにもわかっていない、おれが貴様を追いかけてきたのは食うためではない、海の王からのあずかりものを渡すためだったのだ。Kはながい舌を出して、それを持つ者に富と力と愛と心の平和を与えると伝えられてきた、大きな真珠を差し出す。なんということだ、とステファノは嘆く。つまらない勘ちがいからおのれの人生とKの一生をだいなしにしてしまった。Kは暗黒の海に消え、二度と姿をあらわさなかった。二ヵ月の後、大波に運ばれて、小さなボートが暗礁《あんしょう》に乗りあげた。漁師がそれに気づいて近寄ってみると、なかに白骨死体が座っていて、指骨のあいだに丸い石が握られていた。

＊

いまの話を聞いていて、思い出したことがあるの、と少女が言う。『イソップものがたり』で読んだんだけど、話していい？　もちろん、と彼は椅子《いす》に座りなおして少女の眼を見つめた。あのね、狩りが好きでとても勇敢な息子が、ライオンに食べられちゃう夢を見たお父さんが、ほんとに食べられたらいけないと心配して、頑丈な塔を建てて、そのうえに息子を閉じこめるの、外の世界に出なくてすむようにって。そして息子の好きな動物の絵をたくさん描かせたの。ライオンの絵もあったのよ。ある日、退屈でしかたないから、ライオンめ、おまえのせいでぼくは外に出られないんだ、って怒った息子が絵をばんとたたいたら、その下に出ていた釘《くぎ》が爪《つめ》のあいだに刺さって、ばい菌が入って、それがもとで死んじゃうの。どう、船長さんの話と似てない？　予想外に骨のある内容に彼は呆然《ぼうぜん》として、それで終わり？　と少女にたずねる。うん。息子が死んだところで、ぽんと終わるんだ。そう、それでおしまい。なるほど、たしかに、似てるね。

*

午前五時。先日受け取ったファクスの回答を徹夜でしたため、明け方無事に送信したあと、彼は珈琲《コーヒー》を淹《い》れて、デッキに掛けられている寒暖計に目をやる。気温一五度、湿度五〇パーセント、気圧一〇二三ミリバール。風もほとんどなく、河岸は平穏だ。水位が平常に戻った淡水の海には、Kの姿もない。

2

薄い意識のむこうから強弱のある音の連なりが耳もとへ滑り込んでくる。船体にあたる水の音でもないし、振動をともなう機械音でもない。耳栓でもしているみたいに籠《こ》もっていたその連打音はしだいにくっきりと像をむすび、まだ脳との連絡がうまくとれていない内耳を心地よく打ちつける。芽吹きはじめた土手の木々が大きく枝をのばしてちょうど緑の屋根のようにデッキを覆《おお》っているので、それに濾《こ》された光しか入ってこないのだが、眠りから覚めようとする彼の視覚にはそれすらひどくまぶしい。目覚めにともなって、音は陽光とおなじようにどんどん強度を増していくのだった。

＊

このところ、朝になるときまって、おばあさんが大切に着ていたチョッキを解いて編みなおしたような色あいの黄色い毛糸の帽子をかぶった男が、対岸の遊歩道にもうけられたベンチに腰をおろして太鼓をたたいている。何十メートルも離れた人間の手の色など正確に見分けられるはずはないのだけれど、これまでにもなまあたたかい腐臭のする地下鉄の通路や夕暮れの公園で、胴体の赤い、対岸の男のものと形がそっくりなボンゴを打ちつづけている路上演奏家たちに幾度か出会ったことがあり、彼らはかならずといっていいほど大きな手とよくしなるながい指をしていたから、たぶんあの男も、そういうなめした革のような艶《つや》と弾力のあるてのひらをしているだろう、そして一日のうち何時間かは、どこかひと通りの多い場所でその腕前を披露しているにちがいないと思ったのだ。はじめはさすがに驚いたが、ちょうど目を覚ますころあいに響いてくるその小気味のいい打楽器の音を、彼はしだいに待ちのぞむようになっていた。

*

しかし醒《さ》めきらない彼の意識は、またあの運命に逆らうことのできなかったステファノへとむかう。Kへの投降をもっとはやくに決断していたら、あるいはKと相対してその真意をただす勇気を持っていたら、贈られた美しい珠《たま》は石に化けたりせず、その後の安楽な暮らしを保証してくれただろうか。海の怪物につけねらわれていると知って以来、生涯の終わりまで頑として逃げつづけたステファノは、結果はともあれその持続において強い人間だったと言えるのか、それとも相手の目的をついに理解できなかったことにではなく、最後の最後に自分が愚かだったと断じてしまった点において弱い人間だったのか。Kとステファノの物語が彼を惹《ひ》きつけてやまないのは、両者のあいだにというより、ステファノと世界のあいだに張りめぐらされた磁力線の方向であり、追われている男、もしくは追われていると勘ちがいしていた男のなかの、意志のありようだった。勝ち負けの問題はべつにして、意志を介して世界とかかわるとき、弱さや強さはどんなふうにあらわれるのか。意のままになる。意のままにならない。前者なら強くて後者なら弱いとするのはあまりに図式的だと、目覚めの水面に鼻先が出そうなところで彼は思う。意識の靄《もや》のなかで思考の中枢《ちゆうすう》をかろうじて刺激してくれるのは、先ほどから響いている打楽器の音だ。点から点へ、男のてのひらから放たれたその乾いた音は、どこにも反射しないでまっすぐ彼の耳へ届く。走るよりも速く、叫ぶよりも強く、なにかのメッセージが運ばれてくるようにも聞こえるのだが、彼にはまだそれがつかめない。*p. ff. f. ff. ff. p. p. f. ff*——。長短の差にはついていけても、強弱が相手の意志なのか、それともこちらの寝ぼけた神経のせいなのかが判断できないのだ。長短だけなら、トンとツーだけなら、それなりの意味を読みとることができるはずなのに、蠟燭《ろうそく》の炎の大きさと明かりのようにはふたつの差異の連繫《れんけい》がうまくいかず、耳もとでむなしく立ち消えてしまう。

＊

風にあらがいながら蠟燭に火を灯《とも》し、熱い鉱泉が薄く底を浸した空間を、ロシア生まれの詩人がそれを消さないよう幾度も往復するという映画の一場面を、彼は脈絡なく思い浮かべる。イタリアのおだやかな丘陵地帯にある聖堂で、心臓を病んだこの詩人はひとりの男と出会う。おのれのことばかり考えず、家族のことだけを考えず、もっと多くの人間を救おうとするべきだったと語るそのいくらか頭のおかしい男の言葉からなにかを得て、詩人は取り憑《つ》かれたように炎の受け渡しを試みるのだ。あと一歩で宗教的な祭儀に到達しそうなその行為と胸のうちにしまわれた故郷の村の光景がしだいに重複して、自身の記憶と過去の情景にばかり目をむけるあのノスタルジアという一種の弱さがこのうえない強さに転換されていくさまを、若い日の彼は、字幕のついた劇場で食い入るように見つめていたものだ。眠りに入るまぎわや目が醒める直前の白濁した意識のなかで、なぜかときおり、彼の脳裏にあの蠟燭が灯る。びちゃびちゃという水の音と詩人の吐く息だけが聞こえるあの場面に、いまあらたに打楽器の響きが加わり、さらに海の怪物の姿が寄り添う。Kは生き物というより、人間の弱さを弱さのまま強制終了させてしまう神の装置だったのではないか。そして、船の書棚に見出《みいだ》したその映画作家の、封印された時に関する考察の一章を、彼はゆっくりと読み進める。

＊

「『ノスタルジア』において追求したかったのは、〈弱い〉人間という私のテーマだった。〈弱い〉人間とは、外見的な特徴からは戦うひとのように見えないけれども、思うに、この人生の勝利者なのである。すでにもうストーカーがある独白のなかで、唯《ゆい》一《いつ》まちがいのない価値であり人生の希望だとして、弱さを擁護していた。私は実際的な方法で現実に適応しえない人々を、つねに愛してきた。私の映画にけっして英雄は登場してこなかったが、強い精神的な信念を抱き、他者にたいする責任をみずから負う人物たちはいた」（アンドレイ・タルコフスキー『封印された時間』、アンヌ・キチーロフ＆シャルル・H・ドゥ・ブラント共訳、レトワール社／カイエ・ドュ・シネマ社、一九八九）

＊

現実に向きあい、ときにはそこに加担し、ときにはそこから退く技を、ひとはしばしば処世術と呼ぶ。他者にたいする善意の目配せをつねに目配せだけに終わらせ、自分を追いつめないこと。そういう身のかわし方がこの流派の最良のかたちだとするなら、彼はそこからもっとも遠いところに立っていた。弱さとは、映画の末尾近くで演説しながらおのれの身体《からだ》に火を放ったあの男のように、おそらく他者への思いやりが自分をほんの少し自分でない方向へずらし、どこかべつのところへ追いやっていくような足場の組み方しかできないことではないだろうか。しかもそのずれは、ほとんど修復不可能である。弱さを引き受けた者は、たえず増幅するそのずれを取り込んで、なけなしの自分を支えていかなければならない。裏と表の使い分けをどうしても体得できなかったせいだろうか、灯油をかぶって火に包まれるほど「他者にたいする責任」を引き受けるのも行き過ぎだとするのが彼の立場だった。なぜその中間に立つことができないのか。あいだに身を置くのは責任の回避では断じてなく、誰にもそうとはわからない微妙なしかたで責任を取ることなのだ。ブッツァーティの主人公が滅びの道を歩まずにすむためには、そんなふうにとても「強い弱さ」を育てていくしかなかっただろうと彼は思う。

＊

ボンゴの音に河岸の道路を走る車の騒音がまじりあう。閉鎖されたセメント工場と土砂を運ぶ平底船の繋船ドックが下流にあるきりで、あとはしだれ柳が影をつくる土手しかない河岸の周辺は、昼間のほうがじつは静かだ。枕《まくら》もとの時計で時間を確認して彼は重い身体を起こし、しばらくその格好で頭に血のめぐるのを待ってからキッチンにあがった。川面《かわも》に雲の影がすうっと伸びて一瞬暗くなったところを、水鳥が一羽よぎっていく。太鼓たたきの帽子はいつもとおなじあの芥子《からし》がかった黄色だ。いったい、あの男はどうやって暮らしを成り立たせているのだろう。自分のことを棚にあげて、彼は余計な心配をする。そして心配をするだけで、水という障壁があるのをいいことに、小銭ひとつ投げようとしない。他者にたいする責任は金銭に還元されないし、強さや弱さは、目に見えない政治的な権力とも、目に見えるかたちでの生活苦や自己卑下とも関係がないはずだ。ロシアの映画作家は、こうも書いていた。「人間の弱さが魅力的だと述べるとき、私が念頭に置いているのは、このような外部にむけた個の拡張の欠如であり、人々にたいする、もしくは人生全般にたいするあの攻撃性の欠如であり、あるいは個人的な目的を実現するために他者を服従させようとする傾向の欠如なのだ。ひとことで言えば、私を惹きつけるのは、物質主義的なルーティーンに抗して立ちあがろうとする人間のエネルギーなのである」と。ずいぶん難しい言いまわしだが、願望、欲望の欠如がかならずしも受け身というわけではなくて、そういう態度を取ることもじゅうぶんに積極的な行為ではないかとかつての彼は考えていたし、またいまでもそう考えている。そして、考えているだけでなにもできないまま二十年近くが経過してしまったのだ、なにもしないことだって立派な行為だと胸に言い聞かせているうちに。いま彼にできるのは、目覚ましの珈琲《コーヒー》を淹《い》れることだけだ。エスプレッソはやめてポットにドリップで落とし、カップといっしょにあたたかそうなデッキに出て立ったままそれを口に運び、いよいよ佳境に入ってきた太鼓たたきの長大なソロに耳を傾ける。

*

土手からつづく坂道を、郵便配達夫の自転車が下りてくる。曜日と時間帯によって配達「夫」は「婦」になったり「嬢」になったりするのだが、今日はまたずいぶん背の高い男性だ。船と彼の名を見くらべて、これはあなたのところでいいんですね、と配達夫は言い、デッキにやたらとながい片脚だけのせてフェンシングみたいに上体を傾けながら腕を伸ばし、大きな茶封筒とダイレクトメールらしい白い封筒をいくつか渡してくれる。鮫《さめ》のロゴを下部にあしらった大きいほうは、手にしただけで中身がすぐにわかった。ファクスで知らされていた家具調度の現状明細書だ。ではよい一日を、と帰ろうとする配達夫に彼は声をかけて、ちょうどいま珈琲を淹れたところなんですが、飲みますか、と誘ってみた。この近辺には、高速道路わきのビジネスホテルの喫茶部くらいしか喉《のど》をうるおす場所がない。カフェは郊外バスで数ブロック先の教会まえ広場にあるきりだ。状況が許せば、他者にたいする責任は珈琲で代用されてもいいだろう。ニューオーリンズからまっすぐここへやってきた風情《ふぜい》の配達夫は、つばのある帽子をのっけた品のあるチョコレート色の頬にえくぼをつくって、仕事中は禁止されてるんですが、とてもいい香りがしますね、いただいてしまいます、と受けてくれた。デッキに誘い、キッチンからカップをもうひとつ持ってきてそれを手渡すと、彼はまだ熱い珈琲を注ぎ、注ぎながら自分の倍以上はある巨大な配達夫の手を見て、ふと魔が差したように、向こう岸でボンゴをたたいている男を知ってますか？　とたずねてみた。ええ、知ってますよ、と配達夫はこともなげに言う。この管区に配属されて三年近くになりますが、わたしが来たときにはもうあそこにいましたからね、向こう岸は同僚の担当ですが、以前はもっと下流の中の島で、ほら、無人の中の島があるでしょう、あそこの草むらで練習してたそうです、同僚によると、住んでるわけでもないその島に一度手紙を届けたことがあるそうですよ。配達夫は、向こう岸の男の演奏に耳を傾けながら珈琲を啜《すす》り、不意に、どこのメーカーですか、とたずねた。メーカーまではわからないな、かたちと色と音でボンゴだろうと思い込んでるだけで、たしかめたわけじゃありませんから、打楽器にはたくさん種類があるでしょうしね、とそこまで口にした彼の言葉をさえぎって、いえいえ、楽器じゃなくて、珈琲の銘柄です、と配達夫が訂正した。彼は即座に応《こた》えられなかった。豆を切らしていて、キッチンの棚に残っていた未開封の粉を応急措置で拝借していただけなのだ。イタリア製だったかな、ちょっと待ってください、と彼は手をあげてふたたびキッチンに下り、粉の入っていた赤いパッケージを持ってきて配達夫に見せた。ははあ、エスプレッソ用の粉ですか、と配達夫は納得し、こんど探してみます、じつはつきあってる女性がめずらしく珈琲にうるさくて、と配達夫は銘柄を手帖《てちょう》にメモしてから、ところで、あれはボンゴじゃなくてジャンベでしょう、木の幹をくりぬいて山羊の革を張ったやつです、と言い、あの男も西アフリカの出身かもしれないですね、と付け加えた。あの男も？　ええ、わたしとおなじように、ということです。

＊

男はとつぜん激しく波打っていた両手を止め、すっと立ちあがると、片手で楽器をぶらさげて木立のあいだに消えていった。それを見届けて配達夫もカップを置き、ごちそうさまでしたと礼を言って自転車にまたがろうとする。彼はテーブルに置いたままの郵便物にようやく目を移し、Ａ４三つ折りサイズのダイレクトメールのなかに見慣れない女性名の封筒を見出した。あわてて配達夫を呼び止め、これはうち宛《あ》てじゃあないですね、と封筒を差し戻す。配達夫は、表、裏、表とひっくりかえし、差出人の住所がありませんね、でも、いちおう受け取っていただけませんか、と思いがけないことを言う。いちおうって、知らないひとの郵便をあずかるのはあまり気持ちのいいものじゃないな。やんわりそう断ると、だって、あなたのまえにいらした方ですし、あずかっておいていただければ助かりますが。私のまえに？　ええ、あなたのまえに住んでらした方です。宛名をもう一度見なおしたが、彼にはまったく未知の名前だった。その女性が住んでたというのは、たしかですか？　たしかですとも、と配達夫がおだやかに応える。半年ほどですけれどね、ここへ来る郵便はぜんぶその女性が受け取ってくれましたよ。なるほど、ベッドサイドのローテーブルの引き出しに入っているあの麻紐《あさひも》がついた丸い手鏡はその女性のものだったというわけか。急に探偵の顔になって彼がそのまま黙っていると、なにが、なるほどなんですか、と配達夫は一瞬もの問いたげな表情を見せたが、それ以上は言わず、太鼓たたきにこそふさわしい、しなやかな手を振ってにこやかに立ち去っていった。

*

彼はもう一度その白い封筒を見つめる。部屋を借りるとき、自分のまえにどんなひとが住んでいたかという質問をするのが、これまでの彼の習慣だった。ごく大雑把な人物像が与えられただけで、部屋の雰囲気や造作がより明確に把握できるような気がするのだ。しかし今回は、大家がまったく縁のない人物でもなかったためにかえって遠慮が生じたのと、下見もなにもなく即決したために、そんな話をする余裕がなかった。なにも訊《き》かずにここへ移り住んだのだが、常時誰かが暮らしていたとは信じられないほど船内は清掃が行き届いていたし、ひとが住んでいた気配はきれいに消されていたから、動かないこの船はずっと無人のままで持ち主の帰りを待っているのだとばかり思っていたのである。ともあれ手紙はいったんあずかって、宛名の女性が取りに来るのを待つか、管理会社に問い合わせて転送してもらうかすればいいだろう。彼は大きな茶封筒といっしょに操舵室《そうだしつ》の角にある書類用キャビネットにそれを片づけ、壁に貼《は》られている陽に焼けた地図に目を移す。国内の河川輸送路を色刷りで示したものとほどよい大きさの世界地図があって、彼の視線は自然と後者に吸い寄せられた。

*

西アフリカか、と彼は配達夫の言葉を反芻《はんすう》する。設問。西アフリカに分類される国々を挙げよ。モーリタニア、マリ、セネガル、ガンビア、ギニアビサウ、ギニア、ブルキナファソ、シエラレオネ、リベリア、コートジボワール、ガーナ、トーゴ。ナイジェリアやカメルーンが西なのか中央なのか、地図で確認しながらですら彼には断言できない。ガンビアという国を覚えたのは中学生のときだが、それは地理の勉強ではなく、何日か没頭して読んだ物語のおかげだった。十八世紀のなかばにガンビアの小村に生まれたひとりの少年がその主人公で、十代後半、そろそろ大人たちの仲間入りを果たせそうな若々しい身体の底にひそむ力を意識しはじめたころ、少年はとつぜん肌の白い男たちに捕らえられ、足かせをつけられたまま、屎尿《しにょう》と吐瀉物《としゃぶつ》にまみれた船底に押し込まれて海を渡り、未知の世界へ連れて来られる。おのれの意志とは関係なく押しつけられた境遇に呆然《ぼうぜん》としつつ何度も脱走を試み、あげく制裁として片脚を切断された主人公は、やがておなじ境遇の女性とむすばれ、子孫をもうける。かつての少年は、故国とはちがう言葉で、自分がどんな村に生まれ、どんなふうに遊び、どんなふうに拉致《らち》されてここへやってきたのか、また、その後いきなり投げ込まれた完《かん》璧《ぺき》な「弱さ」のなかでどのように闘ってきたのかを、血を分けた者たちに繰り返し繰り返し語って聞かせた。そして、少年が新大陸で生きはじめてから百何十年かが経過し、何代目かの直系として生まれた人物が、この物語の作者となる。語りの記憶の網をたよりに著者は十数年の歳月を費やして親族の出自をさぐり、大陸に連行されてきた祖先が、いつ、どこから、どの船に乗せられたのかを突き止める。そして、郷里とおぼしきガンビアの村を訪れ、そこで累代《るいだい》の出来事をすべて暗記している長老に村の歴史を語ってもらう。誰の子が誰と結婚して誰それが生まれ、その妹や弟がいかに育ったか、二十世紀の謙虚なホメロスの滔々《とうとう》たる語りの途中で、著者はついに祖先の名を耳にし、その名の持ち主がある日、太鼓の材料になる木を探しに行ったまま行方不明になったことを知らされる。少年の親族の子孫は、もちろん、まだその村で暮らしていた。著者は、みずからの根を探り当てたのである。

＊

ガンビアの太鼓からは、どんな音がしたのだろう。郵便配達夫によればジャンベと呼ぶらしいあの低く乾いた音のする太鼓に似ていただろうか。彼が読んだその物語は、当時たいへん話題になった虚実ないまぜの、しかし根幹は事実に依拠している大河小説的な自伝だったのだが、テレビドラマにもなって何夜かつづけて放映されたことを憶《おぼ》えている。彼はその放送よりも先に、たしか二段組だったぶあつい原作の翻訳を、毎晩それなりの昂奮《こうふん》をあじわいながら読み継いでいった。太鼓になる木の幹を探しに行くまでの少年の胸の高鳴りと、靄《もや》で遠くまで見通すことのできない大地を這《は》うように伝わってくる太鼓の音の、いわば聴覚映像しか思い出せないのはいかにも情けないことだが、むしろそこで存在の足場をさらわれた少年のかぎりない弱さのありかたが、いまの彼には重い。民族だの人種だのといった問題とはまた次元の異なる話だ。少年の弱さは、同時に強さにもなる。しかもその強さは腕力ではなく、語ることでしか維持できないひとつの知力による賭《か》けであり、リレーを託された者がほんのわずかでも聞き漏らしたり忘れたりすれば、たちどころに消えてしまう言葉という蠟燭《ろうそく》の炎である。出発点となる言葉がどんなに強くても、それを発した人間の存在に注意をむけてくれる者があらわれるまで強さが存続できる保証はまったくない。そしてこの稀有《けう》の強さは、ひたむきな弱さの持続によって維持され、最後の最後に実をむすぶのだ。少年がその制作に参加できなかったまぼろしの太鼓の音は、言語と時代と場所を変えて二十世紀後半まで途切れずに伝わっていくだろう。彼は動かない船の底でその音に耳を傾け、対岸の太鼓たたきのメッセージに重ね合わせる。*p, ff, f, ff, ff, p, p, f, ff*——。ガンビアに生まれた少年の名は、クンタ・キンテ。海の怪物とおなじ頭文字を持つ少年は、だがステファノのように贈られた言葉の珠《たま》をむざむざと石に変えたりはしなかった。

3

本現状明細書はT河岸に繫留《けいりゅう》された家具つき賃貸物件S号に関する賃貸契約にともない二部作成されたものであり、一部を貸し主に、一部を占有者に手渡すものとする。その一。住居関係。サロンおよび食堂。床——チーク材の寄せ木、合成樹脂塗布済み。壁面——白ペンキ（艶《つや》なし）塗装。天井——チーク材、合成樹脂塗布済み。窓——チーク材、引き戸式、透明ガラス枠には合成樹脂塗布済み、八枚。ブラインド——八枚、白。天井照明——ベークライト製スポットライト、黒、六個（うち二個については、スイッチ部分にひび割れ）、一九三〇年代。ラジエーター——電気式二個、スチーム式一個（使用不可）。白色に塗装済み、うち一個に灰白色大理石板あり。その二。家具関係。デッキ——折りたたみテーブル小、ラワン材、白色ペンキ塗装、一台。椅子《いす》

——折りたたみ式、プライウッド、五〇年代、無塗装、三脚。肘掛《ひじか》け椅子——チーク材、座面牛革、ワックス塗装済み。椅子——ピエール・ガリッシュ、五〇年代、合成皮革仕様、深緑色、二脚。テーブル——伸縮式、円型、オーク材、ワックス塗装済み、六〇年代。

＊

「本状の作成は法規にて定められておりますが、私どもと貸し主の信頼関係にもとづく形式上のものとお考えください。家具および調度類への保険料は、貸し主の好意により退居時に返却されます。ただし、万が一破損等がございました場合には、保険会社に書類を提出しなければなりません。ご面倒でも掲げられた品目についての入居時の状況をチェックしていただき、ご署名のうえ、期日までにご返送くださいますようお願い申しあげます」

＊

ふうっと彼は溜息《ためいき》をつく。一枚一枚の紙がごわごわしているせいか、ただでさえ厚い明細書がいっそう重くかさばる。内容にざっと目をとおしたかぎり、デッキから船倉にいたるまで、この船に積載されているエンジン以外のものたちの詳細きわまりない目録だが、それにしてもなんという分量だろう。繋留許可は貸し主、つまり彼が大家と呼んでいる船主の老翁《ろうおう》にあるだろうから、それだけでもまだ救われているのかもしれないのだが、持ち船ならこれほど煩雑《はんざつ》な書類を作成する必要はないわけで、不動の日々を断ち切ってどこかへ移動する機会を心の隅で待ちながらこんなリストにつきあっていると、永久に捨てられないお荷物ばかりが増殖し、背中に重くのしかかってくるような気がする。しかも船舶関係の物品には辞書を引かなければ見当もつかない単語が多く、十九世紀の小説を読んでいたほうがまだしも楽と感じられるほどだ。いくら形式的だと言われても、頭のなかで現物とむすびついていない単語をさも知っているかのごとくふるまって、それらの横にレ点をつけただけで送り返していいのかどうか、正直なところ彼には判断がつかなかった。

＊

三カ月ほどまえ、いまは大家となっている人物に何年ぶりかで挨拶《あいさつ》に行ったとき、ホスピスの尼《あま》さんを思わせる家事手伝いの女性から、この数年耳が悪くなっているので、比較的よく聞こえる左側に座って、ゆっくり大きな声で話してあげてください、とおだやかに忠告されていたのだが、すぐに彼を認知した大家は、車椅子に座ったまわきに呼び寄せて、家中に響き渡るほどの声で語りはじめたのだった。こちらの声がすべて届いているわけではないとしても、ご本人の舌はいたって快調である。驚くにはあたらない。ひとの話を聞くより、ひとに話をするほうが好きな男だということは、以前のつきあいで身に沁《し》みていた。河川ばかりだが、わたしだって船乗りのはしくれだ、どんなに小さなものでも船底に穴があいてればすぐふさぎたくなるのが本能じゃないかね、しかし人間の耳の穴をふさぐなんて野蛮なことがどうしてまかりとおるのかまったく理解に苦しむんだよ、穴をふさぐことが、どんなに意味のない処方だかわかるかね？　老人は鉤《かぎ》状に曲げた人差し指の先を、聞いている彼から遠いほうの耳にむけて目を見開く。そのとたん、あなはほるもの、おっこちるとこ、という謎《なぞ》めいた文句が彼の頭に響いた。穴は掘るものであり、落ちるところであり、そして埋めるべきもの、ふさぐべきものである。老人は、穴をふさぐことに反対だった。医者も家族もみんな補聴器をつけろと言うんだよ、知ってるかね、補聴器ってものを？　耳の穴をすきまなくぴっしり埋めて音を遮断しないと音が聞こえない器機なんて途方もないいんちきだ、目をつむらなければよく見えません、道路を閉鎖しなければ車は通れませんというようなもんだろう？　むかしドイツに壁をこしらえて、わざわざ通せんぼをしてからひとや車を通しておったのとかわらぬ道理だ、そんなくだらない話があるか、あんなものをつけるくらいなら街なかでぶっ倒れるほうがましだよ、と大家は唇のすみに唾液《だえき》の泡をためながらまくしたてた。肉体的な衰えはたしかに隠せないけれど、精神構造のほうはこの十数年いささかの変化も見られない人間がここにもひとりいたと知って、不謹慎ながら彼は安堵《あんど》の溜息をついた。

*

よく言えば豪放磊落《らいらく》、わるく言えば狷介《けんかい》孤高。ふたつの性格が共存するこの老人の、身振り手振りをまじえた長舌に立ったまま耳を傾けてから、彼は腰をかがめ、左側の耳にむかって、なにはともあれ、お元気そうで、安心、しました、と、ゆっくり、かつ、はっきりと言葉を発した。耳の悪い老人との話し方は、国や言語がちがってもたぶん変わらないだろう。彼は念のためその台詞《せりふ》を二度繰り返した。少し働きすぎた、ような気がするので、しばらく、ぼんやり、するために、時間をつくって、また、やってきたんです、お会いできて、嬉《うれ》しく、思います。聞き役にまわるとやはり注意力が減退するのか、あ？　んあ？　と何度も反復を要求し、彼が辛抱づよくそれにつきあうと、はっ、「少し」働き過ぎか！　と老人は笑った。笑ったときの癖で口が八の字に開き、両隅のしまりがあまくなって白く濃い泡が立った。働き過ぎに「少し」だなんてことがあるものか！ わたしを見るがいい、こんなふうに自分で立てなくなって、耳も聞こえなくなって、はじめて働き過ぎたと言えるんだ！ 口から唾液が飛び散り、赤と緑のチェック模様の膝掛《ひざか》けのうえにぽたりと落ちるのを、彼は目の端でとらえる。老人はつづけた。それはそうと、きみはいまなんの仕事をしてるのかね？ 無職です、時間をつくって、と申しあげたのは、これまでの仕事を、清算してきた、という意味です。訊《き》かれたらそう応《こた》えようとあらかじめ準備してきた台詞だけあって滑らかに出てきたが、それも反復になると芝居くさくなり、かえって不自然になってくる。むかしもおなじようなことを、きみは言ったな、と老人はうなずき、で、住むところは、決まったのか、と語調をやわらげて彼を見あげた。いまはホテル住まいですが、近いうちに部屋探しをはじめるつもりです、ただ、と先をつづけようとする彼の言葉をさえぎって、老人は言った。その必要はない、部屋ならある。

＊

ローテーブル――鋳鉄枠にデーヴル製装飾タイル張り天板、柿色《かきいろ》、格子《こうし》模様。絨毯《じゅうたん》――ペルシア製、赤地に曼陀羅《まんだら》。モチーフ左隅にほころびあり、滑り止め用マット付。

棚（大）――樫材《かしざい》。ワックス塗装仕あげ、一個。棚――銘入りワインボックス六個。および樫材天板三枚、蜜蠟《みつろう》仕あげ。LP――三五一枚。CD――二三二枚（詳細は別紙参照）。ランプ――伸縮式、ジョルデ社、一九五〇年代、一個。音響機器一式――ネイムNAP250、同NAC62、Hi-CAP、CD1、ロジャースLS3/5A、リン・ソンデックLP12。回転式スツール――樫材、一九三〇年代、一脚。

＊

彼は項目のいちばん最後に、鉛筆でファクシミリ――フィリップス社、留守電機能なし、と書き加えてレ点を打つ――いつの日かここを出るとき、残していくつもりで。

＊

その必要はない、部屋ならある。口の端の、あぶくになった白い唾液を目にすると、いま車椅子に乗って彼を迎え入れてくれている老人が、公園のベンチに寄りかかるようにして倒れていた日のことを思い出す。木々の多い広々とした公園の、ちょうど築《つき》山《やま》の陰になっていちばん出入りの多い門からは見えないところで、地面にぺたんと腰を下ろし、両腕をベンチに載せて眠っている老人を見つけたとき、最初はただ疲れて眠っているのかと思ってその場を通り過ぎようとした。ところが、少し離れている芝生のうえに、ステッキと片方の靴がばらばら落ちているのに気づいて不安になり、駆け寄って声を掛けたのである。大丈夫ですかと触れた肩には力がなく、抱き起こそうとした老人の口からは、ほんのわずか泡が出ていた。公園管理人を捜したが、いるはずの場所にその姿がなかったので、園の正門に近いカフェに駆け込んで救急車を呼んでもらった。なりゆきからして病院まで同行することになった彼は、老人が意識を回復し、身内に連絡できるようになるまで付き添っていた。あとになって、老人の発作は少年時代から悩まされている宿痾《しゅくあ》であり、医者で薬を処方してもらうようになって以降は抑えられていたのに、なぜかその日は薬を飲み忘れて散歩に出たのだと聞かされて、彼には病気の種類がわかった。小学生のころ、おなじ病に悩まされている友人がいたからだ。いっしょに野球をして外野を守っているときその友人が発作に襲われ、一挙に三点を失ったことがある。投手がマウンドで片脚をあげて投球動作に入るのと友人がひっくり返るのとが、同時に見えた。ふざけて倒れたのではないかと疑ったその瞬間の、自分自身の愚かさが、彼には忘れられない。事情を知って謝りに行ったとき、慣れてるから気にしないでくれ、前後のことはなにも覚えてないんだ、と笑った友人の明るい表情も忘れられない。わたしが「ふつうの」女といっしょにならなかったのは、そういう病気があったからだ、ぜんぶ理解して愛してくれたのは、その女だけだったよ、と大家は酒を飲むたびに言ったものだ。報《しら》せを受けて病院にかけつけてきた息子は、彼の説明を聞いてあつく礼を述べ、連絡先を控えさせてほしいと申し出た。それから彼は、月に一、二度、老人と、ときにはまだ独身だった息子もまじえて夕食をともにし、もっぱら聞き役にまわって相手の憂《う》さ晴らしに協力するようになったのである。

＊

カウンター用スツール――座面、合成皮革、黒、二脚。冷蔵庫――ジーメンス社、小型、白、使用済み。冷凍庫――ジーメンス社、白、使用済み。ガスレンジ――ロジエール社、三つ口、ブタンガス使用。電子オーヴンレンジ――フォール社、白。エスプレッソ・マシン――マジミクス社、黒、使用済み。トースター――セブ社、白。壺《つぼ》――黄色。蓋《ふた》つき陶製菓子鉢――ベージュ地に市松模様。ジャムポット――ガラス製、三個。銅製キャセロール――蓋つき、直径三十センチ、一個。二十センチ、一個。フライパン――銅製、二十七センチ、一個。やかん――セブ社、ほうろう引き、白、一個。給仕用プレート――大、チーク材、一個。中、チーク材、一個。冷凍食品用電動包丁――ムリネックス社、一本。ケーキ型――長方形、アルミ製、一個。丸形、パイレックス、一個。クグロフ型、陶製、一個。

＊

クグロフ型？ 仏独《ふつどく》国境を本場とするこの焼き菓子を、彼は嫌いではなかった。しかしこんなところでケーキ型の種類を明記する必要があるのだろうか？

＊

その必要はない、と老人は言った。その必要はない、部屋ならある。もちろん、きみさえよければの話だがね。息子夫婦が死んだあと、日出《い》づる国からの壮大な旅の途中で立ち寄ってくれたことを覚えてるかね、船で、いっしょに、食事をしただろう。M河岸、と彼が応える。なんだって？ 老人が左の耳にてのひらを当てて大きな貝をつくる。ワイン樽《だる》のふくらんだ側面にぴたりと張りついてしまいそうな、やわらかくてしなやかな動きだ。しかし彼はその手ではなく、大きな貝の中心にぽかりと開いている黒い毛の地衣類が生えた穴にむかって、M河岸、でしたね、と繰り返した。車で、船まで、連れて行って、もらいました、小さな川が、合流するあたりの、幅のある、静かな、河岸で。

*

記憶のなかの情景に、レ点を打つ。そうだ、あの晩、はじめて案内された船の内装も、いまとほとんど変わらなかったはずだ。いや、わからない。船の中など、素人《しろうと》にはみなそっくりに見えるだろう。老人と一歳半になるという孫娘、このあいだ彼を迎え入れてくれた修道女ふうの女性とはべつの、老人と子どものどちらの世話をしているのだかはっきりしないマルチニーク出身のお手伝いさん、そして彼をいれた四人で夕食をたのしんだのは、いまこの船が浮かんでいる岸辺からさらに下流にある港の近くだった。晩《おそ》い結婚で生まれた娘を残して交通事故で死んでしまった息子夫婦の話はもちろん聞かされたはずだが、老人は哀《かな》しみを表に出そうとはしなかった。もっとも、そんな話題を振られたところで彼には慰めるべき言葉がなかったろう。しかし食事に招いてくれたのは、たんなる好意だけではなかったような気もするのだ。帰国が半年ほど先に迫った、彼自身もなにかと不安定な時期だった。食事が本格化したのは孫娘が疲れて寝入ってからのことで、あたりは真っ暗だったし、春先の川風はまだかなり冷たかった。その冷たい風にあたりながら、老人は——そう、もうこの時点で大家は立派な老人だったのだ――自身が運搬を扱ってきた取引先の赤ワインをあおり、頬から首筋までびっしりと紅斑《こうはん》を浮かびあがらせて、いいかげんな閘門《こうもん》の番人のおかげで何時間も待たされた遠いむかしの運河での出来事をつい昨日のことのように話しつづけた。すっかり酒がまわった老人は、手伝いの女性がやめてくださいと太い腕で笑いながら背中をたたくのも無視して、歴史ある運河の途中の、とある堰《せき》の近くにあった娼館《しょうかん》での武勇談をつぶさに語ってきかせた。惚《ほ》れた女の子をいかに落籍したか、そして三週間のあいだ、ふたりだけでどのように国中の河や運河をめぐったのか。それが老人の十八番であることはしだいにわかってきたのだが、手伝いの女性はそこまで行くともうなにも言わず、旅の相手が、事故で亡《な》くなった息子の母親であることを主人が話し出しても止めようとしなかった。

＊

何度も彼に地名を言わせたあと、そうだったな、と老人はうなずき、あの船は、しばらくして、売り払ったよ、会社が保有するドックに眠ってた、もっと小まわりの利《き》くやつに乗り替えて、ひとに貸してきた。まえの船には、いっとき息子が住んでたから、あいつが持ち込んだ家具やらなんやらは、ぜんぶあたらしいほうに移してあるし、誰が借りても、不自由はなかろう。それがT河岸につないである。空っぽなはずだから、そいつを使えばいい。詳しいことは管理会社に電話すればわかる、場所は不便だが、きみの生活にならもってこいじゃないかね、返事は、いますぐだ。いま、すぐ、ですか？ そうだ、わたしがきみの身元を保証し、紹介する格好だ、さあ、返事をしなさい、住む気はあるかね？ あると言えばいいんだ。船が繫留《けいりゅう》されているその河岸がどこにあるのかも、頭を痛めていた家賃の問題も忘れたふりをして、では、お願いします、とやや間を置いて彼が応えると、老人は、こんなに簡単な問題がいまごろ解けたのかと呆《あき》れたような表情を浮かべて言ったのである。よろしい、あれもこれも、ぜんぶ好きに使ってくれたまえ、と。

＊

皿――大、六枚、陶製、白。小、六枚、陶製、白。スープ皿六枚、陶製、白。以上ビレロイ&ボッホ社。ボル――ベージュ色、陶製、二個。グラス――ワイン用、六個。水用、六個。栓抜き――ステンレス製、一個。ナイフ――ラヨール社、折りたたみ式、一個。ピッチャー――ワイン用、ガラス製、一個。水用、ガラス製、一個。珈琲《コーヒー》セット一式――カップ&ソーサー、六客。珈琲ポット、一個。ミルクピッチャー、一個、茶(内側は黄)、プール社、一九五〇年代。マグカップ——赤、ほうろう引き、三個。プラスチック製、赤、六個。タッパーウェア、四個。バターケース——陶製、白、一個。灰皿——ガラス製、一個。手動胡椒挽《こしょうひ》き——プジョー社、一個。パイ皿——パイレックス、直径三十センチ、一枚。パイ皿——アルミ製、直径三十センチ、一枚。ワインセラー、一台。樽——一個。

＊

彼が腰を下ろしている椅子《いす》は、まちがいなくあの晩の船の、薄闇《うすやみ》の船内に置かれていたものだ。深緑の合成皮革が張られた座面と、鉄製の細い脚。ガリッシュというデザイナーについては無知に等しかったが、臀部《でんぶ》に楕円形《だえんけい》の穴があいているこの椅子に座ったとき、背骨がぐいと後ろに吸われるような感触があってとても心地よかったことを、はっきり覚えている。老人がこうしたものたちを処分しないでべつの船に残したのは、息子夫婦がこの世からいなくなってしまったことを少しも嘆かなかった様子と矛盾しているようでいて、そうではない。あの晩、話に疲れて咳《せ》き込みはじめた老人を休ませるために、彼は音楽でもかけましょうかと誘ってみた。息子の玩具《おもちゃ》だからわたしには動かし方がわからんのだ、きみがやってくれるなら、そうだな、その棚の左隅にあるやつをお願いしよう、いつもかけてもらっていたレコードだ。彼は腰を屈《かが》めて棚の左に刺さっている音盤を引き抜き、酔いのせいでかすかに震える手もとに注意しながら、ターンテーブルに載せた。モスクワあたりで撮影されたと覚《おぼ》しき、厚手のオーバーを着た子どもの姿がジャケットに映っている。投げようとしているのか、受け取ったばかりなのか、蹴鞠《けまり》みたいなボールを両手に持ち、上体を反らして頬をふくらませている子どもの、マトリョーシュカそっくりの写真。作曲者も曲名も覚えていないのに、その写真だけが、彼の頭の隅でぼんやり点滅している。

＊

ということは、あの晩の一枚もここに移されているのではないか。彼は床にあぐらをかいて、棚の下段の、左端に収まったレコードを引き抜いてみる。出てきたのはしかし、エジプト系の顔の下半分で器用に微笑《ほほえ》んでいるジョルジュ・ゲタリーのベスト・アルバムだった。彼はとりあえずそれに針を落とし、男性としてはちょっと高めの、金属的だが妙に甘ったるい声を聴きながら、残りを次々に取り出してジャケットを調べた。モスクワ、子ども、ボール。背後に映っていたのは、山でも原っぱでも公園でもなく、大きな建物の一部だったような気がする。ロシアにかかわりのある曲だったのだろうか。ローザ、ニーナ、ステッラ、とゲタリーが歌っている。寒々としたモスクワの空にイタリアの太陽が輝く。モスクワ、子ども、ボール、ローザ、ニーナ、ステッラ。だが記憶のなかの絵柄と正確に一致するものは、ついに見あたらなかった。ぜんたいの枚数を、数えなおす。二度やって、二度ともおなじ数字だった。三五〇枚。一枚足りなかった。

＊

受話器を取りあげて、彼は鮫《さめ》の絵のついた封筒に記されている番号をまわした。いい加減な照合で済ませていいのかどうか、不安になってきたからだ。担当者を呼び出し、こんなにたくさんの品をひとつひとつ調べあげるのは無理ですと訴えると、備蓄もふくめて船のなかの物をぜんぶ挙げるのはわれわれにも不可能ですよ、お手もとのリストは細かいものですが「網羅的ではありません」と動じなかった。とにかく印をつけて、署名してくだされぱいいのです。その返答に彼はほっと胸をなで下ろし、了承を得たという安心感のなかで、ようやく足りない一枚の話を持ち出した。どこかにまぎれてるのかもしれませんが、じつは十数年まえに見たことのあるものじゃないかと思うんですよ、モスクワの、子どもの写真の。担当者は彼の説明が終わるのを待って、申しわけありませんが、モスクワだの子どもだのは、どうだっていいんです、リストを作成したのはわたしの前任者か、前の前の、ことによるともっと前の担当者なんです、でも、足りないものは足りないままで結構ですから、と落ち着いた声で反応した。そんなふうにあっさり言われるとかえって彼は気になるたちなのだが、担当者が代わっているとの台詞《せりふ》がこの国でどういう意味を持つのかは承知しているので、それ以上は言わなかった。その代わり、ずっと気にかかっている、あの西アフリカ出身の配達夫から頼まれた手紙の件に触れてみた。なんのことですか？　と相手は疑い深そうな声で問い返す。女性が住んでいた、と言われたんですか？　ええ、半年ほどいたそうです、配達夫は言葉を交わしたこともあるような口ぶりでしたが。なんと仰《おつしや》る方です？　すぐ応《こた》えられなかった彼は、受話器を置き、操舵室《そうだしつ》の書類入れのなかから白い封筒を持ってきて、セロハンが貼《は》られた四角い窓のなかの、印刷された名前の文字を電話口で読みあげた。担当者はひと呼吸置いて、存じませんね、と彼には見えない首をかしげ、いちおう調査してみますが、少なくともあなたがいらっしゃるまえは、もう一年以上、誰も住んでなかったはずです、と静かに言うのだった。

4

なまぬるい川風に吹かれてビールを飲みながらぼんやりと見あげている南の空のずいぶん低い位置に、短い鉤《かぎ》をジグザグに連ねた射手座《いてざ》がかすかに輝いている。この街で南の星と出会える季節はかぎられているうえ、ほど遠くないところを走る高速道路の影響で大気はかならずしも清浄とは言えないから、こんなふうに星々の光が、降ってくるのではなくて浮かんでいる日の深夜にまだ目が覚めているだけでも幸運なことかもしれない。何十年も星など眺めたためしがないくせに、彼は意識して遅くまで眠らずにいた。さそり座との位置関係を確認しつつ、予想外のあっけなさで特定できた雄々しい星座が彼にもたらしてくれるのは、しかし古代人のたくましい想像力でもなければ南の海を次々に発見していった冒険家たちの命名の才でもなく、まして宇宙の神秘でもなく、ばかげたことに縁起物として日本の正月によく塊茎が含め煮で出てくるあの慈姑《くわい》だった。

＊

くわい。なぜこの水辺の植物が慈悲ふかい姑《しゅうとめ》と表記されるのか。中国原産だからなにかきっと深遠な理由があるのだろうが、字面《じづら》と現物は想像のなかでますます乖離《かいり》していく。片仮名でクワイと書けば、それは彼の脳裏でたちまち忌《い》まわしい戦争映画とむすびつき、役立たずの橋が架けられたあのクワイ河流域にはくわいがたくさん自生しているにちがいないとつまらない夢想に走ってしまう。ともあれ、それほど縁の薄いものを思い浮かべたのは、昼近い朝、ベッドのなかでつれづれにスイッチをひねったラジオで、彼の船が浮かんでいるこの河の上流に住む自然愛好家を語り手とする記録番組を耳にしたからだ。聴き取りやすい落ち着いた低い声、異国人にも音節の区切りがよくわかる抑揚のつけ方、そして体験に根ざした話の内容からすると、たぶん六十歳は軽く超えているだろうその自然愛好家につきあいはじめて数分後、「射手座」を意味する単語がかなり唐突な文脈で飛び出してきた。なにしろ彼の耳には、もう習慣となったジャンベの音が夢うつつに響いている状態だったので、男性の声の背後で草を踏み分ける足音といっしょに鳴りつづけている水音が、厚さ数センチの板のむこうを流れている現実の河のものなのか番組のなかで用いられている効果音なのかも区別できず、ここ二十年ほどの水質改善政策が奏功して汚染されていた下流域にも魚が戻り、鯉《こい》や巻き貝などはあたりまえ、運がよければカワセミすら観察されるようになったとか、祖父の時代には自然の土手が多く残されていて餌《えさ》となる魚も豊富だったのでカワウソが棲息《せいそく》していたという嘘《うそ》みたいな話のあとにふと漏らされたローマの射手をかたどる「サジテール」が、女性名詞として扱われていることに、彼はさほど注意を払わなかった。ところが話題はユリカモメや野鴨《のがも》に移りこそすれ、なかなか星座に至らないのである。かつては見かけなかったカモメのたぐいが都市部の河岸にまで入ってくるようになったのは、一九七〇年代以後、露天のゴミ廃棄場ができて冬場の食料を供給できるようになってからの現象だという話と射手座との関係が最後まで曖昧《あいまい》で、番組が終わってからベッドサイドのテーブルに転がしてある辞書を開いてみたところ、「サジテール」は、男性名詞の場合が射手座、女性名詞の場合がくわいに相当する植物の意味になると知ってようやく腑《ふ》に落ちた。彼が南の空にくわいを重ねていたのは、そのような経緯からである。

＊

男女両性を有する単語ならずとも、隠され、眠っていたもう一方の意味が、なにかをきっかけにして不意に姿をあらわす瞬間ほど怖《おそ》ろしいものはない。ひとに教えられたり、書物のなかでたまたま発見したりするのでなければその存在すら気づかなかったはずの言葉の裏面。百八十度異なる意味ではないとしても、彼にはそういう単語が巧妙に仕込まれた時限爆弾のように、あるいはまた、むこう側とこちら側とでそれぞれ正しい顔をつくっている二重スパイのように感じられてならないのだった。手にしていた言葉がくるりと裏返ってべつの存在になりかわり、遠いところへ行ってしまう恐怖感。言葉との向きあい方はときとして他者とのそれに重なり、さらに息苦しさを増す。学生時代にアルバイト先で世話になってこのかた不思議と縁の切れない、信頼できる年上の友人に、そういう感覚を味わったことがありますか、と彼は質問してみたことがある。かつて探偵事務所に勤めていたとはとても信じられない物静かなそのひとは、自分の鼻先を人差し指で示し、まさしくぼくがそうですよ、と苦笑まじりに、けれど真顔でそう言ったものだ。笑みを浮かべての訥々《とつとつ》とした説明を受けるまで、彼はその友人の微笑と、書物をつうじてため込んできた知識のかけらがこんなかたちで引き合うなんて想像だにしていなかった。鍵《かぎ》は、名前にあった。元雇われ探偵は、名字を枕木《まくらぎ》と言ったのである。

＊

なんの因果で枕木なんて名前になったんだろうなあ、と元探偵は三分の二だけ剝《は》げ落ちた頭のかさついた皮をぽりぽりと掻《か》き、枕木って、英語で言うところのスリーパーでしょう、要するに眠るひとですよ、線路の下に敷くあの角材は、縁の下のなんとやらで、つまりレールにかかる荷重をうまく分散させてやるために、乗客の重荷を取り払うために、おのれの運命を嘆きつつ枕になってやってるわけなんです。でも、ぼくが関係してた仕事の方面で言えば、スリーパーは敵国人の任意のひとりになりすますために、生い立ちや家族関係はもちろん、何歳のときにどこへ旅行し、どこの学校で学び、誰と親しくしていたか、何度引っ越しをしてそのたびにどんな間取りの家に住んだのか、架空だけれどすべての事実に適合する来歴を創造して、話に矛盾が生じないよう気の遠くなるくらいのシミュレーションを重ねたうえで派遣されるスパイのことを意味するんですよ。彼、もしくは彼女は、送り込まれた国の一員として、ある瞬間から、ごくふつうの暮らしを開始するんです。連中は積極的に動いたりしない。

恋愛して、結婚して、子どもだってつくる。指令があるかもしれないし、ないかもしれない。なければその国の人間として残りの人生を終える可能性さえ秘めたながいながい待機の末に、顔も名前も知らない連絡員からの、幾重にも保護の網を張られた間接的な合図を受けて眼を覚ますまで、予測のたたない日々を過ごすんです。スリーパーたちは、ずっと仮面をかぶっている。しかもその仮面がやがて地の顔になる。眠るひとは、第三者によって眼を覚まされないかぎり、寝入るまえに暮らしていた母国の記憶や自分の、ほんとうの幼少時の記憶を思い出す権利がないんです。これは一種の自己催眠になるんでしょうね、スリーパーはその特別な合図が送られるのをひたすら待つんですよ。枕木ってのは、だからむかしの稼業《かぎょう》からするとじつに皮肉な名字で、その道に詳しい雇い主は、最初、ぼくの履歴書を見て悪い冗談だと信じて疑わなかったくらいです。枕木には両性が、もしくは両生がある。鉄道の枕木がレールの幅を一定に保っているように、スリーパーと呼ばれるスパイは彼の周囲の世界の幅を一定に保つ。でも、なんと言うか、ぼくはずっと目覚めっぱなしで、どうでもいいような浮気の身辺調査ばかりしてましたから、完全な名前負けですね。人生の大事な瞬間まで眠って過ごす、表向きは自堕落だけどスリルに満ちた猛者《もさ》たちの勇気を知らなかったんですよ。

*

話し終えてひとつ溜息《ためいき》をついた枕木さんのひからびた頭皮が、思わぬ歳月をへだて て射手座の矢に刺しつらぬかれる。枕木さんとそんな話をしたあと、スリーパーを必要としていた大国が崩壊し、通信機器の急速な進化で情報伝達にまつわる労苦が陳腐になっていった。いまとなっては、対人関係を基本としているというだけで、スリーパー的な情報の咀嚼《そしやく》時間がかえって貴重なものに思えてくるほどだ。だがあのとき、彼はやや混乱していた。ちょうど学びはじめていた仏語《ふつご》で、枕木をトラヴェルスということを、子どもむけの絵本で覚えたばかりだったからだ。枕木ではなく横に渡す木。だから枕木さんの名は仏語を介すると横木になり、似たような意味にはちがいないけれど、眠るひとのニュアンスが消えてしまう。ずっと眠っていることと、ずっと醒《さ》めていてつねに反応しうる状態を維持することは、おなじではない。電化製品の待機状態を示すのに使われるやはり仏語のエヴェイユは、眠りとは反対の、目覚めの意味にもなる。遠隔操作のボタンひとつで身を震わせながら機械が眼を覚ますと考えるのか、それとも半睡状態であったものが本格的に覚醒《かくせい》へと引き出されたと考えるのか。彼は枕木さんの言葉をよみがえらせつつ、この船での暮らしは自分にとって眠りなのか目覚めなのかと問わざるをえなかった。

*

船内に戻ると彼はそのままキッチンに入り、昼間仕込んでおいた生地をさっとフライパンに伸ばしてクレープを焼いた。そば粉を加えてあるので色はくすんでいるが、味はなかなかいい。やかんを火にかけて珈琲《コーヒー》の準備をしながら、あたためればすぐ食べられるよう、彼は根気よく十数枚のクレープを焼きつづけた。専用の焼き器ならテニスのクレーコートをならすトンボみたいな専用のへらを使ってもっとひろやかに利《き》き手を返せるのに、周囲に壁のあるフライパンでは大きさにも厚さにもむらができてしまうので、お玉のお尻《しり》でくるくる中央からまわしてのばしていく。そういえば枕木さんはそばアレルギーで、いっしょにそば屋に入っても丼物《どんぶりもの》しか注文しなかった。現在の彼の大家もまた、宿痾《しゅくあ》のほかにそばアレルギーを持っていて、それが名物の地方へ旅をしても用心してぜったい口に入れないのだと妙な自慢を聞かせてくれたものだ。彼がクレープを焼くのは、パンを切らしているときのいちばん確実な朝食になるからだ。突然の来客があれば、ちょっとしたもてなしにもなる。

ところが残念なことに、先日また立ち寄ってくれた少女には、そのもてなしができなかった。ほかならぬスリーパー氏からの指令で何日か書きものをしていて買い出しに行く暇がなく、小麦粉を切らしていたのである。やむなく開封済みのビスケットとオレンジジュースを差し出すと、中央ヨーロッパによくある深い眼窩《がんか》にくぼんだ瞳《ひとみ》をこちらにむけて、ねえ、どうしてわたしの名前を訊《き》かないの、と少女は彼にたずねた。訊いたら、きみがもう来なくなるような気がしてね。彼がそう応《こた》えると、眼をそらさずに、来なくなったらどうする？　と問い返した。しばらくのあいだはここにいるだろうから、もどってきてくれるまで待つよ。ちがう、戻ってこなかったらって訊いてるの。そうだな、どうしたらいいと思う？　わたしに訊いてもわからないでしょ。そのとおり、と彼は言って、でも、知りたくなるまで名前は秘密にしておいてくれないかな、きみだってこちらの名前を訊かないだろう？　それから黙っていっしょにジュースを飲み、ゴミ漁《あさ》りに精出すカモメの姿を眼で追った。カモメは曇り空をものともせず真っ白な線を中空に引きながら対岸の木立のうえを滑るように旋回し、ときおり甲高くいがらっぽい声で鳴いた。その姿をさえぎって、土砂を運ぶ平底船がゆるやか

＊

に上流へむかって航行していく。少女は、しかし船を見てはいなかった。顔を少し仰《あお》向《む》けにしているだけで、静かに眼を閉じている。木々を揺らしている風で髪が眼に入るのか、それとも眠気と戦っているのか。彼はデッキのうえの光景に、うっすらとした既視感を抱いた。はからずもここで新米のスリーパーとなり、目覚めるひととなるまえ、母国で過ごした裏の人生のなかで見たことがあるような気がする。それは、身体《からだ》の奥で疼《うず》くような、なつかしく、同時に肌寒い感触だった。

＊

気温一八度、湿度五三パーセント、北北東の風、風力一、気圧一〇一九ミリバール。

＊

ラジオで聴いた自然愛好家の話のなかに、もうひとつ忘れがたい逸話がある。一九七〇年代の末、この河にアメリカザリガニの繁殖を抑える目的でヨーロッパナマズが放たれた。ナマズは鈍重なその外貌《がいぼう》とは裏腹に、他の魚や甲殻類をすばやく捕らえて食らう貪欲《どんよく》な生き物である。放流から二十年近く経過した九〇年代のある日、成長した一匹が都市部の河岸で捕獲された。人々はその大きさに目を見張った。体長約三メートル、体重一八五キロ。悠然と泳ぐ大魚の姿からは遠いものの、河床でじっと動かないこのつるつるした肌と猫ひげを持つスリーパーは、彼にとって、海の怪物のようなものかもしれない。だとしたら、スリーパーを起こしうるのは、磁場の変化でも地震でもなく、行き場のない周遊をつづけるもうひとりの、なにかにつけためらいがちでしゃきっとしない「彼」の幻ではないだろうか。

＊

他人の行動を評して、吹っ切れたとか、吹っ切れていないとか、その人間を内側から見ているみたいな口の利き方をする人々の根拠のない自信を、しゃきっとしない彼は怖れる。切れる、破る、化ける。人生を相手取って上からものを言う連中は、つねにこうしてなにかを壊す方向に価値を見出《みいだ》そうとする。彼もそれに異を唱えるつもりはない。いつまでも変わらないでいるなんて、まったくの幻想だから。かりに現状維持を目指したとしても、ときどき覆《おお》いを破って他者に内側の一部をさらけ出すゆるみがなければ、誰だって自家中毒を起こすだろう。内側をさらけ出すのは、他者のためにというより、自分自身の幻想を振り払うためなのだ。現状維持に費やされる熱量がどれほど大きいか、彼はこれまで折りに触れて語ってきた。あれもしない、これもしないの否定づくしと受け取られるのが情けなくて、途中で口を閉ざすこともあったけれど、改心の拒否、宗旨替えの拒否は、それが一方の極端さにつながらないかぎり、また、こうるさい完璧《かんぺき》主義に走って心を硬直化させてしまわないかぎり墨守すべきものだと信じていた。意図して周囲に流されるのは、うわべだけを同調させるぎりぎりの対処法である。巷《ちまた》で話題になっていることがらに耳を傾け、その浮き沈みに一喜一憂し、みなと足並みをあわせてきれいに忘れる。むろん、結果としてわずかな変化がもたらされるのは覚悟のうえでだが、一生のあいだおなじところに留まるなんて、どだい無理な相談なのである。しかし与えられた枠のなかでものごとにたいする焦点距離が安定するなら、彼はあたらしいレンズを手に入れる代わりに、焦点が合うところまで視野ぜんたいを移してやるだろう。それが彼にとって、傲慢《ごうまん》さやひとりよがりを抑制しながらなお自分を失わない唯一《ゆいいつ》の方法であり、動かずに移動することを可能にするたったひとつの方途だった。

*

たぶんその焦点距離は、ステファノがKの姿を捉《とら》えうる距離と心理的には同等なはずだ、と彼は考える。怪物の姿が見えるか見えないかの境界水域に留まること。自分の内側に入りすぎても、外の世界に身体を傾けすぎても奴《やつ》の姿は見えない。ブッツァーティの物語があれほど彼の胸に沁《し》みてくるのは、その悲劇的な相貌にもかかわらず、ステファノの選択はもっとも正しいものだったかもしれないと思うからだ。最後の最後に、ステファノは弱さに屈する。強さになるまえの、弱さに屈する。海の男たちの社会が定めた掟《おきて》を、常識を、言い換えれば海の魔から身を守るためにつくられた防衛システムを食い破って、破綻《はたん》ぎりぎりのところで生活しつづける。ところが一生を航海に費やし、世界中の海をまわったあげく、どこへ逃げていいのかわからなくなってしまうのだ。クンタ・キンテの弱い強さは、表現者としてのひとつの指標になりはするが、一方でステファノの、受け身と攻めの区別がつかないようなありかたでなければ、移動しながらそこにいる、という矛盾を実現することはできないのである。

＊

彼は夜の空を見あげる。天気予報によれば、明日は晴れだ。雲もなく、きれいな空がのぞくでしょう、とラジオは伝えている。しかし、予報や予想ほど傲慢な行為があるだろうか。ものごとのすべてを理解し、隅々まで見尽くして、一から十まで説明してみたいという欲求を、彼は切実に感じたことがなかった。オーストリア生まれの若い詩人が、見ることを学ばなければならないと述べたのを、以前の彼は、事物が目のまえに鋭利な輪郭をともなって立ちあらわれてくるまで、街やひとびとの死相が見えてくるまで、不可視のものを可視にするまで、心の眼で凝視しつづけることだと解釈していた。いまの彼には、その応えがいかにも窮屈に感じられる。詩人はもしかすると「明瞭《めいりょう》にしか見えなかった」のではないか？　ぼんやりとしてかたちにならないものを、不明瞭なまま見つづける力を欠いていたのではないか？　不明瞭さへの沈潜は弱さへの沈潜であり、余計なエネルギーをつとめて消費しないことだ。詩人はときにおのれの守備範囲を踏み出して、より近い場所からKの姿をとらえようとする。相手がむかってくるまえに、彼のほうから踏み出しかねない深さで凝視しようとする。そのとき詩人の心になにかが降臨したとしても、事件としての不可解さはどこにもない。しかしステファノはすぐに決断しなかった。疲れ切って、老いて、しかたなくあきらめたというより、通常では考えられないほどのながい逡巡《しゅんじゅん》のちに、もっとも贅沢《ぜいたく》な決断を下したのである。この世に生き、社会という空々漠々たる場所で生活しているかぎり、逡巡はかならず終わりをむかえるのだ。

＊

ためらいは、断ち切られるためにある。吹っ切れる、吹っ切れないとは、そういうときに好んで用いられる簡便な言いまわしなのであって、たぶんそれは、守るべきほんとうのなにかを外圧によって放棄してしまうことに似ている。ためらいつづけることの、なんという贅沢。逡巡につきまとう受け身のエロスの、なんという高貴。彼は、他人に背中を押されて、命の危険をかえりみず、Kがよく見える岬の突端までつい歩かされてしまうような譲歩をこれまで何度も繰り返し、断言や予測につきまとう傲慢さからできるかぎり遠ざかりたいと願ってきた。この船にやってきたのは、たしかに偶然である。けれども彼はどうやら本能的に、そうしたところにしか住めないと気づいてもいたらしい。選択肢はひとつ。それが失敗に終わったとしても、誰の責任でもない。ステファノはみずからの老いを理由にながいあいだの逡巡を断ち切ったのだが、はたしてそれは決断と言えるのだろうか。

＊

時差の計算ができない枕木さんから、仕事の礼状がファクスで届く。こちらの消息にたいして、スリーパーらしい反応がしっかりした楷書《かいしょ》の文字で刻まれていた。穴は埋めるものじゃない、というきみの大家の言い分は正しいと思います、と元探偵は書いていた。穴は埋めるものじゃなくて、のぞくものでしょう。たとえば井戸。飲料水の確保なんて主要な問題ではないんです、子どものころ郷里にたくさん井戸がありましたが、大人はともかく、仲間たちはもう例外なく中をのぞき込んでいましたよ。まっくらな縦穴をのぞくだけでぶるぶると涼しかったのは、やはり穴がのぞくべき筒だからです。水のあるなしは二の次なんです。穴はふさぐものではなく、のぞき込むもの。大家によろしくお伝えください。お元気で。――追伸。井戸にかぎらず、丸くて、大きくて、暗いものは、とりあえずのぞいてみる価値があります。ぼくはそれを、探偵稼業《かぎょう》でいやというほど教えられました。闇《やみ》を見つめるのは、情報を得るためではなくて、それを必要としている依頼主と自分との距離を測ることではないでしょうか。

*

丸くて、大きいものなら、彼の目のまえにある。ビールのつまみに焼きなおしたクレープだ。しかし、そこに暗いものが追加されたらなんになるだろう？ ヨーロッパナマズの目？ それとも彼を絶えず眠るひとの領域に押しとどめようとするあの太鼓の中身？ そうじゃない。たぶん、彼自身のなかに掘られた穴だ。眠るひとと目覚めるひとが共存し、彼の生活全般がひとつの想像上の出来事であるかのように錯覚させてしまう闇。そういう闇が用意されていることすら、もしかすると彼は知らずに生きてきたのかもしれない。身を隠し、身を休め、そして来るべき合図を待ちながら息を潜める待機の空間。いや、そんな鹿爪《しかつめ》らしいことを考えなくても、丸くて、大きくて、暗いものならガスレンジの横にひとつあった。古くて立派なワインの樽《たる》が。

5

　ワイン樽《だる》がそこに置かれていることを、彼はそれまであまり意識してはいなかった。というのも、ちょうど腰の高さくらいのその樽のうえには、しばらくまえに返送した現状明細書にもなぜか記されていない大理石の天板が載せられていて、中央のふくらんだ部分の直径とほぼおなじくらいのひろさのその天板が調理台としてあまりに自然なたたずまいでレンジわきに収まっていたので、重宝な台所用品のひとつとしか見ていなかったのだ。じっさいその調理台は、低すぎず高すぎず、彼の背丈にぴったりのサイズだった。陽の光のあるときに横から眺めてみると、ただ時間が経過したからそうなったのではなさそうな光沢があって、古い家具の手入れに用いる蜜蠟《みつろう》がほのかににおっていたし、亜鉛メッキのたがには錆《さび》もなく、調度としての体裁をそこそこ保つための油が塗られていたから、大家のかつての商売の遺物というより、船内の雰囲気づくりのための装飾品だと思われたのだ。しかし枕木さんからのファクスのひとことで、彼には姿の美しいその樽の存在がなんだか妙に気になりだした。

＊

樽はいいものだ、とくに姿の美しいやつは、眺めるのも撫《な》でるのもいい。まだ元気だったころの老人は、そんな言いまわしでしきりに樽を褒め称《たた》えたものだ。たぶん彼が、不要になった年代物の樽を床材やら家具やらに再利用する工房が母国にはあると話したときのことだったろう。ちょうどそのころ、ひどいアトピーに悩まされている息子を持つ同世代の知人から、買ったばかりの新築マンションを主治医の勧めで改装することになった、もったいないけれど健康には代えられないという手紙をもらったのだが、そのなかに、役目を終えた年代物の樽を引き取り、職人が練達のわざで微妙に湾曲させた樽の側板を、もういちど平らに戻す技術を確立した工房があると書かれていたのだ。そこで生まれ変わった板を床材にするというのである。楢《なら》であれ樫《かし》であれ、何十年もワインを抱いてきた樽材はたしかに自然の素材だし、目もきっちり詰まっていて家具にも適しているから、予算の都合がつけばテーブルや椅子《いす》もその工房のそういうものを使いたいと息子思いの父親は書き添えていて、もいたく感心した彼は、この国にも同様の技術があるのではないかと大家に教えを乞《こ》うたのである。使用済みの樽の余生まではわからんよと老人は言い、しかし、とつづけた。そいつはなかなかいい考えだ、よい樽材は、よく管理された森から買いつける。中央山塊やピレネー、それからイゼールの森。手入れの行き届いた木々を引っ張ってくるんだ、子どもの身体《からだ》に悪いはずはなかろう。いちばんいいのは樫だよ、醸造用のでかい樽にも、ながいこと寝かせておく樽にもこれが最適だ。ただし上物を競《せ》り落とすのは大変な仕事だぞ、値段を抑えるつもりなら栗《くり》の木でもかまわんが、わたしの爺《じい》さんくらいの時代には、いまじゃ金属が使われてるたがの部分を栗の木の枝で締めてたそうだ、切り株なんぞに巻きつけて、とくべつに育てた枝を使ってな。それでも何千という樽をこしらえるにはどうしたって数が足りない。つまり不足分をよその国から輸入するわけだが、それがどこだかわかるかね、と老人は彼に問いかけておきながら自分で応《こた》えた。ロシアだ、ロシアから持ってくるんだ。樽材の輸入でにぎわったのが、セートという南仏《なんふつ》の港だよ、なんと言ったかな、海辺の墓地？　そう、その墓がある町だ、樽にするまえの木材が山のように荷揚げされたものさ。樽にして、ワインを入れて、何年も寝かせなければ木じたいも成長せんのだから、放っておけばただの材木にすぎん。樽を再利用するのは利口なやり方だ。きみは樒だと言ったが、それでじゅうぶんだろう、子どもの病気に効き目があることを、ともに祈念しようじゃないか。だがな、樽を一律に壊すのはやっぱり好ましくない。姿のいいやつは、断固残すべきだよ。樽は愛《め》で、愛撫《あいぶ》するものだ、掌《てのひら》であのふくらみをゆっくりと、女性の腰を撫でるみたいに撫でる。よい樽はそれできしりと声をあげるぞ、酒も熟れるし、文句なしだ、きみも今度やってみるがいい。樽は、撫でてやるものだよ。

*

眼前にある樽はたしかに姿がよかった。樽の容量は産地と輸出先によって異なるそうだが、この船に積載されているのは、ふだん写真などで見慣れているものより心なしかほっそりしている。老人が訴えたような官能こそ感じなかったものの、掌で触れると、最初ひんやりして、すぐにほんのりあたたかくなるところなどは、たしかに人肌を思わせた。指の関節でこつこつたたいてみると、どこか乾いてほこりっぽい音がする。腰をかがめ、両手を伸ばして抱え込むようにしながら、彼は樽を動かそうと試みた。相当な重量だ。びくともしない。樽じたいが重いうえに、大理石の天板の重さが加わっているのだから、中身が空っぽでも彼の体重を楽に上まわっているだろう。

何百リットルもの液体を飲み込んだ大樽を、むかしのひとは起重機もなしにいったいどうやって積み下ろししたんでしょう？　そんな不用意な質問をした彼に、老人は心底呆《あき》れたという表情で天を仰いだ。知ったような口をきいておいて、なんたる質問だ、あわれ起重機ときたもんだ、どこにそんな阿呆《あほう》がいるものか、あんなものは樽の腰つきの意味がわからない間抜けどもが使う道具だよ、いいか、樽は転がすんだ、ごろごろごろごろ転がすんだ、人間の手でな。言いながら、老人は両腕を力士みたいに伸ばしてみせた。しかし、と彼は思う。転がすにせよなんにせよ、横に倒さなければどうにもならないではないか。とにかく天板をはずしてやはり中をのぞいてみよう。真っ暗な穴があるとしたら、それはふさぐものではなく、のぞくものだという枕木さんの言葉にしたがって。

＊

ところがその気持ちが、電話の音でたちまち萎《な》えてしまう。当座預金の口座を開いた銀行の、都心に出るとき使っている郊外線の駅に近い支店の担当者からで、あたらしい小切手帳ができあがったとの連絡にかこつけた体のいい勧誘だった。先日、国外からまとまった額の入金がありましたが、この口座では利息がつかないことは以前にお話ししたとおりです。しかし今後、定期的な振り込みが予想できるのであれば、いったん貯蓄口座のほうへ振り込んでいただいて、必要な額だけそのつど小切手口座に移すのが得策です、と若い担当者は熱心に勧める。自由に引き出すことのできない口座は、資金運用の元手を集めるための必要悪であり、その悪の必要性がわかっていても、彼には姑息《こそく》な手段にしか見えない。そもそも貯《た》めておく金などないのだから、貯蓄口座に興味など湧《わ》かないのである。水に浮いているにもかかわらず住所が確定して、すぐ口座開設に出向いた折にも彼はおなじことを何度も繰り返したのだが、この方面の語彙《ごい》は赤ん坊も同然だから強く踏み込まれると効率のよい反応ができなくなり、断るのにずいぶん苦労した。いまふたたび電話で攻められて彼はしだいにいらだち、面倒ですからあなたの勧める口座も開きましょう、ただし条件がありますと、ややつっけんどんな口調で言う。なんでしょう？　相手が引いたところで彼はつづけた。今日の午後に受け入れてくださるのであれば、契約書にサインします。他日の予約が必要なら、おたがい泣きましょう。今日の午後ですか、と相手は押し黙り、では午後五時までにお越しくださいと承諾した。受話器を置いて、彼はちょっぴり安堵《あんど》する。可能なかぎり現金を持たないこの国の習慣を取り戻そうと気が急《せ》いて、しばらく小切手を切りすぎていたのだ。はやいうちにもう一冊手に入れておかないと生活に支障をきたす。懸案だった家賃は、わたしが差配したんだから光熱費と管理費だけでいいと言い張る大家の善意をなんとか断り、交通の便の悪い郊外の一角で二部屋のアパートを借りる程度には払うことにしてあった。渡航まえに空にしてきたアパートと変わらないくらいの金額だが、その支払いにも小切手は不可欠だったのである。

*

身分証明書と筆記用具をリュックに投げ入れ、道路側の木々の葉が暗い蔭《かげ》をつくっている土手の坂をのぼり、高速道路の高架をくぐる市道沿いの舗道まで小一時間ほど歩いて、薄汚れたビジネスホテルのまえからバスに乗ろうとしたのだが、その時間帯にあるつぎの便に乗るには四十分近く待たなければならなかった。暇つぶしの本を持って来なかったので、彼はしかたなくさびれたアスファルトの道を郊外線の駅前広場まで延々歩き、閉店まぎわの銀行で約束どおり小切手帳を受け取ると、冗談みたいな額を積んで貯蓄口座を開設した。小切手口座への送金は、電話かファクスで命じてくだされば、ご足労いただく手間がはぶけます、と担当者は満足げに立ちあがり、手を差し出した。ラグビーのフォワードだと偽っても疑われそうにない体格のその男の手はしかし不釣り合いに小さく、ひんやりとして同時にあたたかい両生類のような、あるいは老翁《ろうおう》が愛撫してやまない樽の腰のあたりの感触に似ていた。そして、そのやわらかな手と樽の曲線が彼の頭のなかでとつぜん鮮明な像をむすび、樽は愛撫するものでものぞき込むものでもなく、読むものだ、と思いいたったのである。やはり時間の合わない列車を見放し、ロータリーに停車していた郊外バスで環状道路沿いのターミナルまで出ると、そこから地下鉄を乗り継いでファクスを買った界隈《かいわい》に近い新刊書店のひとつに入った。パソコンに向かってなにやらデータを打ち込んでいる女性に、すみません、クロフツの仏訳が入手可能かどうか調べていただけませんか、と恐る恐る声をかけた。彼女はボールペンを持っていないほうの手で楕円形《だえんけい》の眼鏡をちょんとあげながら彼のほうに顔をむけ、クロフツの正確な綴《つづ》りを求めた。意表を突かれて彼は言葉に詰まり、わかりません、と正直に応えた。

＊

なんということか、ずいぶんまえに邦訳で読んだきりなので、作者の名も題名も原語で記憶していなかったのだ。しかたなく仏語で樽を意味する単語を書名欄に打ち込んでもらうと、灰色の画面にオレンジ色の文字がずらりとならび、CROFTS と綴られた作者の項目に、探していた本が見つかった。たぶん、これです、と彼が指を差すやいなや彼女はすぐに椅子から立ちあがって、三十秒もたたないうちに文庫のならぶ棚から現物を探し出してくれた。中身を確かめると、『樽』は一九九六年に親本が、その翌年に文庫版が、リヴァージュ社から刊行されている。不思議なことに、最初の仏語訳が何年に出ているのかを示す奥付はどこにもなかった。ミステリの古典のひとつに数えられるこの作品の原著は一九二〇年に刊行されているのだから、七十数年ものあいだ未訳だったなんてまずありえない。ところがフランスの映画作家が寄せた序文を走り読みして、この版がまぎれもなく初の仏語訳だと彼は知ったのである。映画作家は、一九四〇年代、イギリスから嵐《あらし》の英仏海峡を渡ってくる船のなかでクロフツの『樽』に夢中になり、おかげで酔いもしなかったと思い出を語っていた。訳者はジョン・チーヴァーの紹介者で自身作家でもあるドミニック・メナール。彼は係の女性に礼を言い、先ほど手に入れたまっさらな小切手を一枚切って、買い物もそこそこに船に帰ると、少し傷《いた》みかけたシャンピニョンを使ってオムレツをつくり、手ばやく夕食を済ませて頁《ページ》を開いた。

＊

英国の海運会社、インシュラー&コンチネンタル、通称I&Cの蒸気貨物船が、フランスはルーアンからロンドンまでワイン樽を運んでくる。I&Cは三百トンから一千トン級の船を三十数隻《せき》所有し、大陸でもどちらかと言えば小規模な港を取引先にしている。同業者と速度を競うことも、限界値すれすれの積載量で一度の運搬量を増やして危険をおかすこともなく、生鮮食料品以外はなんでも扱う堅実なやり方で一定のシェアを確保していた。前回、やはりルーアンからの積み荷の数をめぐってトラブルがあったため、担当者が慎重を期して陸揚げに立ち会ったところ、他とあきらかに種類の異なる不審な樽がひとつ発見された。彼の大家が認めていないあのリフトで数個ずつ船倉から吊《つ》りあげている最中、索具がはずれて四つの樽が船底へ落ちてしまうのだが、三つは罅《ひび》が入ってワインが漏れだしているのにひとつだけ無事なものがあり、他と較《くら》べるとつくりがずっと頑丈で明るい樫の木の色に塗装され、ニスで仕あげられていた。ところがわずかに走った亀裂《きれつ》からおがくずがこぼれ、なかに金貨が詰まっている。盗品の可能性を考慮して責任者が中身を掻《か》きだしてみたところ、指輪をした女性の手が見えた。荷札によれば、この樽はパリの彫像制作会社からロンドンのある男のもとへ、ルーアン経由で送られてきたものらしい。手は彫像の一部なのか、それとも本物なのか。事件の報を受けた刑事が責任者といっしょに現場に駆けつけてみると、驚くなかれ、樽はあとかたもなく消えていた。

＊

この場面だけは、さすがに彼も記憶していた。おがくず、金貨、女性の手、そして消えた樽。若き映画作家が手にしていた原作の表紙にも同様のモチーフが描かれていたという。しかし邦訳で読んでいたころ、彼はこの小説の要諦《ようてい》が欧州の河川輸送にあることをまるで理解していなかった。彼の住んでいる船も、錨《いかり》をあげて河を下ればひときわ丈夫な樽の経由地に流れ着く。二都物語は、ドーヴァー海峡より先に二本の大きな河によって成り立っているのだ。この国の首都から海までの距離は、三五五キロメートル。ルーアンはちょうどその中ほどに位置し、海から大型貨物船が直接出入りできる港だということを、彼は操舵室《そうだしつ》の地図と河川運行図で学んだ。なかば海に等しいルーアンの港湾活動は、だから水位の干満と川水の速さの影響を受ける。大家が働き盛りだった時代にも、この港からおびただしいワイン樽が運び出されていったことだろう。南仏の運河を利用する樽の貨物輸送が急速に下火になったのは、戦後一挙にのびたワインの需要に流通が追いつかなくなったからだ。運河の幅が限られているうえに閘門《こうもん》が多く、積載量にも所要時間にも限界がある。トラックと船のどちらが現代の暮らしに見あうかは、誰の目にもあきらかだった。樽を運ぶ手段は蒸気船や馬車から機関車やトラックに移行し、不要となった平底船は移動可能な住居に生まれ変わった。立派な樽のひとつやふたつ、消え去った時代の思い出を詰めて積まれていてもおかしくはない。そう、ワインであれ思い出であれ死体であれ、樽にはなにを詰めてもいいのだ。ロンドンの埠頭《ふとう》から消えた樽板の厚みは通常のワイン樽の二倍ほどもあり、ようやく発見されていざ開封となったときには、指物師の助けを仰がなければならなかった。扼殺《やくさつ》された跡のあるその女性の身元は？　そして犯人は？　事件解決のために、ロンドン警視庁からパリ警視庁へ、ひとりの刑事が派遣される。

＊

午前三時。気温一五度、湿度五〇パーセント、北東の風、風力二、気圧一〇〇五ミリバール。粒立ちの大きい本格的な雨がひさしぶりに水面を揺らし、ときおり船体になにかがぶつかって鈍い音を響かせる。本を開いたまま、彼はその音に耳を傾ける。固くも柔らかくもないゴムがぶつかったような音。生き物の鼻先が当たっているみたいな振動の伝わり方だ。Kだろうか？　それとも体長三メートルにおよぶ巨大ナマズだろうか？　彼の目は、しかし耳との連携を最小限に抑えて、一九一二年のロンドンとパリをむすぶ殺人事件の謎《なぞ》を追い、雨がやむのも物語が終結するのも待たずに、いつのまにか眠りに落ちていった。

＊

午後遅くに起き出して、ラジオをひねる。女性を殺害して樽に詰めるなぞ児戯に等しい、はるかに悲惨で不可解な事件の余波が、世界各地でつづいている。現存艦隊はけっしてなくならない。形を変えて、それはいつでも、どこにでもあらわれる。ニュースを聴きながら、来《きた》るべき怪物の姿に怯《おび》えているのはどうやら自分だけではないようだ、と彼は鈍い頭で考える。怯えを素直に認められない者は、城壁としての樽の側板を不必要に厚くする。寝かせ、転がし、ときには愛撫するべきものとしての樽は、彼らには存在しない。ありもしない樽をあるものと仮定しなければ前に進めない横暴な連中の不幸について、彼は具体的に語る言葉を持たなかった。そして、語る言葉を持たないことの是非についても、あれこれ思いめぐらした。船窓のむこうの水位がかなり高くなっている。水かさが増してそのぶん船が高くなっているのか、それとも自分のほうが沈んでいるのか。彼はベッドを抜け出し、キッチンに立って、樽を横目に見やりながら珈琲《コーヒー》を淹《い》れ、雨でしんなりしてしまったパンをオーヴンでからりと焼いてから、バターを塗ってグラニュー糖をかけた。それを読みさしの『樽』といっしょにトレーに載せ、雨のあがったデッキに持ち出し、濡《ぬ》れたテーブルと椅子《いす》を丁寧にタオルで拭《ふ》いたあと、食事をしながら先を進めた。ロンドン警視庁の刑事は、すでに別件で共同捜査をしたことのあるパリ警視庁の刑事の協力を仰ぎ、空白をひと駒《こま》ずつ埋めていく。本格ミステリとはいえ、頭のなかでの抽象的な謎解きではなく、しっかりした聞き込み捜査に基づく警察小説の味わいである。樽には当初、送り状のとおり彫像が入っていた。死体はルーアンに至るまえの段階でそれと入れ替えられたにちがいない。ロンドン警視庁の刑事がそんなふうに推理を進めていくあたりで、坂道のうえからあの西アフリカ出身の配達夫がやってくるのが、彼の視野に入った。

＊

油を差したのだろう、ブレーキの軋《きし》みがいつもより少ない。片手で挨拶《あいさつ》すると、むこうもにこりと返してくれる。しばらくですね、と彼は言い、電話局のロゴが入った封筒を受け取った。わたしがなにか持ってくると、あなたはかならず食べたり飲んだりなさってますね、と配達夫が笑う。で、珈琲はいかがですか？　このあいだとおなじ台詞《せりふ》を彼がお返しすると、よろこんで、と配達夫は両手をひろげ、注がれた液体に砂糖をざあざあ入れて掻きまわしながら、そうだ、このあいだ教えていただいた珈琲、繁華街で働いている友人に頼んで、イタリアものの総菜店で見つけてもらいました、はやくお礼をと思っていたんですが、これがひさびさの郵便ですからね、と微笑《ほほえ》んだ。そこで彼は、管理会社から聞いた話を配達夫に伝えた。誰も住んでいなかったですって？　ほんとに住んでらしたかどうか、中を拝見したわけじゃありませんから、ぜったいまちがいないと断言はできませんけれど、郵便を持って来ると、もちろん留守のときもありましたが、そのひとが受け取ってくれましたよ。どんな方でした？　そうですねえ、小柄で髪は褐色、うしろで束ねてました、年齢は、そうだなあ、三十代のなかばくらいでしょうか、あるいはもっと年上だったかもしれません。言い終えて配達夫は両のてのひらでカップを包み込み、テーブルのうえの本に視線を落とした。それ、面白いですか？　ええ、ワイン樽のなかから美しい女性の遺体が発見されるっていう話ですけれど。樽に死体を詰める？　と配達夫は目を丸くして両手をひろげた。わたしなら丈夫な山羊の革を張って太鼓にしますね、ほら、むこう岸の男のジャンベが子どもだましにしか聞こえないくらいの、どっしりした太鼓ができるはずですよ。

6

深夜だったから電灯はつけていたのですが、光は背後から当たるのでキッチンの隅は陰になって薄暗く、最初はそれがなんだか見わけることができませんでした。黒いかたまりがぼうっと輪郭《りんかく》をあらわし、とぐろを巻いているように映じたとたん、思わず中腰のまま後ろへ飛び退《の》いて、レンジの角で肘《ひじ》をしたたかに打ってしまいました、と彼は枕木さん宛《あて》のファクスに書きつける。

＊

大理石の板をそっとずらし、闇《やみ》の底と網膜のあいだの距離を測るように腰をかがめていったときの緊張感が、例の探偵小説の影響であることはどうやらまちがいなさそうだった。クロフツの小説に登場する樽《たる》は塑像《そぞう》の輸送にも用いられ、緩衝材として大量に使われているおがくずが隙間《すきま》からぽろぽろこぼれたりするのだが、彼がその樽のなかに見出《みいだ》したのは美しい女性の死体でも鶏を丸飲みした大蛇でもなく、太くてながいロープだった。なにをどうやっても切れそうにないそのロープに触れ、動かないのをたしかめてから片手でつかんでみると、川水をたっぷり吸い込みでもしたかのように、とてつもなく重かった。鋼鉄の鎖やゴムホースのたぐいとは別種の、なにか生き物めいた重みがあり、肘が痺《しび》れている状態でそれを引き出すのはとうてい無理だとわかったので、感覚が戻るまでしばらく休み、今度は懐中電灯を持ち出してもう一度なかを調べてから樽の底板がのぞくまでロープを少しずつ外に引っ張りあげた。あやしげなものは、なにもない。ワインの澱《おり》の香りでもするかなという予想を裏切って、鼻をついたのはかすかに湿り気のある縁の下の土に似た埃《ほこり》のにおいで、流れる水のうえで動かない地面の気配を感じるなんてじつに奇妙だったが、樽の縦穴はむかし空き地によく横積みされていたあの土管に通底する異界への出入り口のようにも見えた。彼はそんな話をだらだら書きつづり、こう締めくくった。ある地点からある地点まで移動せよと命じられたとして、かりにその途中で天地の板をはずされた筒抜けの大樽が転がっているのを見つけたとしたら、おそらく自分は、最短のルートをたどるかわりに、とりあえずその樽のなかに入ってみようと考える人間です。たぶんこの船は、そんな樽と同等の機能を担《にな》っているのではないかと思います。

＊

定められた目的地までの到達時間をいかにはやめ、事実上の距離をいかに縮めるか。到達までの過程の面白さよりも段取りのよさを求められたとき、彼は居場所を失う。あらかじめ選択肢が提示された場合でも、周囲の目からするとあきらかに冴《さ》えないほうに票を投じてしまうのがつねだった。重要な局面で余分ななにかを切り捨てる勇気と判断力を欠いている者が、他者に有益な指針を与えられるはずはないし、自分でもわからないことをひとさまに指図できるはずがない。樽や土管のように空っぽの通路になって、他者を自在に行き来させる包容力でもあれば話はべつだろうが、彼には「むこう」と「こちら」の区別すらつかないのである。仕事を整理し、若かったころ何年か過ごした経験のある異郷で時計のねじを巻き戻す決意を固めてそれを打ち明けたとき、枕木さんは、そうか、やっぱりきみは並列型だろうなあ、と天を仰いだものだ。同一条件のもとで同一の素材を使って結果を出さなければならない場合、そのひとがどんな行動をとるかは、豆電球の実験で判別可能なんだよ、と枕木さんは言う。

呆気《あっけ》にとられている彼の表情をにこにこと受けとめて、べつにむずかしいことじゃないんだよ、とつづけた。理科の授業でやるあの豆電球の実験ね、ほら、電池をふたつ使って回路をつくるやつがあるでしょう、より強く、より明るい光を出すためにはどうつないだらいいかっていうあれですよ、きみの世代だったら学校で当然やってるはずだよね？　ええ、と彼は応《こた》えて、少年のころ、いっとき仲よくしていた電気店の息子が、理科の時間にだけ見せた誇らしげな顔をふいに思い出したりした。

＊

電池の配列や配線は、図に描かれているとおりにすればいいのだからさほど問題はない。しかし赤と青のビニールに包まれた銅線の先をラジオペンチできれいに剝《む》いて出すことが、不慣れな子どもには案外むずかしく、父親の指導でひとりはんだ付けの領域まで到達していたその友人の助力を、何人もの生徒が仰がなければならなかった。豆電球の実験と聞いてよみがえる最初の映像は、だからそのふだんはもっさりしている友人の、例外的に生き生きとした表情なのだった。彼はもちろんペンチをうまく操ることができない側に属していたのだが、枕木さんの言葉は、そんなふうに忘れていたこと、あるいは覚えているのにその意味を深く考えずに済ませてきたことの痛点を、さりげなくついてくる。つかれてどうなるというわけでもない重要度の低さがまたはかなくて、彼にはいつも心地よかった。で、ほら、先生が並列と直列の二種類で、電球の明るさを確認させるでしょう？　まず並列つなぎをして、それから直列にする。ぱあっと電球が明るくなる。その瞬間、生徒たちから賛嘆の声があがり、先生は自分の発明でもないのに得意げな顔をする。そこまではいいですね？　ええ、と彼はほとんど機械的に言葉を継いだ。たしかに、おおっという声があがって、教室がしばし華やいだ記憶が彼にもあったのだ。でも、ぼくには納得いかなかったんです、ぼくがびっくりしたのは、並列つなぎのほうだったんですよ、足し算が足し算にならない、そんな不思議なことが起こるのかって。ところが並列つなぎに魅せられたのは、クラスでぼくひとりだった。それがもっと不可解でね。考えてみれば、明るくなるほうがやっぱり見栄《みば》えもいいし、わかりやすいし、まあ華やかなんです。並列はすなわち現状維持ってやつですよ。直列の夢に毒されて容量を度外視し、やみくもに足し算をつづければコイルが焼き切れる。それなら電池を節約しながら現状を維持したほうがいいのではないかと思うんです。だからあの基礎的な実験でどちらに声をあげるかが、ひとを判断するぼくのごく個人的な基準になってるんですよ。怒るかもしれないけれど、きみは並列でしょう？　彼はひと呼吸置いて、そのとおりですね、とうなずいた。

＊

並列でよいと得心するためには、光量が変わらないという真実を肝に銘じておく必要がある。現状維持の怖さは、その真実をまがいものの真実と取りちがえて、いっさいを台なしにしかねない点だ。ほんとうのことを見切る力がなければ、結果的に直列とおなじ愚を犯すことになる。枕木さんの話を聞いて以来、並列つなぎは彼にとって完璧《かんぺき》さのありようの一例となった。誰だったか、ある哲学者の本に、完璧さとは不動の謂《い》いだとの箴言《しんげん》があって、それが枕木さんの並列人間説に合致するような気がしたからである。論理を無視してまで経験を重んじるきらいのあるその哲学者の言葉を彼なりに敷衍《ふえん》すれば、動かずにいるための正当な権利を手に入れるためには、そこに大文字の真実がなければならない、ということになる。しかも真実とは、本人がそこにあると信じているかぎりにおいて有効なのであり、信じる力が弱まって影が薄れた瞬間、嘘《うそ》に転じてしまう酷薄なものだ。ほとんど信仰に似ているその思考の道筋からすると、彼を魅了した哲学者は、たぶん枕木さんの称揚する並列に宿った真実を受け入れられる男だったのだろう。いまの世の流れは、つねに直列である。むかしは知らず、彼が物心ついてからこのかた、世の中はずっと直列を支持する者たちの集まりだったとさえ思う。世間は並列の夢を許さない。足したつもりなのに、じつは横並びになっただけで力は変わらず温存される前向きの弥縫策《びほうさく》を認めようとしない。流れに抗するには、一と一の和が一になる領域でじっとしているほかないのだ。彼はその可能性を探るためだけに慣れ親しんだ土地を離れて、不動のまま、並列のままなおかつ移動しさまよい歩く矛盾を実践しようとしたのではないか。

＊

だが、どうやって？　その具体的な方法が、まだ彼には見つからない。

＊

見つからないのは、不動産屋もおなじだった。例の女性の件ですが、と担当者はずいぶん遅れて電話をよこし、彼を眠りから引きだしながら謝りもせず、それらしい資料も情報も見つかりませんでした、しかしそのことでなにか現実にお困りでしょうか、と訊《たず》ねた。いいえ、ただ私信でないことがあきらかな手紙をあずかっているだけで、不都合があるかと問われれば、ないとお応えするのが正しいでしょうね。では、もしなにか問題がおありでしたら、大家さんに直接おたずねください、ご存知のとおり、耳が遠くてなかなか通じませんけれど。担当者はそんなふうに引き気味の口調で電話を切った。相手の言うことにも一理ある、と彼は思った。そのものずばり、質問事項として老人にファクスを送ればいいのだ。そのために買った機械ではないか。さっそく実行に移すべく、いくらか粗《あら》い大き目の文字で文章をしたためて送信すると、一時間ほどして手伝いの女性から電話がかかってきた。旦那《だんな》さまはこのところの天候不順で関節の痛みがはげしくてペンを持つこともできないんです、口述するのも面倒だから、来てくださるとありがたいとおっしゃってるんですが、と申し訳なさそうに言い、声を少し落として、たぶん話し相手が欲しいんだと思います、もうずいぶんいらしてないですし、と締めくくった。彼はすぐカレンダーに目をやる。大家を訪ねてから無為に夏を過ごして、はやくも三カ月近く経過していた。

*

手土産になにがいいかとあれこれ考えた末、ありきたりの花束はやめにして、彼は老人のアパルトマンがある街の、最寄り駅の近くで見つけた珈琲豆《コーヒーまめ》の自家焙煎屋《ばいせんや》に立ち寄った。どこの店の豆がよくてどの店の豆が悪いといった評判を、彼はあまり信じないほうである。吐き出したくなるほどえぐみのある珈琲を出された経験もないことはないのだが、それで猛烈に腹が立ったためしはない。立地だけに頼る店や、また逆に、味の理想がかたちではなく概念になるような店にあれこれ文句を言ってもしかたがないからだ。蕎麦屋《そばや》や寿司屋《すしや》や珈琲屋で能書きを垂れている客を見ていると彼は困惑し、居心地が悪くなる。言葉に完成がないように、味にも完成はないし、それどころか完璧もないはずだ。しかし完璧とはいったいなんだろうか？　味がテーブルをはさんで座っている相手や体調や店の雰囲気によって変化することを認めようとしないひとびとのかたくなさが、彼には受け入れられなかった。カウンターのむこうでラジオから流れる音楽に合わせて軽く唇を動かしている、後頭部をきれいに剃《そ》りあげてぴっちりした黒い綿シャツを着ている男もそのひとりかと一瞬身構えたが、警戒心は直後の反応によってたちまち解かれた。せっかくだからまずは自分用にと、口をふわりと丸めた細ながい麻袋に詰まっているマンデリンのフレンチローストに目をやると、すぐ隣に愛らしいゾウガメの絵が描かれたプレートが立っている。よくよく見れば、ゾウガメはガラパゴス産の豆のマスコットなのだった。国際的な環境保護下にあるはずのガラパゴス諸島で珈琲が栽培されているなんて思いもよらなかった彼は、かなり値の張るその豆の、どうやら店のひとの手になるのではないらしい説明書きを読んでみた。ところが、そこにはガラパゴス諸島の気候がいかに珈琲栽培に適しているか、またこの島々に歴史上どれほどの価値があるかが説かれているだけで、肝心の豆の味についてはなんの記述もないのである。そこで彼は、黒い綿シャツの男に、どんな味ですか、と質問した。さあ、飲んだことがないので、わかりません、と男は平然と応えた。

＊

あなたが焙煎してるんじゃないんですか？　まさか、ぼくは雇われの身ですよ、ただの売り子です、と男は両手をひろげた。かなり年のいった方への贈り物にするつもりなんです、ともかく、この絵にあるみたいな、ゾウガメの味はしないでしょうね？　さすがにそれはないでしょう、と店員はやや心外だという顔で言い、あ、そういえば、としばらく言葉を切った。生豆は、ちょっと亀《かめ》の甲羅みたいな、品のいい緑色でしたね、味のほどは存じませんが、店長の話によると、有機栽培の豆としては希少価値で名が知れてるらしいですよ、なにしろイグアナのガラパゴスですからね。ただし、これも店長の話ですけれど、今日のお薦めはキリマンジャロのようです、と男はいつのまにか親しげな口調で話しはじめていた。ブルーマウンテンの豆は焙煎するとあの肉厚の実が真ん中でぱかりと割れて、ちょうど炒《い》り豆がはじけるみたいにいい音がする。

手にとってみると、たしかに実がむき出しになるほどにうまく皮が開いていていて火がよく通ることがわかる、たとえばブラジルの豆は完全に閉じていて真っ黒だが、ふだんはそんなふうにならないのに、どうしたわけかこのあいだ入ってきたキリマンジャロは、ブルーマウンテンまではいかなくともかなりの開きぐあいでとてもいい。店長がそう解説していたという。どこがどういいかわからないけれど、今回の豆はいいそうなんですよ。だから、お薦めといわれればこのキリマンかな。さて、受け売りの講釈はおしまいです。どうなさいますか？ 店名だけで銘柄の部分が空白になっている細長い小袋とスコップを胸の高さに掲げて、黒ずくめの男が彼を見つめる。有機栽培という言葉とあの島特有の動物たちが頭のなかで徒党を組んで、アフリカの豆を蹴散《けち》らした。

＊

ガラパゴスをください、二五〇グラム、贈答用のパックで。それからマンデリンのフレンチローストも、と彼は言った。

＊

ほほう、これがそのガラパゴスかね、と大家は世話役の女性が淹《い》れてくれた彼の手土産をちょっとだけ含んでその香りをしばし味わってから、濃い茶色の唾液《だえき》を勢いよく飛ばして、なかなかいい、これまで知らずにいたのがもったいないような、不思議な味わいだな、甘くて、こくがあって、ほんの少し苦みと酸味もある、果物の味も混じってるようだが、きみは、どう思うね？　芳醇《ほうじゅん》な赤ワインのようじゃないか、ありがたく頂戴《ちょうだい》しておこう。だが、ひとつ、訊《き》いておきたいことがある。なんでしょう？と彼は老人の耳もとで大きく応えて身構える。この豆は、はるかガラパゴスの島から、どうやって運ばれてくるんだね、麻袋か、樽《たる》か、どっちだ？　わかりません、と彼は正直に応えた。

＊

んあ！　わかりません、か。そういうときは、知らなくても樽と言っておくべきだ、それがわたしへの敬意というもんだ。しかし、残念ながら樽で運ばれてくるのはブルーマウンテンだけだよ。きみの国の業者が買い占めてるという噂《うわさ》のブルーマウンテンだけが、現地で樽に詰められる。ワイン樽とはまたちがうが、樽は樽だ。麻袋のほうが空気の通りがよくて生豆にはよさそうな気もするが、わたしに言わせれば断固樽にすべきだな、ガラパゴスがどこにあるかなんて訊くんじゃないぞ、生き物の進化がどうのと主張したえらい学者のおかげで有名になった島だろう？　ダーウィンです、と彼が口をはさむ。んあ？　ダー、ウィン。ダー、ウィンです、チャールズ、ダー、ウィン。聞こえるほうの耳で老人は彼の声を解析し、ダーウィン、そうだ、その男だった。それで、そのダーウィンの説によれば、珈琲の味は進化してるのかね、と問いかける。わかりません、と彼はふたたび正直に応えた。

＊

ずっと腰をかがめていると文字どおり腰が低くなり、なんだかひたすら謝罪しているような錯覚に陥る。むかしもいまも、老人の一本気な性格は変わらない。これと決めたらまっすぐに突き進む。一に一を加えることは、二を生むため以外のなにものでもないという直列型の人間。だからこそ、彼のように電池を横につなげていく浮き世離れしたタイプをまえにすると、傍目にもあきらかな鈍さに腹がたってくるのだろう。いつのまにか老人は彼の腕を取り、もっと耳の近くでしゃべってくれ、きみの耳も近づけてくれと懇願している。ひとがそうしてくれるように、わたしもひとの耳の穴にむかって話すと調子がいいんだ、目を見て話すんじゃなく、耳を見て話す、これがいちばんだ。そこで彼は《ヒズ・マスターズ・ヴォイス》の犬と化して首を傾け、雑音の多い七十八回転のレコードを聴く集中力で、老人のかすれ気味の声の溝をひろいあげようとする。穴はふさぐものではなくてのぞき込むものだ、と枕木さんは言った。穴はいま、のぞくものではなく声を吹き込むものになっている。しかし老人の身体《からだ》には、その声を反響させるだけの容量がもはやなかった。乾ききった皮膚に彼の声は吸い込まれ、どれだけ話しても言葉が鼓膜に到達しているようには思えず、寝かせ、愛《あい》撫《ぶ》すべき言葉が、熟成段階に入らぬうちに雲散してしまう。たしか、十数年まえ、樽は、愛撫するべきものだ、とあなたは力説してましたね。言いながら、彼は両のてのひらで宙に描いた樽をさすってみせる。老人はにんまりとして唇の端に唾液の泡を起こし、樽は撫《な》で、さすってやるものだよ、と応じた。彼はそれに勇気を得て、あの船にも、樽が、ありますね、相当に、立派なやつです、じつは、このあいだ、なかを、のぞいてみたんですよ、もちろん、愛撫しながら、ですが。それで？　と老人は関心を示す。救命具か、索具かは、不明ですけれど、ロープが、入ってました。若くて、美しい、女性の死体が、眠ってるか、と期待してたんですが。どうして死体なんだ、物騒なことを言うものじゃない、と老人は目をむき、まあいい、あの船になにがあったかなんてすっかり忘れたよ、樽でもなんでも、好きに使ってくれてかまわんぞ、心配はいらん、わたしが死んだら、わたしの死体を入れるがいい、そいつをガラパゴスへでもどこへでも、さっさと流してくれたまえ！

＊

そんなつもりで言ったんじゃありませんよと彼は焦《あせ》りながら弁明を重ね、話題を逸《そ》らすために、ところで、ファクスにも、書いたとおり、ちょっと、おうかがいしたいことが、あったんです、と底なしの耳の穴にゆっくり声を吹き込んだ。顔見知りになった、郵便配達夫の話によれば……。誰だって？　郵便配達夫、です。あの船には、比較的最近まで、女のひとが住んでたというんですよ、ところが、それを、あなたの不動産屋に伝えたら、一年以上は、空きになってたはずだ、と要領を得ないんです、じつは、その女性宛《あ》ての、手紙を、あずかってまして、取りに来たら、渡して欲しい、と頼まれているんです、どなたか、お心当たりは、ありませんか。老人は締まりのない口もとにほとんどよだれと形容してもいいくらいの唾液を光らせて彼の目をまっすぐにとらえた。その混濁した瞳《ひとみ》に、前回会ったときよりさらに力弱い照り返ししか認められないことに、彼は胸をつかれる。およそ言葉の途切れたためしのないひとだから、ずっと流れていた音楽が不意に断ち切られたようなその沈黙が彼には重すぎて、つぎの言葉を探しあぐねた。そのときだった、張りのない声で、子どもはいたか、と老人が言ったのは。なにを問われたのかとっさに理解できず、はい？　と間の抜けた相槌《あいづち》を打った彼に、老人は溜《た》まった唾液を手の甲でぬぐいながら繰り返した。子どもは、女の子は、いっしょにいたか？　いいえ、そんな話は聞いてません。そう応《こた》えた彼の脳裏に、甲板で風に吹かれていたあの少女の姿がふっと浮かんで、静かに消えた。

7

ぽつんと一隻《せき》だけ浮かんでいた彼の船の周囲に、夏の終わりころから下流で燃料補給を終えた連中がなぜか集まりだし、気がつけば直線距離にして数百メートルほどのあいだに数隻の平底船と中型の帆船が適度な間隔をあけて直列つなぎになっている。柳の木で隠れてここからははっきり見えないものの、土手下に整備されたコンクリートの河岸にはまだ何隻かを繋留《けいりゅう》する余裕があったらしい。川から川へ、運河から運河へと旅をしているのだろうか、買い物をするために街へ出てゆく道筋がみなちがっているため都会の暮らしとおなじで毎日顔を合わせることもないし、いつのまにやら消えている船もあるのでどこにどんな人物が隠れているのかはわからない。食料や生活用品を仕入れる場所はかぎられているから、繋留期間がながければ何度かは出くわして自然と言葉を交わすようになってもいいはずなのに、たがいを避けているみたいに行動しているのは奇妙なことだった。もちろん、いいかげんな気持ちで挨拶《あいさつ》したりすると中途半端《はんぱ》に親しくなって、したくもない身のまわりの話をせざるをえなくなる。彼にはそれが鬱陶《うっとう》しかったし、見えない相手のほうもそうだったのだろう。こんなところで生活してまで近所づきあいにわずらわされたくない。ひとと接するのが嫌いだからでも、社会的な良識とやらを欠いているからでもなく――少なくとも自分では欠いていないと彼は信じていた――、たんにひとりでいたかっただけなのだ。そういう時間と空間を求めて、わざわざここまでやってきたのだから。とはいえ、ひとりでいることの不可能をもっと自然に受け止められるようになれたら、とも心の底で期待しているあたりに、彼の本性的な弱さがあった。

＊

だが思いわずらうのはやめておこう。早朝からひろがりはじめた霧がますます濃くなって河岸一帯を覆《おお》いつくし、十数メートル先になにがあるのかまったく見分けのつかない状況がつづいている。霧は低い雲まで這《は》いあがって陽光の直進をさまたげ、快晴の空では望むべくもない均一な明るみをもたらして、逆に人間の気配を感知しにくくする。霧は遮光幕であり、また社交のあり方を左右する装置でもある。救いとなりうるいましばらくのあいだは、誰からも見られずこちらから見ることもせずに、ただじっと身を潜めていればいい。

＊

それでも、気にはなる。霧のなかにいったん埋もれてしまったら、かろうじて識別できていた境界線が二度と引けなくなるのではないか。子ども時代、彼は目をつむったまま運動場の一角を歩いて陣地を描くという遊びに興じていたことがある。正しくは、描くのでなく描きなおすのだが、最初に木の枝で単純な幾何学模様を記し、そのうえを十歩進んで右に四歩進み、そこからさらに斜め右へ五歩進む、と何度も線のうえをたどって形を身体《からだ》で暗記してから、つぎは目を閉じて、こうだったと信ずる線を引いてみる。その結果のずれ方といったらほとんど泣き出したくなるくらい大きくて、記憶がどれほど視覚に頼っていたかを彼は痛切に理解させられたものだが、なぜそんな遊びに夢中になったのかといえば、仲間のひとりが、なにかの本で読んだか誰かに聞いたかしてきた昔話に心を動かされて、ぼくらもやってみようと誘ってきたからだ。かつてファラオが君臨していた時代のエジプトでは、母なるナイル河が定期的に氾濫《はんらん》をおこして耕作地を水浸しにした。この自然の狂乱によって運ばれた肥沃《ひよく》な土砂があらたな養分となっていく仕組みは社会科の教科書でも触れられている常識だが、ずたずたにされたその土地をどのように再分配していくかまでは説明されていなかった。目安になっている石も木もすべて流され、埋もれてしまっているのに、いったいどうしたらいいのか。それでさ、もとの土地の区画を描きなおす基準を示すのは誰だと思う？　と友人は神妙な顔で仲間たちに問いかけた。村長、王様、神様？　ちがうよ、命令するのはきっと権力者だろうけれど、はじめに線を引きなおすのは近隣の土地に住んでいる盲人たちなんだ。なぜかって、目の不自由なひとたちは、自分の土地の大きさを、目の見える人々よりもずっと正確に、身体で覚えているからさ、つまり、それがほんとうの視力なんだよ。

*

霧のなかで自分の視力はどこまで届くのだろうか、と彼は独語する。まったく届かなくても、かまいはしない。いま切実に欲しいと彼が念じているのは、闇《やみ》の先を切り裂いてあたらしい光を浴びるような力ではなく、「ぼんやりと形にならないものを、不明瞭《ふめいりよう》なまま見つづける力」なのだから。

＊

軋轢《あつれき》を避け、衝突を回避し、つまりは他者との深いまじわりを遠ざけているようにみえても、彼はたくさんの自由のなかから、自身の居場所を、他人が想像しているよりはるかに暴力的なしかたで選択してきた。趣味に合う合わないを口にするのは、あまりにもやさしい。好き嫌いでものごとを判断するのは、あまりにもたやすい。そんなに単純な二分法で世界を割り切ることができたら、生はどれほど安楽だろう。趣味に合わないと断じるとき、なぜ趣味に合わないかを説明するのは容易ではないけれど、むずかしいことでもない。こいつはだめだとあきらめようとする内側の声を消して均衡をとりながら、その均衡が紋切り型に陥らず、自分ひとりに可能な心の溝を確実にトレースするレコード針の針圧は、千人いれば千通りある。公約数を求めるのではなく、もう約分できなくなったその最小値がすなわち個になる方向でひとに接することこそが、きびしい試練なのだ。

＊

外見のおだやかさが内心の激しさとかならずしも一致しないことくらい、誰でも承知しているはずだ、と彼は考えてきた。いろいろなひとの、いろいろな言動にたいして、そして自分自身の言動にたいしても、彼はしばしば抑えきれない怒りの気配を感じることがある。たとえば大家が好む阿呆《あほう》という言葉は、彼の語彙《ごい》のなかでもかつては頻繁に用いられてきたもののひとつであり、だからこそ彼はここ数年それを口にするのを極力抑えてきた。ながい時間をかけて、一種の内爆に近い処理方法を磨いてきたのである。ビル解体に用いるほどの規模ではなく、不具合の起きた真空管がまとめて破裂する程度のものではあれ、怒りの芽は、いったん散り散りの灰となって胸のうちに音もなく降り積もり、やがて体内に溶け込んでいく。いつかはなんらかの方法で排出されるのだろうが、この内爆の瞬間さえ把握できれば、本格的な暴発、暴走を防ぎうるはずだとの確信が彼にはあった。他のどんな事柄にたいしても、およそ確信なんぞという感情とは無縁で生きてきた彼が、たったひとつ、誰のまえに出てもおそらく胸を張ってこれならできると言えるのが、この怒りの早期処理法だったのである。

＊

結局、なりゆきまかせのこの船での暮らしは、自暴自棄のあらわれではなく、どこかで意識的に内爆を誘発し、それを慎重にしずめるためのものではないかとさえ彼は思うことがある。いつ、どのようなかたちで内爆が起きたのか、それを数値で示すことは不可能だ。けれども彼のなかには、あきらかにそれが起きた、という感触が残る。何日も彼をベッドにしばりつける風邪や原因不明の疲労は、繰り返されるこれら小規模の内爆の余波であり、臓腑《ぞうふ》に沈殿し、血のなかに溶け出した塵芥《じんかい》が、身体的な衰弱となって表面化したものではないか。そんな内側の動きを統御していくために不可欠な「きびしいおだやかさ」があってもいいはずだし、またそうした特別なきびしさにたいする世の理解がもっと得られてもいいのではないか。それ以上約分できなくなった怒りの断片を保持することこそが「あたりまえの感覚」であり、括弧のいらない個性を支えているのだ。

＊

そうかもしれないね、と下を向いたまま、酒場のテーブルをはさんで何度もうなずく枕木さんの丸顔を彼は思い浮かべる。顔を合わせるたびに、若かった彼はよくこの「あたりまえの感覚」について、いまでは気恥ずかしいくらいの熱弁をふるったものだ。そういう感覚を小馬鹿《こばか》にする輩《やから》への青くさい怒りのかけらを、分別のある大人にぶつけていたわけである。枕木さんの回答はしばしば彼自身の考えに重なり、ちょっとしたずれはあっても励ましになりうる貴重な養分をふくんでいた。あれはしかし、枕木さん一流の気づかいだったのだろう。当時はまだそこまで考えが及ばなかった。個性的だなんて言葉はね、ほんとうは使いようがないんですよ、と枕木さんは控えめな口調で言うのである。使えば使うほど、陳腐になる。誰にでも当てはまるし、誰にも当てはまらない。だって、ぼくがなんやかや理由をつけて尾行したり聞き込みをしたりしていたひとたちは、男でも女でも、生活の細部のひとつひとつはお話にならないくらい凡庸なんですよ。職種や年齢によって多少のばらつきはあっても、食べているもの、着ている服、友人たちとの会話の中身、観《み》ているテレビ番組、どれをとっても定型を踏んでいるし、予想できる範囲内に収まってる。つまらないといえば、こんなにつまらない人間はいない、と評価を下さざるをえない連中ばかりですからね。依頼する側であれ、される側であれ、行動を細かく記録すればするほど、際《きわ》だった特徴が消えていくんです。でも、そこからが謎《なぞ》なんだなあ、と枕木さんはうつむいて、両手で抱え込んでいた杯を少しだけこちらにずらし、顔をきりりとあげるのだった。謎なんですよ、平々凡々たる細部がひとりの人間の身体に収まっていったとき、やっぱりおなじにはならない。くだらない行為にすら微妙な色のちがいがでる。どこがどう組み合わさって、どんな力が働いたらそうなるのか、ずらりとならんだ無味乾燥な観察記録がちゃんとそのひとだけの容貌《ようぼう》になる。もしそれを個性と呼ぶとしたら、いや、ぼくにはそう呼ぶしかないから個性と言っておきましょう、話が面白いとか、気が利《き》くとか、そういう見やすい部分とはべつの、身体ぜんたいにまとわりついてる空気みたいなものなんですね。だから、きみには個性がない、自分らしさがないなんて、上からものをいうような連中はどうも信用できない。個性は、他者の似て非なる個性と、静かに反応するんです。そうでなければ、人と人とのつきあいがこんなにも面倒くさくて、こんなにもありがたいはずがない。ほら、おまえは自分の言葉を使っていない、個性がないって、よくそういうことを口にするやつがいるでしょう、と枕木さんは目の縁を浅黒く染めながらだんだん饒舌《じょうぜつ》になり、饒舌になってきた自分に気づくと、適切な間をとって視線を杯に落とし、ちょっと言い過ぎましたと詫《わ》びを入れてつづけるのだった。言葉は、誰だって出来合いのものを学ぶんですよ、それこそ小学校の教科書に載っているようなものをね。辞書を引けば、意味が載ってる。でも、その出来合いの言葉を、どんな状況でどんなふうに用いるかによって、無限の個性が生まれるんです。ただし、組み合わせた結果がどんなに面白くても、なぜそうなったかについては説明がつかないんですよ。

つまり、とそこで彼が口をはさむ。分解はできても、もう一度組み立てなおすことのできないのが、そのひとの個性ってことかな。たぶんね、と枕木さんはうなずいた。

＊

＊

対岸の太鼓たたきの気配がなくなってから、もうずいぶんになる。ひところ嫌でも耳を傾けなければならなかった彼には、なぜかそれがさみしい。靄《もや》のむこうから響いてくるのは、村の若者の行方不明を知らせるようなあの切迫した音楽でなければならないとさえ彼は思うのだが、かすかな自動車の音と揺れにあわせた船底の軋《きし》みが届くだけだ。こんな霧の日のたのしみは、読書をするか、音楽を聴くくらいのものである。大家にも不動産屋にも相談なしで修理に出していたプリアンプがようやく戻ってきて音楽の禁断症状から解放された彼は、レコードをたてつづけにターンテーブルにのせてゆく。ひと月ほどまえ、なにをしても音がひずむので、聞き慣れないメーカーの取り扱い店を調べて電話をかけ、不案内ながら懸命に症状を説明すると、ちょうど近隣に届ける品があるからその帰りに立ち寄るよ、船のなかでそんなもの鳴らしてるひとなんてそうはいないからね、と妙になれなれしい話し方の店主が取りに来てくれたのだ。ひととおり診察したあと、プリアンプの異常だろうとの結論に達し、修理部品の在庫がなかった場合は英国の本社から取り寄せる必要があるので時間がかかるかもしれないとそのまま持っていったのだが、オーディオショップを経営するまえに骨董《こっとう》商《しょう》をしていたというその初老の男は、船の内装に一瞥《いちべつ》をくれてすぐ、このまま店が開けるよと感嘆し、現状明細書のリストにあった品の名をつぎつぎに挙げて彼を驚かせた。このジョルデのライトは細身でめずらしいね、工場仕様が主体だからふつうは節目がもっと太くて無骨なんだ、大切にしたかったら電球をもっと弱いものに替えるべきだ、あの薄手のボルをふだん使いにしてるって？　高価なものじゃあないが十九世紀末の品だよ、なにしろ姿がいい、サルグミーヌのディゴワンだろうな、とつぶやきながら裏返してやっぱりそうだと嬉《うれ》しそうにロゴを彼に見せ、染《し》みが出ないようこれは飾っておくだけにしておいたほうがいいなどとひとしきり蘊蓄《うんちく》を傾けてから、これはおたくの船かとたずねた。いえ、借りてるだけです。彼がそう答えると、持ち主がなにをしてるひとか知らないけど、筋がいいな、あの樽《たる》だって以前はよく見かけたもんだが、ここまで状態がいいのはあまり残ってないよ、と黒い箱みたいなオーディオ機器を小脇《こわき》に抱えたまま顎《あご》で示すので、彼は思わず声をあげた。キッチンカウンターのむこうの樽に気づくなんて、ずいぶん目ざといですね、いつのまにご覧になったんです？ 今度は相手が驚く番だった。キッチン？ いや失礼、どうもむかしとったなんとかで、つい知ったかぶりをしちまって。樽っていうのは、ほら、そこにある椅子《いす》の通称だよ。

＊

彼はその「樽」に腰を下ろし、棚からまとめてつかみだした音盤を順々に演奏していく。汚れのひどいものは薬箱にあったガーゼを水で濡《ぬ》らし、かたく絞ってからやさしく拭《ふ》いて、それをまたあたらしいガーゼで空拭きするといった手間をかけなければ雨ばかりざあざあ降って音が聞こえてこないのだが、店主が接続プラグを全部抜いて接点を掃除してくれたせいか、それともたんなる気のせいか、以前より明朗な音になっている。どれもこれも時代がかった盤だから一枚一枚が厚く、重い。晴れた日にこそふさわしいジョルジュ・ゲタリーは遠慮して、録音日が明記されていないフィリップス盤でクラウディオ・アラウのショパン「二十四の前奏曲」、一九六三年のデッカ盤でアシュケナージとロリン・マゼールのチャイコフスキー「ピアノ協奏曲第一番」、一九八〇年のエラート盤でフレデリック・ロデオンとシャルル・デュトワのラロ「チェロ協奏曲」、そしておそらくは七〇年代のものと思われるフンガロトン盤でゾルタン・コチシュのバッハ「ピアノ協奏曲集」をたてつづけに聴いた。ジャケットに写っているアシュケナージもコチシュも、まだその華々しい才能を開花させたばかりでいかにも向こう意気の強そうな顔をしている。隔世の感とはこのことだが、彼は円盤がぐるぐるまわっているのを眺め、アンプとおなじ英国製の小型スピーカーから出てくる優しい艶《つや》のある音を浴びながら、音楽家たちの誰もが励む基礎レッスンの集積がなぜこうした個性を生むのかについて、ぐずぐず考えていた。才能のあるなしは、この際どうでもいい。彼らの技能を分解していけば、誰もが踏んでいる土台のあれこれにさかのぼることができる。しかしその逆の道筋の途中でどのような発酵作用があったのかは永遠の謎なのだ。ふたりの後年の演奏をも知っているだけに、才能や個性のみならず、成長と成熟のあらわれの不平等が彼には痛いほど身に沁《し》みた。これからの半生、わが身に成長と成熟はあるだろうか。個性と呼びうるものが備わってくれるだろうか、と。

*

樽っていうのは、ほら、そこにある椅子の通称だよ、と元骨董商で現オーディオシヨップの店主は説明した。現状明細書に記載されていたガリッシュの名は、臀部《でんぶ》がやわらかく包まれるような座り心地とともに大家との最初の出会いを呼び覚ましはしても、彼の日常のなかでとりたてて重要なものではなかった。灯台もと暗しとはまさにこのことだ。「樽」と称される椅子は、四〇年代なかばに北欧で開発されたベニア成型法による、この国初の量産品なのだという。継ぎ目のない座面が人間の身体《からだ》にぴたりと寄り添って座り心地がいいうえに量産も可能なこの製法を用いてガリッシュがデザインした椅子は、背の部分がたしかに樽の一部を切り取ったような、滑らかな曲線を描いている。ピエール・ガリッシュは一九二六年に生まれ、一九九五年に亡《な》くなった家具デザイナーで、やわらかいフォルムを持つこの椅子は、一九五四年に発売されている。樽をめぐって偶然の夢想を紡《つむ》いできた彼は不意打ちをくらって呆然《ぼうぜん》とし、その呆然とした顔に元専門家としての自負にたいする疑念を読んだ店主は、おもむろに椅子に近づくとそれをくるりとひっくり返し、家具メーカーの青いロゴを見つけてにんまりしたものだ。まちがいない、製造番号もある。こいつの仕あげには革とクッションと合成皮革の三種類あって、むかしうちでも扱ったことがある、布張りだったがね、お揃《そろ》いのテーブルもあったよ、と感慨深そうな表情を浮かべた。商売替えにはそれなりに大変な事情があったのだろうが、しかし彼にそんな過去をついてみる余裕はなかった。あれだけ樽にかかずらっていて、目のまえにある「樽」を見逃していたなんて。知っていてどうなるという知識でないだけに、かえって腹立たしかった。樽はのぞいたり愛撫《あいぶ》したりそのうえに板をのせて野菜を切ったりするばかりではなく、座るものだったのだ。彼はこの「樽」にしっとりと吸われて、ながいあいだ音楽に浸り、船の外の霧が晴れるのを待った。

＊

子どもは、女の子は、いっしょにいたか？　霧と音楽のむこうから、ひさしぶりに訪ねた大家のしわがれた声がひびいてくる。どうやら彼が来るまえ、どのくらいの期間かはわからないまでも、ひとりの女性がこの船にいたのはまちがいなさそうだ。そう確信しつつ返すべき言葉をなくして彼は老人から目を逸《そ》らし、トイレに立つふりをして食堂を出ると、玄関ホールまで下りて、煙草《たばこ》をふかした。医者がなにを命じようと、珈琲《コーヒー》、煙草、ワインは好き放題にやっているひとだから、逃げ隠れせず堂々と吸えばいいのだろうが、はじめて目にした狼狽《ろうばい》と老いのしるしに少しばかり気圧《けお》された彼にできるのは、その場をはずすことだけだったのである。ホールの壁には、額装されたワイン樽に関連する古い絵画や版画がいくつもかかっていた。樽の各部位を担当する職人たちが微細に描かれている一枚の彩色版画のなかには天井の高いワイナリーがひろがり、十八世紀の『百科全書』から抜いたとおぼしき一枚には、樽の分解図と制作に必要な工具が名称つきできれいに紹介されていた。そうかと思えば、かつてにぎわった南仏《なんふつ》の運河の写真や運河そのものの建設計画図などがまとめられ、ちょっとした郷土博物館の趣がある。括弧をほどこした個性がとりあえず消されている品ばかりだ。職人の個性は、表だった個性を消すことに存する。しかし工房で働いている者どうしであれば、これは誰、それは誰とただちに作者を識別できるはずで、枕木さんの言うとおり、個性のない人間などありえず、だから個性のない絵も音楽も文学とやらも存在しないのである。個性の出方とその濃さに差があるだけの話なのだ。そのわずかな差が、ときとして決定的にひとの人生を左右する事実の重みについて、枕木さんも彼も、正面から言及する勇気を持たなかった。唾《つば》を豪快に飛ばし、よだれまで垂らしながら、殺菌消毒された牛乳やビタミン剤を信用せず、補聴器の必要性をまっこうから否定し、田舎暮らしと精神的サナトリウムの混同に怒りをぶつける老人は、彼にとっておそろしく「個性的」な存在だった。うまいものを食わせておいてそのあと山のように薬を飲ませるなんて、吐いたものをまた口に入れるようなもんだ！　そう毒づいて主治医の命すらときに無視する強気の大家の困惑した表情に、どう対処したらいいのか。このまま立ち去る？　それとも食堂に戻る？　選択の余地はなかった。ゆっくりと味わった煙草をもみ消して、彼は食堂へつづく廊下をくぐった。お待たせしました、となかに入ると、老人は口をあけたまま、車椅子のなかで途方もない鼾《いびき》をかいていた。

8

気温八度、湿度四〇パーセント、南西の風、風力三、気圧一〇二〇ミリバール。

＊

季節はずれの海辺の街や、ひと気のない山あいの宿で真っ暗な夜を過ごすために駅まえのさびれた書店に駆け込んで、どれほど真剣に棚を見つめてもろくなものがなくてしぶしぶ買い求めた既読の文庫本や、雨に降られてしかたなく入った公立図書館の、開架書庫にならんでいるたわいもない小説になぜか惹《ひ》きつけられて数時間を過ごす、という経験が彼にはこれまでいくどもあった。再読や再々読の機会は、そのように強《し》いられた状況のなかでしか訪れないのかもしれない――たとえばこの船のような。

都へのぼったついでに買ってきたごくわずかな古書をのぞけば、もうずっと、ここにある本だけを読んでいる。自分の目で選ばず、ありあわせの本で満足するなんて、彼の生活のなかではたえてなかった。その午後、やはり船の書棚から抜き出したのは、晩年の短篇を収録した仏訳《ふつやく》の『チェーホフ全集』第三巻で、第三巻という選択もなぜか他の巻がなかったからにすぎない。書かれた言語ではなく翻訳で、しかも原語以外の複数の言葉でひとつの作品をたどった場合、それは再読ではなく初読になるのだろうか。しかし彼は、その先にまで思考を届かせることができない。たまたま手もとにあったから読みはじめただけの本に、過度な意味づけをするのもためらわれた。

＊

どちらかといえばあたたかいほうに属する日ではあったのだが、雲の流れが意外にはやくて陽が頻繁にさえぎられるため、デッキに出てしまうと寒暖の差がやや風邪気味の彼にはきつい。陽の当たる窓際《まどぎわ》に樽椅子《たるいす》と灰皿を移し、雲よりもすばやく消えていく煙を吐きつつ、一八九二年から一九〇三年までに書かれた作品群の目次をざっとながめて、百年まえのロシアに淡い夢想を走らせた。するとたちまち、「ロシア」の一語が、紛失したらしい三五一枚目の音盤の存在を彼に意識させ、ときおり火のついた煙草《たばこ》を取り落とすほどの睡魔も襲ってくるので、いっこうに頁《ページ》が進まない。短いけれど、ひどく深い眠りだ。眼球の真んなかにむすばれた釣り糸が、延髄のほうへ、つん、つんと引っ張られているような感覚がある。眠りをあやつる見えない手が、彼の午後をこうしてまた心地よくだいなしにしていく。チェーホフを追うためではなく、大切な床に焦《こ》げをつけないよう、彼は頭を二度三度と振って椅子から立ちあがり、指先の火種をもみ消してから、あたらしい紙に煙草を巻きなおす。このあいだ、あいかわらずおぼつかない手つきで彼が煙草を巻いているのを見て大家は言ったものだ、船乗りたちは横なぐりの強風と襲いかかる水しぶきのなかでだってきちんと紙を巻くぞ、多少巻きがゆるくても紙が湿っても、火種は絶やさずに親指の爪《つめ》より短くなるまで上手に吸う、わたしだってこんなに手が震えたりしなければ、きみが一本巻くあいだに三本巻いてみせるんだが、いまじゃ、最初から箱にならんでるものを拾ってくわえるだけだ、これを堕落と言わずしてなんと言うか、煙草は自分の手で巻いてこそ吸う価値がある、いいか、きみはまだ若いんだ、煙草くらいしっかり巻きたまえ！　そして、しっかり生きたまえ！

＊

チェーホフから顔をあげて彼は視線を水面に滑らせ、葉の落ちた対岸の、木々の梢《こずえ》の先のはるか遠くをながめる。雲が低く、そのぶん空も低かった。天井まで低いのだから息苦しくなりそうなものなのに、流れる水が閉塞感《へいそく》を横へ横へと運び去ってくれる。その窓と窓のあいだの、十数センチたらずの板壁に、塗装のはがれた古い額にいれたダルメシアンみたいな犬の素描と、やはり額にいれた一枚のポラロイド写真がかかっている。最初から船にあったものではなく、元骨董商《こっとうしょう》のオーディオ店主からあれこれ古物の話を聞かされたのが妙な刺激になって、週末、下流の町の教会まえ広場で開かれていたテントつきの古物市をのぞいたとき、たまたま目にとまって求めたものだ。絵を買うつもりなどこれっぽっちもなかったのだが、軒からぶらさがっている状態のいい集客用の品につられてのぞいた老夫婦の店にちらしやポスターを雑然とつっこんだファイルがあって、そこで上を向いて座っている人恋しげな犬の姿に引き込まれてしまったのである。首をかしげてはいないものの、断ち切られた用紙の上部にいるらしい主人の表情をうかがい、その声に耳を傾けているような犬の様子は、ビクターのマスコットによく似ている。半透明のビニールファイルに入れられていたその素描を主人の了解のもとに取りだしてみると、裏側にも薄い鉛筆で数頭の犬の「部分」が描かれていた。べつのファイルに収められた粗悪な画用紙には、戦場にたたずむ兵士たちの横顔が同一の筆致でさらさらと描かれている。戦闘のおこなわれていないときの戦場の、ごく単純な風景画もたくさんあって、一枚一枚の価格が、別人の鉛筆で邪魔にならないよう記されていた。犬の絵に添えられた数字は、古書数冊分に満たなかった。じっと見入っている彼の隣へ、こんな古物市には不似合いなほどきちんとした背広姿の老主人が出てきて、それはね、エミール＝モーリス・ヴィエイヤールっていう、あまり知られてはないけれどちゃんとした画家の作品ですよ、と教えてくれた。ヴィエイヤール？　もしかして、エドゥアール＝ジャン・ヴュイヤールのまちがいじゃないですか？　どうも眉唾《まゆつば》だなとなかば疑ってかかっている彼の心を読んだかのように、あの《ヴュイラール》じゃないんだよ、と老主人は彼がヴュイヤールとして記憶している名をわざわざヴュイラールと訂正し、こちらはヴィエイヤール、つまり爺《じい》さんだね、へんてこな名前だが、あなたの言うその《ヴュイラール》の同時代の画家で、わたしはここにもう一枚、こぶりな油彩を持ってますよ、ほら、柱に街角の風景画がかかってる。ぎしぎし軋《きし》んでいまにも倒れそうな仮設テントの奥に足を踏み入れ、主人が指し示している厚ぼったい油絵のまえに立ってみたが、絵心のない彼にはそれがよいものかどうか、支持しうるほど「個性的な」絵なのかどうか、とんと見当がつかないのだった。ただし、ひとつだけ確かなことがあった。油彩のほうには署名があり、彼がぶらさげているファイルのなかの犬の素描には、なにも記されていないのである。画家が鍛錬のために使っていた画帖《がちょう》から引き抜いたものなのだろう。その絵描きの仕事だってことは、たしかでしょうね？　と彼がいちおう念を押してみると、主人は、だって画家の孫娘から譲ってもらったんだからごまかしようがありませんよ、事情があって、彼女は祖父の仕事を処分しなければならなかったんです、それについてあかの他人がとやかく言ってもしかたがないでしょう、絵描きの遺族にはよくあることだから。でも、やさしくて嘘《うそ》のない、よい絵を描く画家だと、わたしは思いますよ。

＊

それで、どういたしますかな？

犬をください、と彼は応《こた》えた。

＊

老主人は、知り合いの画廊で扱っているものだが、その気があるなら連絡してみなさいと言い添えて、犬の素描といっしょに、ヴィエイヤールのべつの一枚のポラロイドをくれた。四六×三九センチ、厚紙に油彩。そんなデータと通し番号が裏に油性ペンで記されている。タイトルは『母と娘』。彼はその写真のなかの絵に、すぐさま目を奪われた。ほっそりと骨張った感じの、まだ三十代らしい黒いドレスの女性が横向きに椅子に腰掛け、水色の服を着た三、四歳くらいの女の子がその膝《ひざ》にもたれかかっている。ふたりとも画家のほうをじっと見つめているのだが、細い首にのっかっている小粒な頭のうえでまるく結った母親の髪が、彼のもとにやってくるあの女の子のような中央ヨーロッパを連想させる黒褐色なのにたいし、娘のそれは美しい金髪で、母の眼差《まなざ》しは鋭く、娘のそれはとろんと垂れている。露店の画廊主が扱っていた油彩とは比較にならない安定感のある筆触で、奇妙なことに母子にふさわしいほんのりした膚《はだ》の接触が感じられない。それでいながら娘は母を信頼しきってすべてをその両膝にあずけており、娘を中心に見ていれば、そこに張りつめたものはなにもなかった。画家とその妻。母とその娘。彼はややピントのぼけたその写真を、犬の絵とはべつの額に入れた。ファクスと本以外、彼が船に運び込んだ唯一《ゆいいつ》の物になるそれらふたつをいまこうしてならべてみると、母と子は画家の妻と娘で、犬も家族の一員だと想像したくなる。

＊

子どもは、女の子は、いっしょにいたか、とあのとき大家はうつろな目で問いかけ、彼が煙草を巻いて時間を稼いでいるあいだに、車椅子の背にのけぞるような格好で口をあけたまま大鼾《おおいびき》をかいて眠り込んでしまった。泡を吹いてはいなかったので彼は落ち着いて世話役の女性を呼びに行き、病的な鼾でないのをふたりで確かめてから、お疲れのようですし、またあらためてうかがいます、と暇《いとま》を告げた。彼のまえに住んでいた女性が誰なのか、そしてときおり顔を出すあの女の子と問題の女性になんらかの関係があるのかどうかは、結局大家の口から聞けずじまいになったのだが、籠《こ》もりきりになっている現在の暮らしぶりや、話し相手がいないという修道女ふうの彼女の言葉から察するに、触れないほうが好ましい事項も多々あるにちがいない。老人の係累《けいるい》といえば、当時一歳半だと教えられた孫娘しかいないはずだが、あの子に不幸がなくきちんと育ってくれていればちょうど船にやってくる少女くらいの年になっているだろう。大家の息子とはよく顔を合わせたものの、その妻のほうに彼は会ったことがなかった。老人はなぜあれほど狼狽《ろうばい》したのだろう。あの子は本当に大家の孫だったのだろうか？　枕木さんのむかし話の影響か、彼にはそんな些事《さじ》がやけに気になった。闇《やみ》を見つめるのは、情報を得るためではなくて、それを必要としている依頼主と自分との距離を測ることではないでしょうかと、いつか枕木さんがファクスに書いてきた言葉を思い浮かべる。いま彼は、自分自身の依頼主になりつつあった。だとしたら、わが身と依頼人との距離を、どうやって測定したらいいのだろうか？

＊

獣医のイワン・イワーヌィチが、ある晩、中学教師のブールキンと若いアリョーヒンを相手に、ニコライというふたつ年下の弟の話をしている。ニコライは十九歳のときから税務監督局につとめていたのだが、退屈な事務仕事に耐えられず、少年時代を過ごした田舎屋敷にもう一度住んでみたいと夢見るようになった。仕事のあいまに不動産の出物をチェックしては将来住むべき屋敷を想像し、庭を抜ける小道、花々、果樹園、池、鳥の巣といった細部にまで思いを馳《は》せるのだが、どのような土地であっても、ニコライの脳裏に描かれた領地には、きまってスグリの木が出てきたのだという。身を落ち着けるべきお屋敷の庭には、なんとしてもスグリの木がなければならない。弟は夢を実現するべく、すべてを犠牲にして倹約にはげんだ。金を持っているというだけの理由で醜い後家を嫁にもらい、爪に火を灯《とも》すような節約を課し、それが原因で三年後に彼女が死んでしまうと、借金をして広大な領地を買い取った。だが、そこに池はなかった。川はあっても近くにレンガ工場と火葬場があるため、水は珈琲色《コーヒーいろ》に濁っていた。そういう土地だから安かったのか、それとも周旋屋の口車に乗ってだまされたのかは不明ながら、彼は現実にくじけることなく晴れ晴れとした気分で地主屋敷に住み、農民たちを従える領主として暮らしはじめたのである。そして、彼の理想郷になくてはならないスグリの木をさっそく二十株ほど取り寄せ、辛抱づよくその成長を待った。

＊

熟れた実をヨーグルトに入れたり、あるいはジャムを買ってきて嘗《な》めたりするくらいで、彼はスグリの木についてなんの知識もない。まともな実がなるまでにどれほどの歳月が必要なのかも知らない。イワン・イワーヌィチがニコライ・イワーヌィチの領地を訪ねたとき、たがいの頭にはもう白いものがまじり、人生の終盤に差しかかっていた、と作者は書いている。当時ふたりはいくつになっていたのだろう。「K」の主人公ステファノは、怪物の到来をひたすら避け、同時に待ちつづけた。かたやニコライ・イワーヌィチは、スグリの実の収穫を待ちつづけた。そして、そのながいながい待機の果てに訪れた幸福が、ニコライのみならず、兄であるイワンにもひとつの変化をもたらすのである。夕刻、お茶の時間に、スグリの実をたっぷり載せた皿が運ばれてきた。じつはそのスグリこそ、弟が首をながくして待っていた、領地でのはじめての収穫だったのだ。ニコライは声をあげて笑い、それからしばらくのあいだ、目に涙を浮かべて押し黙ったままそのスグリの実を見つめ、ひとつを口に入れた。そして、「欲しくてたまらなかった玩具《おもちゃ》をようやく受け取った子どもみたいに得意満面の顔で」、なんてうまいんだと言い、兄にも勧めた。食してみると、スグリはまだ固くて酸《す》っぱかったが、弟が「ひそやかな夢を実現し、人生の目的を達し、望んでいたものを手に入れ、おのが運命にもおのれ自身にも満足している幸福な男」であったことは、否定しようのない事実だと兄は認めるのである。

*

きみは、幸せか、と車椅子の大家が彼にたずねる。
わかりません。
きみはなんだって、わかりません、だな、どうして自分のことがわからん？

幸せっていうのが、どのような、状態を言うのか、きちんと、考えたことが、ないんです。

やや間を置いて、彼のほうからたずねた。

で、あなたは、幸せですか？

……わからん、と今度は大家が応える。わからんが、幸せなるものを待つ権利は、わたしにだってあるはずだよ。

＊

ニコライ・イワーヌィチは、夜中もこっそり起き出してスグリをひと粒ずつ口に入れ、長年の夢が実現したことが嬉《うれ》しくてならない様子だった。兄は満足しきった弟の姿に触れて想《おも》う。幸福な人間には不幸な人間の暮らしなど視野に入っておらず、彼らの支えがあっての幸福なのに、それを指摘する者もいない。これでは「全身麻酔」をほどこされたも同然だ。しかしイワンは、弟とその口に放り込まれるスグリをまえにして、自分もまた安心立命した幸福者のひとりにほかならなかったことに気づくのである。自由こそが幸福だ、自由なくしては生きられない、そして焦《あせ》らず待たなければならないなどと、わたしはこれまであちこちで無邪気に説いてきた。でも、いったいなんの名において待つのか、とイワン・イワーヌィチは自問する。「いかなる思案のもとに待つのか？　なにごとも、いちどきにはなされ得ないという。あらゆる思想は、徐々に形成されていく。しかし、誰がそう言ったのか？　それが正しいと、どこで証明されうるのか？」生きる力さえもう残っていないのに、なにを待てと言うのか？　話しているうちしだいに昂奮《こうふん》してきたイワン・イワーヌィチは、アリョーヒンの手をとり、みずからに言い聞かせるように語りかける。「じぶんが満足しているだなんて思ってはいけない！　眠り込んではいけないんです！　若くて、力があって、元気で、活潑《かっぱつ》に動けるうちに、せいぜいよいことをするんです！　幸福なんかありはしない、あるはずもない。もし人生に意義や目的があるとしたら、その意義や目的は、われわれの幸福のなかにはなくて、なにかもっと賢明な、もっと偉大なもののなかにあるのです。よいことをしなさい！」（「スグリの木」プレイヤード版『チェーホフ全集』第三巻所収）。

＊

よいこととは、いったいなんだろうか、と彼は問わずにいられなかった。少なくとも、社会のために尽くす慈善事業のたぐいではないだろう。チェーホフにはチェーホフの思想があったはずだが、イワン・イワーヌィチが表明している、待つことにたいする一種の恐怖感は、あれやこれやの具体的な行動ではなく、もっと抽象的で、心のなかの逃避と紙一重の、じつにきわどい欲望を意味するのではないか。嘘とぎりぎりのところで均衡を保っている真実。その均衡が崩れたとき、私たちの脳裏にあのKがあらわれるのではないか、と彼は天井を見あげる。なんの名において待つのか。幸福とはなんなのか。スグリの株が大きく成長し、その枝に実がなるまで待ちつづけたニコライ・イワーノヴィチが歩んだ道は、もっとも愚かなようでいて、じつはもっとも賢明だったのかもしれない。なぜなら、言葉の真の意味で初物となるスグリを口に入れたとたん、ニコライにとってスグリの木の存在理由は消えてしまうからだ。暗褐色の小粒な球体は、ステファノが最後に海の怪物から手渡された巨大な真珠と同様の意味を担《にな》っており、兄が領地を去ったのちには、酸味のあるまだ若い実がこのうえない美味となるような幻覚すら消え失《う》せるのではないか。また、そうでなければ、スグリの木を植えて実を待ちつづけた日々の、愚かさゆえの美しい重みもなくなってしまうだろう。

*

薄っぺらいベージュの紙の、聖書ふうの頁《ページ》からふたたび目をあげて、彼は対岸をながめる。雲はあいかわらず低く、ときおり差し込む陽光がかえって痩《や》せた木々を冷やしていくかのようだ。いかにも寒そうなその木々の下を、厚いコートを着た女性がひとり、犬に先導されながら、もこもこと歩いている。毛の短い、白い子犬だ。犬は何度も後ろを振りかえって主人の姿を確認し、飛び跳ねるように、はやく、はやく、とうながす。せわしないその動きを無視して、彼女はことさらにゆっくりと身体《からだ》を揺すり、下を向いて足もとに注意を払いながら進んでいくのだが、犬のほうは主人の緩慢なうごきが耐えられないようすで、遠目には押したり退《ひ》いたりの芝居をしているようにしか見えない。そうだ、これで決まりだ、と彼は笑みを浮かべる。つぎは「犬を連れた奥さん」にしよう。珈琲色によどんだニコライ・イワーヌィチの領地の池や川を離れて温暖な黒海沿岸へと舞台を移し、母と娘、妻と子の額縁を捨て去った恋の行方を想像しよう。待つことを、距離をとることをあきらめて接近し、じつはもうそれですべてを終わらせてしまった中年の男女たちのところまで、Kが追ってくることはない。Kは待つことを知っている人間しか狙《ねら》わないからだ。おそまきの恋に身を委《ゆだ》ねた時点で待機の姿勢を捨てたふたりに、あの怪物が襲いかかる可能性はないのだ。ふと、彼は思う。自分は、まだ待機していたい。待っていたい。だがなにを待つのか？　幸福を？　自由を？　なんのために？　またなんの名において？　今度あの少女が遊びに来たら、スグリの木の物語を話してみよう——もちろんクレープも焼いて。ただし、そば粉を入れず、ふつうの小麦粉を使う。そして丁寧にスグリのジャムを塗るのだ。

9

この船で暮らすようになってから、彼はまだ一度も対岸へ渡っていない。避けているわけではないけれど、ごく初期の段階で耳になじんでしまったジャンベの聖域は聖域のまま残しておきたい気がしたのだ、といえば格好をつけすぎになるだろう。事実はもっと単純だ。橋が近くにないのである。なじみの郵便配達夫があちらへは行かず、彼我で配達員が異なるのは、管轄区《かんかつ》の問題ではなくて効率がわるいからであるらしい。彼にとって、対岸は近くて遠い夢想の世界になりつつあった。ふたつの岸辺をさえぎり、同時につなぐものは、絶え間なく流れる水と、低い空に浮かぶ灰白色の水鳥だけだ。その気があれば、そして体力に自信があれば、デッキで軽いストレッチをして薄緑に濁った水にざぶんと飛び込み、抜き手で境界を越えることもできるだろう。もう少し下流になると川幅もぐんとひろくなって、視力の弱い彼には双眼鏡の力を借りないかぎり岸辺にうごめいているのが人間なのか犬なのか、大人なのか子どもなのかも区別できなかったはずだが、ここでなら、水温が高く流れもゆるいという条件さえ揃《そろ》えば、なんとかなるかもしれない。しかし水泳など、彼はもう十数年以上やっていなかった。かつてはこの河にも、この河に合流するべつの河の流域にも、浮き桟橋や飛び込み台のある水浴場がたくさんあったという。土地の子どもたちが遊ぶ程度のものから、酒場と踊り場とホテルをそなえて他の地域から客を集めるいっぱしの遊興施設と言える規模のものまでずらりとならび、ビーチなどというかえってあやしげな雰囲気の漂う名を冠された場所もあった。カワウソが棲息《せいそく》していたおおらかな時代ははるかに遠く、いくら改善されたとはいえ、いまこの水に飛び込むのはよほど酔狂な連中か、深い絶望に陥った詩人くらいしかいはしないだろう。泳ぎを禁じられた水に身を沈めうるのは、死を覚悟した者たちだけなのだ。良識ある人間の背中を押して川に落とすのは、ガラパゴスのゾウガメにむかってさあ海で泳いでみろと命じるようなもので、陸ガメはいわゆるカメらしくないと決めつける阿呆《あほう》たちの列に連なりたくなければ、泳がないカメの存在を正々堂々と認めなければならない。彼らには彼らの夢があり、禁忌があり、現実がある。陸で暮らすカメにとって、海は広大無辺の、想像の埒《らち》外《がい》にある空間なのだ。多数派たる水陸両生のカメたちを、少数派たる陸ガメはなんとも思っていない。逆に、悠々と海を泳ぐことを許されたカメたちは、浮力を知らない陸ガメの諦念《ていねん》と一徹を怖《おそ》れる。恐怖は、かたちにならない。はっきりした現象として表に出てこない。だからこそ戦慄《せんりつ》をもたらすのであり、ふたたびあの枕木さんの大胆な分類法をかりれば、陸ガメは並列型、水に入るカメは直列型に属していると言えるだろう。

*

だとすれば、並列型のカメにほかならない彼自身の固陋《ころう》ぶりにも、相手を凍りつかせる一抹の恐怖の芽が潜んでいるはずだ。要するに彼は、Kという略号で記されるあの化け物にこそ親近感を抱くべきなのではないか。彼岸へわたる際に必要なのは、勇気でも許可でもなく、水際《みずぎわ》に立つ泳げない者の姿に怯《おび》える直列思考の他者の存在だと、彼は徐々に認識しつつあった。このとき大洋を回遊するKの存在意義は、陸ガメの属性に合致する。現存艦隊のありようを理解せず、ただその影におののいて、つぶせ、たたき壊せと叫びつづける大国の小心をラジオの定時ニュースで耳にするたびに、不快感がつのった。身内に巣くう暴力を鎮《しず》めるには、他者の「まっとうさ」を「まっとうでなさ」と峻別《しゅんべつ》し、真の「まっとうさ」を理解したときたがいにどのような幸福を享受《きょうじゅ》できるか、それを突きつめなければならない。陸のカメは幸福にたいするおのれの感性の限界を心得ている。だから岸のむこうをめざすような愚挙には出ないし、水に入る同類たちの生き方を羨《うらや》むことも、否定することもないのだ。

＊

いいかね、幅のない運河を航行中に気をつけなきゃならんのは、たとえばカメを水難事故に遭わせないことだ、と苦々しげに大家が言ったのは、いつの、どの晩だっただろう？　お得意の与太をさんざん繰り返されてさすがの彼もうんざりし、それが顔や受け応《こた》えに出はじめているのが自分でもわかってさらに気分を悪くしていたその晩の老人の言葉を、じつはガラパゴスの珈琲《コーヒー》を持っていった日に彼は思い返していたのだった。ニンジャと名づけられた緑色のすばしっこいカメの集団が活躍する子どもだましの映画が流行し、どこを歩いてもその人形が目についたころの話で、彼もまた、知人の息子にあげそこねたフィギュアの一体をリュックにぶら下げてのこのこと町なかを歩いていた。老人はそれを見て、かっ、と不健康な音を喉《のど》から絞り出し、それからカメの水難事故について滔々《とうとう》と語りはじめたのである。航行スケジュールの乱れ、優先順位のある閘門《こうもん》通過待ちでのトラブル、それから荷の積みおろしの問題などはどうにでも取り返しがきく。困るのは、運河のなかに棲《す》んでいる連中だ。雑魚《ざこ》どもはすばやく逃げるから心配はいらん、ところがカメと来たら、船の気配を察して水底でじっとしていてくれればいいものを、ときどき息を吸いにあがってくる。そこで波をかぶって土手にぶつかり、またよろよろ中央に戻ってきて、じゅうぶん減速している船のスクリューに嚙《か》まれる。するとどうなる？　航空機のエンジンに鳥が吸い込まれたときと同様のことが起こるんだよ。カメは平気でも、われわれが困る。どこに潜んでるのかもわからんカメなんぞを怖れて、やつらよりものろのろと樽《たる》を運ばねばならん、まったく耐えられない屈辱だ、そうは思わんかね？　と大家は彼に同意を求め、カメの命ではなく船の損害の心配をしていたのかとわかって苦笑いしている彼の顔を見て、連中がずっと陸地で暮らしてくれたらどんなに助かったか、と本気で怒った。

＊

そこで彼は説明を試みた。ご存知のように、陸ガメと呼ばれる種類があって、そいつらは水に入りません、雄と雌のあいだに深くて暗い川があったら、もう絶望以外のなにものもありませんよ。すると大家は一瞬黙って、なるほど、そんなやつらばかりだったらありがたかったな、だが現実の問題として、水に入れないのはカメにとって幸せなことかね？ とつぜん質問の角度をかえてきた老人に、彼はふたたび、生真面目《きまじめ》に応える。種が存続しているだけで、というより、一匹のカメが生きているだけで、やはり幸せなことじゃないでしょうか。恋するカメの絶望を回避するには、ふたつの方法しかありません。理想を追わずに自分とおなじ岸辺にいるべつの異性を探すか、蛮勇をふるって禁忌の川に飛び込んでしまうか。じゃあ、きみがカメだったら、どちらの道を選ぶ？ と大家は意地悪くつめ寄った。さあ、どうでしょうね、と彼はたぶんこのくらいは必要だろうと思われるだけの間を取って応えた。体力さえあれば、川べりの道をずっと先まで歩いて、なんとか橋を探しますね、たとえ渡ってはいけない橋のまえで地団駄を踏んだとしても。

*

なかなか深い話でした、と枕木さんから細かい文字のファクスが届く。業界を異にする中小企業が集まって、いわば並列で直列の力を出そうとする企画の一環としてたちあげた広報誌の編集に手を貸すことになり、このところずっと暇なしだったという近況報告のあと、チェーホフをめぐるとりとめもない彼の感想を枕木さんはいつもどおり正面から受け止め、しかし眺めているだけで笑っていることがわかるような文字を連ねてそう書いてよこした。構成員の意志疎通《そつう》はとてもよく行き届いているので、あとは総意にもとづいて具体的な戦略を練ればいいのですが、半分は筆耕というか、使い走りというか、事務まわりの整理をしたり印刷所との折衝に出向いたりで、このぶんだと早期に結果を出すのはきびしいでしょうね、と枕木さんはめずらしく弱音を吐いていた。一度かぎりの頼まれ仕事と割り切っていなければストレスがたまります、ニコライ・イワーヌィチ氏のごとく、どこかの田舎に土地を買い、スグリの木を植えて実がなるのを待つようなありうべき幸福を思い描いていればべつですけどね。だからチェーホフの話は妙に印象に残ったし、きみがそちらで暮らしはじめてすぐのころに書き送ってくれたあのブッツァーティの物語とのつながりかたにも、陸ガメ云々《うんぬん》のたとえにも、これはもちろん褒め言葉ですが、厳密な論理を無視したなにかがあって首肯できました。ただし、と枕木さんはようやく本題に入るぞといった口ぶりで、そこだけ太字で付け加えていたのである。「スグリの木」の邦訳を、このあいだ仕事帰りに図書館に寄って借りてきた全集で読んでみたのです。そうしたら、イワン氏の弟の半生を語り、イワンそのひとの半生をも語る結果となったあのスグリの実のエピソードのまえに、つまり物語の枕木《まくらぎ》ならぬ枕の部分に驚いてしまったんですよ。アリョーヒンなる男が、雨に降られて濡《ぬ》れねずみとなったふたりを水浴場に誘う場面がありますね。いくらびしょ濡れだとはいっても、よりによって来客をその雨のなか、川べりの水浴に誘うなんてことが許されるんでしょうか。きみほどの本読みではないぼくには、幸福がどうのというより先に、なぜ物語がこんなふうにはじまるのか、それが気になる。短篇ですから最後まで読み通しはしましたが、じつに不思議な幕開けだと思います。

＊

枕木さんの言葉にうながされるようにして、彼はふたたびエドゥアール・パレールが訳した仏語《ふつご》版の「スグリの木」を開き、冒頭を読み返した。たしかにその日は、朝から雨が降りそうで降らない、だから寒くはないどっちつかずの天気で、イワン・イワーヌィチとブールキンは連れだって無限にも見える平原を歩き、やがて草地や柳や領主の館《やかた》が点在する川べりにやってくる。するとブールキンがイワーヌィチに「このあいだ、プロコーフィ村長の納屋《なや》に泊ったとき、なにかわたしに話をしようとしていましたね」とたずねる。「ええ、弟の話をしようと思っていたんですよ」とイワーヌィチが言い、パイプに火をつけてその話をしようとしたまさにそのとき雨が降りはじめ、五分も経《た》つといつやむのか予想もできないはげしさになって、このあたりの土地を持っている地主のアリョーヒンの家で雨宿りをしようということになった。アリョーヒンは彼らをあたたかく迎えてくれたのだが、自分も雨に濡れたので、この機会に身体《からだ》を洗いに行くと言う。「春先からずっと身体を洗ってないような気がするんですよ。着替えが用意できるまで、川へ水浴びに行きませんか？」世話になるのだから断りようもない。来客ふたりはこの泥まみれの服を着た主人のあとについて、その父親がしつらえたという水浴場まで下りていくのだが、たぶん枕木さんを驚かせたのは、ずいぶんながいこと身体を洗っていないと恥ずかしげもなく口にしたアリョーヒンの言葉が冗談ではなかったことだろうと彼は思った。ステップに腰掛けてアリョーヒンがながい髪と首に石鹸《せっけん》をつけて洗うと周囲の水が栗色《くりいろ》に染まり、石鹸をつけなおしてふたたび洗ってみると、今度はブルーブラックのインクの色になった。イワン・イワーヌィチはそれを見たせいなのか、水浴場から出て川にざぶんと飛び込み、他のふたりが着替えたあとも、潜ったり泳いだりしながら、われらを憐《あわ》れみたまえ、と神に祈る。弟ニコライの半生を語るのは、この奇妙な水浴を終えてからのことだ。偶然とはいえ、話し手も聞き手も身体を浄《きよ》めているところからして、あのスグリの話はイワン・イワーヌィチが川のなかで雨に顔をむけながらつぶやいた言葉に呼応する神の啓示でもあったのだろうか。ニコライが苦労して手に入れた領地に流れる小川の水もアリョーヒンの垢《あか》とおなじくらい濁っていたのだから、スグリはその汚れを削《そ》ぎ落としてやっと触れることのできる究極の果実なのにちがいない。そんなふうに、彼は悪い癖で、あわせる必要のない帳尻《ちょうじり》をあわせようとする。帳尻あわせの小細工ほどお粗末なものはないと知っているにもかかわらず、ちょっと気《き》の利いた返事をしたためようとして、つい話を整理したくなる。だが、正しいのは枕木さんのほうだと彼は心の隅で認めてもいた。「スグリの木」でもっとも濃い色とにおいを放っているのは、若くて酸《す》っぱい果実ではなく、水浴場の水を二度にわたって変えてみせた男の身体の、とんでもない汚れのほうなのだから。その色に気圧《けお》されて、イワン・イワーヌィチはKが潜んでいるかもしれない雨の川に飛び込んで先へ先へと泳ぎ、もうじゅうぶん浴びたでしょうとあきれられるほどながく冷たい水に身を沈めることができたのである。

＊

巻を閉じ、窓の外の川面《かわも》に目をやって、彼は船尾にくくりつけられている風力計の回転をながめた。風が強く騒いで葉の落ちた柳が鞭《むち》のようにしなり、対岸の木々がいっせいに左へ傾いている。気温一〇度、湿度三八パーセント、南東の風、風力四、気圧一〇一八ミリバール。岸から岸へ渡ろうとする向こう見ずなカメの姿はなかったが、そのかわり、デッキのテーブルのわきにあの少女の姿があった。

*

はじめてあらわれたときも、彼女はもの怖《お》じすることなく本を読んでいた彼に声をかけ、自分の家ででもあるかのような気安さで細い鉄の橋を渡ってきたのだが、こんにちはと挨拶《あいさつ》を交わしてから、しばらくここにいていい？　となんの屈託もなさそうな顔で言い、好きにしていいよと彼が応えるより先に、また来てもいい？　と奇妙な申し出のしかたをした。女の子がたったひとり、これほど不便な場所に停まっている船にやってきて、こちらがどんな人間かも確かめもせず、一分と時間を過ごしていないのにまた来ていいかと問うなんて、さすがに尋常ではない。ここに来たことがあるのかと訊《き》いてみると、彼女はただほっそりした卵形の顔をかたむけて背伸びをするだけで、そうだともそうでないとも言わなかった。春先、土手のうえを走る道路際にある木立に外国ナンバーのキャンピングカーが何台も停まっていることがあったし、船であちこち移動している人々がたくさんいるとも耳に入れていたから、彫りの深い黒髪の少女の姿を見て、彼はかすかなうたがいのまなざしを送ったように記憶している。

というのも、枕木さんから送られてきた煩雑《はんざつ》な仕事の資料が、ここより東の郊外にある港湾地区の税関で留め置かれて、それを受け取るために遠出をしたとき、教会まえの広場で踊っていた、栗色がかった黒髪の少女たちにいきなり取り囲まれ、わずか一、二分ではあるけれどはじけるような笑顔の輪舞につきあわされたあげく金銭を求められたことがあったからだ。彼女たちはみな薄い花柄の、ややくたびれたワンピースを着て、素足にサンダル履きという服装だった。大人たちもまわりに立って軽くリズムを取っていたが、楽器を演奏する者は誰もおらず、ラジカセで音楽を流してそれにあわせるだけの、いわゆる世間に流布《るふ》した彼らのイメージからするといささか安っぽい雰囲気があって、お金を要求した少女は呼吸を整える間もなく歩き出した彼のあとにしばらく張りついて離れず、知らんぷりをしていると汚い罵《のの》りの言葉をふたことみこと吐いて戻っていった。木の蔭《かげ》になった少女の細いシルエットは、その女の子に似ていたのだ。彼は、だからはじめのうち、かなり慎重に接していた。この河岸はいちばん近いバス停からでも子どもの足ではずいぶんかかる。郵便配達夫みたいに頑丈な自転車に乗るか、誰かの船で近くのドックに接岸し、土手の小径《こみち》を歩いてくるほかないはずだ。自転車じゃないよ、と彼女は言って、だったら船かな、という彼の問いかけを否定しなかった。結局はどこから来たのかわからないその少女と、彼はデッキでクレープを食べ、そして読んだばかりのブッツァーティの話をしたのだ。この何カ月か、下流の給油所から遠くない小規模なドックには、入れ替わり立ち替わり直列式に船が入っている様子で、まとめて何隻《せき》かが列をなして通り過ぎる日もあった。これだけ間があいているのだから、そのうちのひとつに乗っていたと考えても不自然ではない。ひさしぶりだねと言いながら、背が少し伸びたのではないかと彼は思ったが、口に出さなかった。このくらいの年齢の女の子は、二カ月も会わずにいるとびっくりするほど大きくなる。死んだ彼の妹も、やはりそうだった。夏休みの合宿に出かけてわずかひと月会わなかっただけで、向き合ったときの目線が一段高くなるくらいの変化だった。ずっと、どこにいたの？　ここにいなかっただけ、と彼女はなかなかいい返答をする。そんなこと、まえは訊かなかったよ。いや、ほら、見てごらんよ、あちらのほうに船の影があるだろ？　あのひとつに乗って旅でもしてたのかなと思ってね。少女は小さく肩をすくめる。ところで、クレープを焼いたら食べるかい？　うん、と彼女はうなずく。だって、それを食べに来たんだもの。

＊

チェーホフを読んだあとまずは自分で食べたくなったのがいちばんの理由だが、大家の震える口から漏れ出た「女の子はいたか」の一語による連想でこの子の顔を思い浮かべ、今度やってきたらバターにグラニュー糖だけでなくスグリのジャムでもご馳《ち》走《そう》しようと考えた彼は、忘れぬうちにと郊外線の駅のむこうで遅くまで商売をしているアラブ系のよろず屋のところへ出かけて、グロゼイユとラベルに記されたジャムと、寝かせなくてもすぐに生地ができるクレープ専用の粉を仕入れてきていた。大家がもっともきらう即席の、その言いまわしを借りれば「過程を間引いた」調製品に頼るのは、彼としても本意ではなかったが、とつぜんの来客に対応できるようにしておくにはこれしかなかったのだ。彼はいつもの手順どおりクレープを焼き、スグリのジャムと、念のためヌテラを開封して彼女に勧めながら、二度読んだおかげで単語もかなり頭に残っているチェーホフの話をした。そして、話しながら、キッチンペーパーでくるんだ扇形のクレープをほくほくかじりつづけている彼女がどんな反応をしてくれるのか、辛抱づよく待った。そう、これもひとつの待機のかたちなのだ。水浴場の水をインクに変えて泰然としていたアリョーヒンの身体の汚れやニコライ・イワーヌィチのスグリへの思いについて、彼女はなんと言ってくれるだろう。だいじな台詞《せりふ》のいくつかは訳本をそのまま朗読し、彼が一篇をようやく語り終えるまでに少女はクレープを三枚きれいに平らげ、さあ、どうだった、と彼が問おうとしたまさにその瞬間、バナナある？　と切り返した。どうして？　ヌテラを塗って、バナナの輪切りを落とすの。じゃあ「ヌテラ・バナーヌ」にするんだ。そう、でも、なければいいの、ヌテラだけで。いや、キッチンにあるから持ってこよう、そのかわり、いまの話の感想を聞かせてくれないかな、と彼はこらえきれずに言った。ところが、もう応《こた》えたよ、と彼女は言うのだ。あたしの感想はね、どうしてニコライ・イワーヌィチさんは、スグリでなくちゃいけないって考えたのか、ってこと。虚をつかれて彼はしばし黙った。そうだな……いつか話した、Kの物語を覚えてる？　うん。あのとき、主人公のステファノがもらった大きな真珠とおなじように、ニコライさんは珠のかたちをした果実がいいと考えたんじゃないかな、と彼は思いつきを言う。だったらほかのものでもいいでしょ、桃でも、プルーンでも、丸いよ。そのとおりだ、と彼は認めざるをえなかった。ジャムにするなら、マルメロがいちばんなんだって。誰が言ったの？　母さん……。口もとをうっすらと赤紫に染めた少女の顔を、彼はまじまじと見つめた。

10

さあ、どうでしょうか、ここでカメを見たことはありませんねえ、と郵便配達夫がボルにたっぷり注いだいつもの珈琲《コーヒー》を啜《すす》りながら言う。寒波と呼べるほどではないけれど、行きつ戻りつしながら進んでいく季節の、ある段階をはっきり印象づけるとつぜんの寒気が一帯を覆《おお》って船をしんしんと冷やし、彼は今朝がたからついにこらえきれなくなって暖房を入れた。気温四度、湿度三二パーセント、北の風、風力二、気圧一〇一八ミリバール。床面積からするとかなりの空間だからもっと時間がかかると思ったのだが、天井の低さが幸いしてか、もわんとしたあたたかい空気がほこりのにおいとともに船内にひろがり、奪われていた体温が少しずつ上昇してくるのが感じられて、彼はそれだけでひどく幸せな気分になる。その低い天井の下でながい手足を窮屈そうに折りたたみながら、本物のカメに触れたこともないなんて、考えてみればへんですね、やっぱり、と配達夫はつづけた。生まれた町の川にはたぶんいたでしょうけれど、物心ついたときには都会に引っ越してたんです、燃費の悪い中古車がひしめいている、たぶんこの国の首都の何十倍も空気の悪いところで、木々はありましたが遊べるような川や池はなかったですし、まあ今後も相まみえずに終わるかも知れません、といかにも残念そうな顔をするので、長生きすればいつかは会えますよ、われわれの国では、カメは一万年も生きるって言いますからね、と彼はもう十数年口にしたことのない諺《ことわざ》を引っ張り出して慰めようとした。

＊

一万年ですか、そいつはすごいな、カメはあなたの国で、シャーマンみたいな扱いを受けているんですか？　と配達夫は問いかける。仕事の最中で長居はできないから、話す時間はほんの十分か十五分程度なのに、配達夫と話すたびに彼はとても平穏な気持ちになるのだった。言葉が途切れて扱いにくい沈黙が訪れることも、言葉がぶつかって譲り合うこともなく、問いかけのあとに応《こた》えが、応えのあとにはそれにたいする感想が、感想のあとにはまたべつの話題が無理なく連続して、焦《あせ》りも遅滞もないふんわりした時間の痕跡《こんせき》が心に残る。枕木さんと話すときの感触にそれは似ているようで、またはっきり異なるものだった。なにより配達夫にはやわらかい身振り手振りがあった。うまい話の接《つ》ぎ穂《ほ》を見つけて、ああ、そういえば、と言いながら頬の高さに掲げるその左手の指のかたちはとても複雑で、表と裏の色の諧調《かいちょう》が微妙にちがう人差し指と中指と親指が直角になり、そのまましばらく静止するのである。人差し指を磁場、中指を電流の方向にむけてやれば、親指が電磁力の方向を示す、という手品みたいな法則を理科で習ったのはいつだったろうか。あれにはたしか右手と左手があったはずで、その区別が彼には不明瞭《ふめいりよう》だった。ジェームズ・ボンドの生みの親とおなじ名字だと覚えたその法則の名は忘れないのに、中身はどんどん記憶から薄れていく。関節と筋肉に過度な緊張を強《し》いるあの指の形状がいったいなんの役にたつのかと当時の彼は反復練習を奨励する教師をうとましく思っていたのだが、あれは異郷の人間との対話にアクセントをつけるための技だったのかもしれない。ああ、そういえば、と配達夫はやっぱり今日もおなじみの台詞《せりふ》を口にし、左手にはボルを持っているから彼にはもうなにがなんだかわからない右手の法則を使って、このあいだの大洪水でも、カメなら救われたでしょうね、とためいきをつく。たしかにひところはいつラジオをひねっても、百年ぶりとも言われる中央ヨーロッパの大洪水の緊迫した様子が報道されていた。雪解け水と豪雨が重なって大河が氾濫《はんらん》し、ある都市では通常二メートルたらずの水位が九メートルを超え、十九世紀半ばの記録を大幅に更新したらしい。これだけ水かさがあれば、Kだって悠々と泳げるだろう。吸血鬼にかわって、大きなまぼろしの鮫《さめ》があたりを回遊していないともかぎらない。彼の船から目視できる範囲に色とりどりの船が集まりだした時期と災害の時期は、重なっている。しかし中央ヨーロッパから河川と運河だけを通って西側まで来られるのかどうか、彼には見当もつかなかった。夏場にはこの国でもそれなりの規模の洪水があったから、河沿いに暮らす者たちが難を逃れてきたのかもしれない。いずれにせよ、かの地の被害は相当なもので、お金には換算できない悲劇にも見舞われた。大水に沈んだ動物園では、大半の動物を直前に避難させながら、間に合わなかったインドゾウと熊《くま》を、混乱に乗じて逃げ出した場合の危険を考慮して銃殺せざるをえなかったという。戦時や災害時にもっとも理不尽な仕打ちを受けるのは動物たちなのだ。実際に逃亡したあと無事に保護されたアシカの話も、受難の動物園がそのアシカを抱えて再開された話も、彼はラジオで聴き知っていた。大丈夫、カメなら無事に生きのびたでしょう、と彼は応える。もっとも、川べりにしがみつく場所があり、息を整える機会があり、スクリューに巻き込まれたりする不運がなければ、の話ですけれどね。スクリューですって？　そうかあ、ワイヤーでぐるぐる巻きにした遺体がひっかかるよりは、まだカメの惨劇に立ち会うほうがましでしょうね。先週末、つき合っている女性と観《み》に行ったという著名な犯罪映画のラストシーンをほのめかしつつ、川と見分けがつかなくなった街路を行く船に危険な発動機がついてなかったことを祈りたいですと配達夫は神妙な顔になって、右手の法則の指を保ったまま、あとひと口、そのジャムをいただいていいでしょうか？ と彼に問うた。どうぞどうぞ、遠慮なく指でいってください、ジャムは指で嘗《な》めるものです。勧めるまでもなく配達夫は小皿に出したそのジャムを人差し指でぬぐい取るようにさらってぺろりと嘗め、あまった珈琲を満足げに飲み干して言った。それにしても、マルメロのジャムがわたしの好物だって、どうしてご存知なんです？

＊

マルメロとはカリンの別名である、と教えられたのは、彼がまだ学生のころだ。どちらもバラ科だが、前者は西アジア原産、後者は中国原産、マルメロはポルトガル語で、外から入ってきたわけだからセイヨウカリンともいう。農学部で学ぶ知人は、植物事典の説明を諳《そら》んじていたかのようにすらすら説明してくれた。知人の郷里の、勤め人ではなく商売をしている家では庭に樫《かし》とカリンを植える風習がある。貸しはするが、ぜったいに借りん。つまらない語呂《ごろ》合わせではあるけれど、なんとも散文的なその話を聞いて以来、商売繁盛《はんじょう》のお守りかなにかのように思われて、洋梨《ようなし》型のぼってりした果実にあまり親しみを持てなくなっていた。さらに年を重ねて、この国ではコワンと呼ばれている果実を都心のスーパーでそうと気づかずに一個だけ買い、皮を剝《む》いて齧《かじ》ったとたん、あまりにあくがつよくて、固い果肉をすぐに吐き出してしまったこともある。そんな思い出を話した八百屋のおばさんから、彼が口にしたのは、生では食べられず、ゼリーやジャムや砂糖煮にするとお酒のように芳醇《ほうじゅん》な味わいになるあのマルメロだと教えられたのである。その日のうちに彼は十数個のマルメロを仕入れてざくざく輪切りにし、見ているだけで虫歯になりそうなほどの大量の砂糖で甘くとろけるまで煮詰め、保存剤の代わりにレモンをたっぷり絞って即席のジャム、というより砂糖煮をつくったのだが、予想をうわまわる分量を、パンに塗り、塗らずに嘗めまわし、あるいはヨーグルトに入れて食べまくり、以来、商売繁盛のまじないとはべつの、たんに食べ過ぎたという理由で名前を聞くのもいやになっていた。その不快な記憶をうち消して、ならびはじめたばかりのコワンことマルメロを教会まえ広場の店で袋いっぱい買い込んできたのは、もちろんあの、ジャムにするならマルメロがいちばんだと母親に教えられたとおりの知識を彼に授けてくれた少女のせいだ。ニコライ・

イワーヌィチが領地に植えようとした果樹は、スグリではなくマルメロでもよかったではないか。もっともな指摘ではある。しかし、そこには大きな見落としがあった。マルメロは、木からもいで水洗いしてもすぐ食べられるわけではない。プルーンや桃やふつうの梨とは、そこが異なる。いくつか手順を踏まないかぎり口に入れることはできないし、口に入れたものはすでに自然の収穫そのままの姿ではなくなっている。ニコライ・イワーヌィチに許容できた待機の時間は、苗木から果樹がなるまでのあいだであって、実をもいで加工するまでの時間ではないのだ。ここまで待ったのだからあと一日くらい我慢できるのではないかと難ずるのは浅薄で、できてしまった実を待つことはもはや不可能なのである。もちろん屁理屈《へりくつ》にちかいそんな言い方で少女を混乱させたりはしなかった。問題は、母親なる女性のほうだったのだから。

*

ふうん、お母さんが教えてくれたんだ。一瞬、言わなくてもいいことをつい言ってしまったときの気まずさに似た逡巡《しゅんじゅん》の光が少女の顔をよぎったが、それはすぐさま消え失《う》せ、いつかこのデッキから水面を見ていた日の、ちょっと焦点の定まらない目で彼を見あげて、口をすぼめてさりげなく視線をそらした。彼はできるかぎり平静を装《よそお》いながら、じゃあ、クレープをあたためなおしてくるよ、と皿ごと持ってキッチンに下り、弱火でフライパンを熱して、そのうえに一枚ぺろんとのせてから操舵室《そうだしつ》に急いだ。そして、あずかりっぱなしになっている女性宛《あ》ての手紙を書類入れから抜きだし、名前を復誦《ふくしょう》してふたたびキッチンにもどり、手ばやくクレープをひっくり返した。二枚分あたためると、樽《たる》のうえに置いてあった買い物袋のなかからバナナを一本取りだしてデッキにあがった。そんな必要はないのに、急がないと少女がいなくなってしまうような気がしたのだ。狭い階段のうえは、ひどくまぶしかった。あの日はまだ、ずっと外にいても平気なくらいの陽気だったのだ。残されたスグリのジャムと、あたらしくつくったマルメロのジャムで郵便配達夫が珈琲を飲んでいった日までのわずか半月足らずのうちに、季節はかなり移ろったことになる。お待たせ、と彼は皿をテーブルに置き、ヌテラをたっぷり塗り込んだクレープのうえでバナナをさくさくと輪切りにして落としていった。茶色い生地に、大きさも厚さもちがうやわらかい黄色のボタンが散っていく。ナイフはなるべく無造作に扱うのがいい。町のクレープ屋の仕事ぶりを観察して得た成果を、彼はおしげもなく披露した。おいしい、と少し血の気の戻った少女のまえに腰を下ろして冷めた珈琲を啜ると、彼はもったいぶらずにさらりとたずねた。で、きみのお母さんは、どこにいるの？　一拍置いて、あっち、と少女は応えた。

*

クレープを持っていない左手の法則で示された方向には、風にそよぐ木立ちのかげになった船影がぽつぽつと見える。いちばん近い船の船尾に、真っ赤なタオルが数枚、幟《のぼり》さながらに風を孕《はら》んではためいていた。ビューフォートの階級表でいえば、木々のそよぎは風力三の軟風だ。これがなにかの合図なら大変なことだが、あいにくと彼には船舶信号の知識がない。あっちというだけで特定してくれなかったものの、指の先には川水とその幟のある船のほかは、なにもなかった。そうか、やっぱり船で暮らしてるんだ。相槌《あいづち》を求めているのかそうでないのか自分でもわからない言い方で彼は少女と目を合わせ、目尻《めじり》と耳のあたりに以前より明瞭な老人の面影を読んだように思って、はっとする。子どもは、女の子は、いっしょにいたか？　老人は、封筒にあった女性の名を彼が口にするより先に、声を震わせて逆にそう訊《き》いたのだ。とすれば、応えはもうはっきりしているではないか。わざわざ操舵室で再確認し、喉《のど》もとまで出かかっていた名前を呑《の》み込んで、どうしてとつぜん思い出したのか、気がつくと、彼はM河岸の船で両親が揃《そろ》ってこの世から消えてしまったのも知らずにすやすや寝ていた、あの幼児の名前を呼んでいた。

＊

配達夫がマルメロのジャムを嘗めていった日の夜、めったにないことだがベッドの横でほこりをかぶっていた小型テレビの電源を入れてみると、水面を透かして差し込む明るい陽光のなかで、美しい髪をながい藻《も》といっしょになびかせながら死んでいる女性の姿が影絵のように映し出された。ふわりとしたネグリジェのまま彼女は車の座席にしばりつけられ、冷たい水に沈んでいる。彼は若いころに映画館で一度、テレビで一度その映画を観たことがある。中途からではあったが、たちまち惹《ひ》きつけられて最後まで画面のまえに座らされることになった。南方の湿気の多い原生林に棲《す》む、あの極彩色の鳥類の瞼《まぶた》を持つ殺人鬼が、放浪の伝道師の衣装をまとって、金のありそうな未亡人たちを騙《だま》し、大金をせしめ、口封じのためつぎつぎに殺《あや》めていく。男は別件で逮捕されて刑務所暮らしを強いられるのだが、そこでひとりの銀行強盗犯と同室になって、盗んだ金が家族の待つ家のどこかに隠されていることをかぎつける。強盗犯はひとを殺していたために死刑となり、殺人鬼はまんまと出所して、ただちに未亡人のもとを訪れ、神につかえる身とはとても信じられない屈強な肉体と、説教というより香具師《やし》の口上としたほうがいっそ正確な話術で口説き落としてしまう。未亡人をみずからの妻とし、幼い兄妹にも襲いかかろうとするこの悪魔的な似非《えせ》伝道師の左手の拳《こぶし》には、冗談のようだがHATEと入れ墨があり、右手の拳にはLOVEの入れ墨があって、辻《つじ》説法でひとびとを眩惑《げんわく》するためにその能天気な二分法を用い、思わせぶりに両手を組み、愛と憎しみの文字をちらつかせて、優勢だったカインの罪を担《にな》う左手の憎しみを、右手に刻まれた愛の力が最後にはくつがえすのだと説いてまわる。愛と憎しみのあいだに立ちつづける勇気を持たない殺人鬼は、身の危険を察知して夜の川に小舟を走らせる兄妹をじりじりと追いつめていく。

＊

過去二度とはちがい、水に浮かんでいる動かない河岸でぽちゃぽちゃという音を壁のむこうに聞きながら見なおしてみると、夜の深みがいっそう増していくように感じられた。発動機の装備されていない静かな夜舟は、星々の光を浴び、カメや梟《ふくろう》や蛙《かえる》たちをかすめて、音もなく滑っていく。彼らの父となった殺人鬼は馬にまたがり、シルエットだけを不気味に強調しつつ、永遠の御手に頼るがいいと朗々たる声で歌い、使いようによっては愛と憎しみのはざまを引き受けうるだろう不思議な活力に満ちた声でさらなる脅しをかける。子どもたちを乗せた舟は、運よく私設孤児院の近くの岸辺にたどりつくのだが、移動の方途が見つからない船暮らしの彼には、ぎりぎりのところで追っ手を逃れ、夢うつつの闇《やみ》を抜けていくあの川の場面がたとえスタジオに設けられたセットであれ、身を隠すべき場所をついに見出《みいだ》した子どもたちがひどく羨《うらや》ましかった。そして頭の片隅で、もしかするとあの少女も、こんなふうに船とも言えない手こぎのボートで上流のどこかから、ぽつんとひとり流れついたのではないかと思いさえした。

＊

呼ばれた名に、しかし少女は反応しなかった。口いっぱいにヌテラ・バナーヌがつまっていたからではなく、なにを言われているのか理解できない様子なのだ。彼はもう一度その名を呼んで、きみはそういう名前じゃなかったかな、とたずねた。ちがうよ、と少女は言った。名前はあるけれど、いまのじゃない。もう引き返せないと思って、彼は確認したばかりの、もうひとつの名を持ち出し、きみのお母さんの名前ではないかとたずねてみた。少女は狐《きつね》につままれたような顔をして、口のなかのヌテラが見えるくらい膚《はだ》を透きとおらせて驚き、それから声をあげて笑いはじめた。おかしいよ、なんのことだか、さっぱりわからない。本当にちがうんだ？　ちがうよ、と彼女。そうか。彼は吐息をついてしばし眼を泳がせ、今度は迂回《うかい》せず、失われた誠実を取り返すつもりで、ことを順序立てて正直に話しはじめた。この船の持ち主とは十年以上まえからの知り合いで、国に帰っていたからずっと会っていなかったのだけれど、散歩中にぐあいが悪くなって公園で倒れているのを発見して、助けてあげたのがそのきっかけだったから、とても感謝されてね、再会したときにまだ住む家が決まっていないと言ったら、ここを貸してくれたんだ、ずっと空っぽのままだからって。ところが、じつは誰か女のひとが暮らしてたらしいんだよ、それも、こっそりとね。そのひと、泥棒なの？　と少女は興味を示し、犯人を捜してたんだ！　とむかしの枕木さんみたいな反応をする。そうじゃないんだ、と彼は頭のなかを整理してつづけた。こっそりというのは、船を管理しているひとたちに内緒でということさ、どうも持ち主のおじいさんは知ってたようなんだ、そして、ちょうどきみくらいの孫娘がいた。まだ言葉も出ない幼児のときに会ったきりで、そのときは、暗かったし、顔もよく覚えていないけれど、両親が車の事故で死んでしまって、おじいさんが世話をしてたんだ。ところがその孫娘の姿が近くにない。話にも出てこない。きみは最初からこの船を知っているみたいだったから、もしやと思ってね、でも、本当にちがうんだ？　ちがうよ、と少女は最後のクレープにスグリのジャムを塗り、それをふたつ折りにしてフォークで半分に切ると、片方を彼にくれた。じゃあ、お母さんはどこにいるの？　だから、あっち、船のなか。少女はクレープを持っていない右手の法則で漠然と下流を指さした。赤いタオルの船の、ずっと下の船。いろんなところに停まって、好きなだけいて、それからまたべつの岸に行くの。

＊

繋留《けいりゅう》期間がながく、学校が岸から近いときには、そのときどきの町で交渉して通わせてもらい、遠ければ行かないのだと、ようやく秘密を打ち明けることができたとでもいうような、晴れ晴れとした顔で少女は言った。各地を転々としている親族の大半はキャンピングカーを使っていて、小まわりのきかない船に住んでいる仲間はいまやごく少数らしい。彼女が彼の船にやってきたのは、まえに訪れたことがあったからではなく、塗装の状態と桟橋の様子から、動かずにじっとしている居住用だと見当をつけたからだという。ところが彼女の仲間うちでは、動かない船とかかわりを持つことが禁じられているのだった。だめって言われると、近づきたくなるでしょ、はじめて来たとき、どきどきしてた。そしたらKの話を教えてもらった。近づいちゃいけない怪物の話なんて、あたしのこと知っていてわざとしたのかなって、ほんとは、びっくりしてた、と少女は笑う。なるほど、偶然にしてはできすぎだったかもしれない。帰り際《ぎわ》、彼女は、ひとつ言っていい？　と真面目《まじめ》な顔で彼を見あげた。どうぞ、と彼がうながす。あのね、大家さんのところの女の子、もう死んじゃったんじゃないかな、そういう気がするの。彼はそれには応《こた》えず、つぎは、いつ来られるだろうね、と翳《かげ》りはじめたお母さんの船のほうへと静かに視線を移した。

11

動きもしない船にひとりで住んでいるっていうのは、もちろん外へは買い物に出ていくわけだし、外部との連絡には電話やファクスがあるわけだから、厳密な意味での蟄居《ちっきょ》や隠遁《いんとん》とはちがうけれど、ぼくみたいに築四十年の、やたら天井が低くて、あちこちに梁《はり》があって、壁も厚ぼったい、ドアからなにからぜんぶ当時の人間の体格にあわせて設計されているようなコンクリートの住処《すみか》で、ひとり身をかこつ、のではなくそれなりに楽しんでいる者だって、隠れ家にいるのと変わりありません。しかし、山小屋だの動かない船だのに住んでいたほうがふつうの家にいるよりそれらしく感じられるのは、やはり出家して隠棲《いんせい》する伝統がこの国にあるからでしょうか、と枕木さんが書いてきた。

＊

繋留《けいりゅう》された船の暮らしには、たしかにどこか隠遁に似たにおいがある。しかしそれはあくまで似たものにすぎない。エンジンを整備し、燃料を補給して碇《いかり》をあげれば、船は流れに逆らってでも移動を開始できるからだ。少女とその一家が暮らしている、彼には姿の見えない数人乗りの船暮らしだって、あれは引きこもりなどではなくどこか遠い場所とつながっている移動の手段であり、人目を避けて自分を追いつめていく修行じみたふるまいとはかけ離れたものだろう。いや、もしかすると隠れ家とは出ていくことを前提にしているからこそ存在しうるのであって、きついのはそこで何カ月も何年も禁欲的な暮らしを守ることにではなく、いつでも出発できるのにあえてそれを拒み、待機しつづけることにあるのかもしれない。流れていく水のうえの、動かない船。永遠の河岸。行く河の流れは絶えずして、しかも、もとの水にあらず、よどみに浮かぶうたかたは、かつ消え、かつ結びて、久しくとどまりたる例《ためし》なし、と十三世紀、京都は日野山に庵《いおり》を結んだ男は書いた。世の中にあるひとと栖《すみか》と、またかくの如《ごと》し、とつづけたその男が住んでいたのは、解体して牛車にでも曳《ひ》かせればどこへでも移動可能な方丈の茅屋《ぼうおく》だ。隠者は多く山中に向かう。橋のたもとの、湿った河原にたむろしていたのはそんな贅沢《ぜいたく》すら許されないひとたちだったのだろうが、歌詠《うたよ》みでもあったあの男が橋のないどこか流れのゆるやかな河に舟を浮かべていたら、人口に膾炙《かいしゃ》したとおりの一文で回想をはじめていたかどうか疑わしい。しかし、そんなことはどうでもいい、とかつて愛読したあの中世の書物の末尾を思い起こしながら彼は思う。しかるを、汝《なんじ》、姿は聖人《ひじり》にて、心は濁りに染《し》めり。心清らかに俗事から逃れようとしてきたのに、とうとうそれがかなわなかったとする、あれはつまるところ挫折《ざせつ》の表明だった。どうもわたしのおこないは駄目らしいとの反省の弁は、韜晦《とうかい》でも謙遜《けんそん》でもなく、文字どおりの真率なものだったろう。出家の決断にまちがいはなかった。だが、庵を結んでいちおうの悟りを得たと満足げに書かれていたのならそれほどながく世に残らなかったはずで、じき六十歳に手がとどくほどの、当時としては長寿といっていい年齢に達した男が、いまだ煩悩《ぼんのう》のただなかにあると記しているからこそ説得力があるのだ。

＊

ひるがえって、彼の現在はどうか。都の消息には主に電波を介して注意を払い、大火や大水や地震の脅威は耳に入れていても進んで現場に近づくことはせず、かといって無関心のままでいるわけでもない。鄙《ひな》にはまだ一歩足りない河岸に繋留された船も、なりゆきから否応《いやおう》なしに選ばれたものだ。よほどの嵐《あらし》が吹いても倒壊する危険のない頑丈なつくりで、内装もこれまで彼が移り住んできた集合住宅のそれよりはるかに豪華ではあるものの、その気があればいつだって出ていくことができる。それをしないのはたんに居心地がいいからだが、懐《ふところ》のほうは気候と足並みをそろえるように寒くなってきているので、いずれ覚悟を決めるべき日が来ることも彼にはわかっていた。ただ、ありがたいことに、それで感傷的になったり攻撃的になったりすることはない。したくても、できないのだ。そういう年齢に、彼は差しかかっていた。

＊

あそこは昔々のそのむかし、樹皮がついたままの丸太が見渡すかぎり水面に浮かぶ木場だったそうだ、樽《たる》の材料じゃなしに暖をとったり建築資材にするものだったらしいが、水に浮かんでる木を運ぶのに平底船は必要ないから、空いてる船を使いまわすには樽みたいに重いやつがいちばんいいわけだな、と元気だった大家が話している。運搬業者と荷送り人とのあいだを走りまわって貨物運送の周旋をする連中がいて、大きな会社もあったが、従業員が十人にも満たない、家族経営に近い商会ともよくつきあったよ、きちんと手入れされたポプラの並木沿いにごちゃごちゃと倉庫がひしめいていて、一杯飲み屋や軽食屋もにぎわう、ちょっと野卑だが人間味のある共同体だった。ほとんどひとつの村だったよ。都へのぼってくるたびに傾《かし》いだ事務所のドアをたたいて旧知の連中に挨拶《あいさつ》し、いっしょにビールを飲んだ。秋のはじめ、肌寒いくらいの日にワイン樽を立てただけのテーブルで熱いジャガイモのフライにあら塩を振ってはふはふ食べながら流し込むビールといったら、もうワインなんぞ止《や》めてこれからはビールを売ろうと思ったくらいうまかった。それがどうだ、市が管理しているのだからしかたがないとはいえ、土地が足りなくなったと理由をつけて、お上はいきなり、あの一帯の賃貸契約をうち切った、倉庫街と河のあいだに道路まで走らせてな。ぜんぶおしまいだ。樽ばかりじゃない、あそこにはわたしの一族の記憶と時間がつもってたんだよ、いまじゃ雨の日に子どもがあそぶための体育館なんぞできて……、なに、テニスだと？　そんなものを屋根の下でやってどうする？　球遊びは外でやるもんだ、そもそも網をはさんであんなに離れてたら、人間らしい会話もできんじゃないか、あの村は陸つづきではあっても、じつは孤立した島だった、いや、中の島だった、ひとりでいるにはにぎやかすぎる男どもの、うるわしき飛び領土だったよ。

なるほど、中の島には、たぶんに独立国の印象がありますからね、と彼が応じたのは、はるか上流にあるふたつの中の島のうち、小さいほうを舞台にした小説を読んでいる最中だったからだ。はじめてこの島に通じる橋を渡り、河岸沿いを散歩したのは、いつ、何時のことだったろう、という冒頭の一文を、彼はいまでもよく覚えている。

*

物語の時代は、一九三五年五月から翌年五月までの、きなくさい一年間に限定されていた。同人雑誌を発行している仲間たちが、その島をヴェネチアのような独立国に、それもヴェネチアのように滅びゆくひとつの独立国に見立て、独立を模索する。小説としてのできばえには留保をつけなければならないけれど、ある登場人物の台詞《せりふ》が彼の記憶に残った。この島は自然にできたものじゃない、それはひとつの創造であり、建築上の奇跡であり、多少なりとも思慮深い投機家たちが稀有《けう》な景観と出会う場所だ、閲《けみ》してきた幾世紀もの時間が大きな建築物と力をあわせてつくりあげたひとつの夢なのだ、と。男たちの夢は、やがてファシストの台頭で崩れていくのだが、あのとき大家が憤慨していたワイン樽を中心にした倉庫のひしめく一角は、中の島に相当する独立国だったのだろうと彼は連想を働かせたのである。土地開発に抵抗しつづけた零細企業の主たちの言い分は、つねに正しかった。権益を守るためにではなく、一国の崩壊を憂《うれ》えての反抗だった。しかしだ、と大家は唾《つば》を飛ばして語りつづけた。正直者が損をするのが、この世の中なんだよ、わたしが損をしなかったのは、結局、品性よからぬ男だったからだ、それを自覚しているから救われるなんてことのないのが商いなんだよ。ただ、なんとか身を立てたからこそ、厄介な病気を抱えていても馬鹿《ばか》にされずやってこられたと考えることもできるわけだ。そこで大家は両肩をすぼめて首をかくかくと左右に動かし、ひと呼吸置いた。わたしがいちばん嫌なのは、そういう順序できみみたいな男にむかし話をすればほろりとしてくれるかもしれんと、心の底で期待してるところだ。そう言って大声で笑う老人の、ひとによってはふんぞり返っているとしか見えないだろう姿に感動した彼は、いや、たぶん、あなたも正直者なんですよ、と意見を述べた。屈折した胸のうちを素直にさらけ出せるのだから、正直者です、この際、損得は別問題でしょう。老人はふっと笑みを消して彼を見つめ、きみはまちがいなく損をするほうの人間だな、と力なく言うのだった。

*

その数日後だったろうか、ひょんなことから知遇を得た、大家よりひとまわり以上も年上の、絵筆もにぎる老詩人の口から、やはり正直者という言葉を聞かされて、偶然の差配に驚いたことがある。年譜にしたがえば、詩人は当時、八十八歳だった。どこにでもある質素な集合住宅の、床鳴りのする部屋の壁という壁に、書籍と雑誌が隙《すき》間《ま》なくつめこまれた手製の棚が走って出版社の倉庫を思わせるその空間に、老詩人は杖《つえ》をついて彼を迎え入れ、狭い廊下を抜けて居間に導きながら、家事のいっさいは息子の嫁に頼っていて、この何カ月かはアパルトマンから一歩も外へ出ていないのだと言った。にもかかわらず、鳥類系の瞼《まぶた》をねっとりと上下させながら、こちらの心配をよそに重い画集などを片手でひょいと持ちあげたり、アトリエの壁に立て掛けられた近作をつぎつぎに示して解説をほどこし、青年時代のとびきりユーモラスな体験を問わず語りに語ってくれたりした。一九一二年、ベルリンで開かれたとある展覧会の祝宴に参列した折のこと、ひとりのドイツ人がゲーテを褒め称《たた》える演説をはじめたところ、べつの人物がそれをさえぎって猛烈な批判を繰りひろげたため、場内は騒然となった。当時としてはスキャンダラスな大文豪批判をおこなったその人物こそ未来主義を標榜《ひょうぼう》するマリネッティで、乱入者の言葉は最後に喝采《かっさい》を浴びたという。過激なイタリア人と近づきになった老詩人は、頃合いを見はからって意見を述べた。先ほどあなたは、寄せては返す波のような激しさこそが人生だとおっしゃいましたが、わたしは、どんなに荒れていても一定の静けさをたたえる水平線を好む者です。するとイタリア人は、そいつは北の人間の見方ですよ、南の人間はそんなふうに考えません、激しさと速度、このふたつが重要なんです、品行方正で正直なのはいいが、いまの時代、それではもう通用しません、と応《こた》えた。詩人は、第二次大戦後にも、同様の台詞をある著名な出版社の辣腕《らつわん》編集者の口から聞かされることになる。原稿を持ち込んだ編集部で、か細い女性のような声で知られる編集長がこう忠告した。いいかね、まずはこのメンバーに気に入られるようつとめねばならない、きみのうしろに画家としても有名な詩人の絵が掛けてある、礼讃者《らいさんしゃ》がここには大勢いてね、振り向かなくてもいい、見なくてもいいから、その絵が好きだとみんなのまえで言ってくれ、それでもう大丈夫だ。しかし詩人も若かった。わたしはじっさいに見もしないで勝手なことを言うような人間じゃないからね、さっと振り返ってから、椅子《いす》に座ったままこちらを見ている男たちにむかって、ありゃあ素人絵《しろうとえ》ですよ、感心しませんね、と正直にくさしてやった。編集者はあんぐりと口をあけ、我に返るとわたしをきっと見据えて、正直者は馬鹿を見るぞと脅したよ、いまだに業界を牛耳っている大手出版社とのつきあいは、それで終わりだ。

笑いながら、しかし唾などは飛ばさずにこやかに、楽しそうに老詩人は話し、最後に彼の肩をたたいて、正直者は損をする、自分は変わらずにいても、周囲がどんどん変わっていくから、馬鹿にされるのを承知でいなきゃならん、こいつはほとんど道化師だ、人生というサーカスの座持ちみたいなもんだよ、だがね、文学の世界にもそういう愚か者がいたっていいんじゃないかね、どうしようもない連中がいなくなることは永久にないんだから。しかしだ、若いきみに言おう、数は少ないけれど正直者だって、あとからちゃんと出てくる、わたしはそれを慰めにして生きてる、繰り返すぞ、正直者は損をするんだ、さあ、このアトリエのわたしの絵が気に入ったかどうか言ってごらん。老詩人は本気なのか冗談なのかわからないような口調で彼に問いかけたが、その眼を見れば後者の度合いが大きいことくらいすぐに理解できた。じゃあ、正直に言わせていただきます、と彼は鳥の瞼を覆《おお》う金色の産毛《うぶげ》についたかすかなサインペンの跡を見ながら前置きして、もちろん気に入りました、すばらしい絵です、とくに大空に浮かぶ鳥たちを描いた線画がいいですね、でも、と二拍ほど置いて、ほんとうのことを申せば、あなたのお話のほうにずっと感じ入りました、と応えた。老詩人は彼

*

の肩を抱いて、大声で笑った。よかろう、きみは正直者だな、みんなの人生に必要な男だ、要するに、これからつねに損をするやつだということだよ！

＊

正直者は馬鹿を見る。急がばまわれ。ウサギとカメ。ウサギはせっかちでカメはのろく、そのせっかちなウサギの耳を馬にひっつけて兎馬と書けばのろまなロバの異名になる。ロバは鈍重な正直者なのか、すばやさを耳に隠したいっぱしの狸《たぬき》なのか。自分をロバになぞらえたくもある彼にとって、それはいささか混乱をもたらす知識だった。だいいち物語のなかでは、ロバの耳が馬ではなく王様についた事例もあるではないか。しかも王様は正直者に感謝さえしていた。正直者は報われる。最後の最後に感謝される。ならば十三世紀の、日本でかりそめの庵で生活していた隠者は、ただ魯鈍《ろどん》なだけではなく、速さもそれなりに備えた特別な正直者だったことになるのだろうか。

＊

彼には突拍子もない夢がひとつあった。十七世紀、南仏《なんふつ》の運河をわずか十四年で完成させた技術者の頭にあったのと変わらぬ規模の、つまり大型の平底船が通過できない旧《ふる》い運河の閘門《こうもん》で番人をつとめること。一九七〇年代の終わりになってようやく閘門の規模と水深が拡大され、かろうじて近代化がなされた由緒《ゆいしょ》ある運河沿いに立つ、こぢんまりしたレンガ造りの家で暮らしながら、ときどき通る船暮らしの人々と挨拶をかわす。ふたつあるうちの一方の水門を開けて船を招き入れ、ふたたび門を閉じて閘室と呼ばれる開かずの間にやさしく幽閉したあと、ハンドルをまわして水位を調節し、進むべき側の水位に閘室内のそれをそろえて、もう一方の水門を開けてやる。高低差が解消された水の道を無事にたどっていく船を見届け、提出しなければならない通行記録をつけてしまえば、あとは自由な時間がたっぷり楽しめる。むろん閘門などとうに自動化されているはずだが、かつてのようにたったひとりの男の腕で何百トンもの水を出し入れするのは、機械仕掛けとは比較にならない満足感をもたらすだろう。はた目には単調だが、せせこましい時間の流れを気にする必要のない優雅な仕事だ。植樹された糸杉は丈高く、風や畑の砂塵《さじん》から水面をまもって鏡のような平らかさを崩さない。悪天候では誰も近づけなくなる灯台守の、喜びも哀《かな》しみも幾年月と言い聞かせる孤独はそこにない。方丈の間で悟りを得られず、煩悩を残したままを正解とした中世のひとは、表向きはみすぼらしい小さな貝殻を好むやどかりや、人里から離れた磯《いそ》に住むみさごの例を持ち出して身分相応の独居の必然と楽しみを説いていたけれど、閘門の番人はそうではない。かなりの人間の出入りがある以上、いわば両岸に依存しなければ孤立できない矛盾をかかえた中の島の守衛みたいなもので、そういう両性的な場所で季節を何巡かし、読書をしたり、書きものをしたり、音楽を聴いたりする楽しみをみずからに許しつつ、どこから来てどこへ行くつもりだったのか、なにを待ちつづけていたのかがわからなくなるまで、つかのまの真空状態を味わう。鉄の門ふたつに区切られた閘室の時間を生きることに、それはどこかで通じていた。自分ひとりの力で水を満たすわけにはいかないのだから、これはまったくの他力本願であり、完《かん》璧《ぺき》な受け身だ。時間が来れば解放されることもわかっている、まことに煮え切らない待機の姿勢。けれど、と彼はあらためて思う。煮え切らない待機とは、まさにいまの彼自身を指しているのではないか。注水と放水の均衡がとれている堰《せき》のなかの部屋は、浮上も沈下もしないかわりに、動きもない。前後左右は石と鉄の壁で、デッキではスグリもバナナも育てることができないのである。

＊

気温八度、湿度三二パーセント、南西の風、風力二、気圧一〇一八ミリバール。

＊

対岸に、また白い犬を連れたあの老婦人の姿が見える。ちょこまかとせわしない走り方で主人を先導し、振り返っては止まり、止まっては振り返り、ときどき足もとまで戻ってくるものの、うしろにまわるのは遠慮している様子だ。背中を折るように声を挙げているご婦人の口から白い息が出ている。犬は尻尾《しっぽ》を振ってそれに応えているようだった。デッキで煙草《たばこ》を吸いながらどことなく滑稽《こっけい》な主従の動きをながめているうち、犬走り、という言葉が彼の脳裏をかすめる。カシャカシャと爪《つめ》の音をたてて小《こ》股《また》で進んでいく歩き方を指す表現なのだろうが、お城などの石垣と堀のあいだに設けられた細く平らな面のことも犬走りと言うし、護岸工事のほどこされた川べりでも、傾斜した堤防の堤脚沿いに残されている部分を犬走りと呼ぶ。草の生えていないコンクリートであっても、散歩させてやれば犬は喜び、落ち着きがなくなって、川面《かわも》を横目で見やりながら歩いていくのだろう。それにしても犬走りとはみごとな命名だ。動きがあり、音があり、においがあり、色彩がある。対岸の犬はその堤防の脚の平坦《へいたん》部をまさしく犬走りで散歩しているのだった。彼はこの言葉を覚えてから、飼っていた犬を川べりで遊ばせるのが好きになった。疲れているときには億劫《おっくう》な犬の散歩が、愉快な芝居の一場面のようになりはじめたのである。建築を勉強した知人から、犬走りはこの国だけの言いまわしで、治水や河川工学の先達たちの国では、犬よりも猫がイメージされていると教えられたときには、面食らっておのれの未熟を悟ったものだ。キャット・ウォーク。猫の通り道。犬走りをあえて翻訳すると、ドッグではなくキャットになる不思議に彼は魅了された。猫道を犬走りで進み、遅れて歩いてくる主人を気づかう。彼のいる岸のほうには犬や猫と人間の区別がないどころか道も整備されていないけれど、むかいの岸にはどうやらそれらしき舗道があるようで、老婦人との縦の位置関係が把握できないこともある。閘門なんてむずかしい言葉で遊ぶより、犬と猫のとりちがえからくるごく単純な意味の断層を見つめることのほうがずっと有意義なのだ。猫の通り道が犬のそれに代わり、犬の鳴き声が猫のそれに代わり、老婦人と白い子犬との消音された光景に、いきなり太鼓の音が加わってくる。久しく聞こえてこなかった、あの毛編みの帽子のジャンベだ。寒空の下に響きわたる軽快な音がやわらかく数珠《じゅず》状につらなり、老婦人と子犬を追いかけて彼の耳に届く。太鼓はやがてあの少女の船が停泊しているはずの下流にむけて、犬と猫がじゃれ合っているような強弱のある音の波を送り出す。運河の水の鏡面を乱すのは、風でも船の揺れでも澱《よど》みに浮かぶうたかたでもなく、美しい歌声で近くを通る航海者をひきつけ、死へと誘ったギリシア神話のセイレーンの声とはまたべつの、軽やかな太鼓の音なのかもしれない。

12

使いそびれて持てあましていた大量のホウレンソウをどう処理しようかあれこれ思案した末に、まずは簡単に水洗いしてからざくざくと適当な大きさに刻んで、オリーヴオイルを引いた深鍋《ふかなべ》で軽く炒《いた》めた。蓋《ふた》をしてしんなりさせてから染《し》み出た灰汁《あく》入りソースをべつの鍋に移し、残したホウレンソウにはバターをからめて火を止め、取り分けたソースにミルクを入れて軽く混ぜ合わせると、おろしたパルメザンといっしょに煮立てて緑色のソースをつくる。それから卵をふたつフライパンに落とし、大きめのフォークでかきまぜながらぜんたいをふわふわさせると、ホウレンソウをまんなかに置いて二つ折りにし、それをパイレックスの四角い皿に入れ、先ほどのソースをまんべんなくかけてふたたびパルメザンを散らし、表面をすっかり覆《おお》ったところで、あためておいたオーヴンに入れた。待つこと五、六分。軽くこげ目がつけばできあがりだ。つけあわせは、季節はずれのスペイン産トマトの輪切りに、クルミオイルをさっとひとふりしたサラダでいいだろう。少し固くなってしまったけれど、ここに田舎パンを添えれば彼の胃袋にはちょうどいい分量になる。だが、ほとんどグラタンと言うに等しい、オムレツとしてはよこしまなこの料理は、どこかもの悲しかった。こんなふうにオーヴンに頼るのであれば、オムレツを焼く段階での火加減ややわらかさへの注視が無意味になってしまうからである。

*

オムレツにしようと思ったのは、サンドイッチとサラダのために常備しているカンタルという安価なチーズを教会まえの市場へ仕入れに行ったついでに、網にはいった地鶏《じどり》の卵を買ってきたからである。個売りで必要な数だけ詰めてもらうより安かったせいもあるが、生産者を示す紙切れに《卵と私》という文字が刷り込まれていたのも、食い意地の張った彼の注意をひきつけた理由のひとつだった。市場で売られている地鶏の卵にはたいてい糞《ふん》や羽毛らしきものがへばりついていて、それが鮮度の目安にもなる。ところがそのかごのなかの卵の表面は湿らせた布巾《ふきん》かなにかできれいに磨かれたみたいにつやつやしてかたちもかなり揃《そろ》っており、いびつな卵に慣れている彼の眼を少しばかり驚かせた。食品のみならず、売りものの見てくれにたいする気づかいは、この国ではたいへんにめずらしい。生産者の心意気がもしその長方形の紙片の文字に示されているとするなら、とりあえず買ってみる。彼はそのように考える人間だった。

*

それにしても、この数カ月のあいだに、彼はいったいいくつのオムレツを焼いたことだろう。手軽で単純にみえる料理ほど奥は深い。オムレツは、その筆頭にあるもののひとつだ。ナイフを入れると汁がじわりと沁《し》みだしてくる半熟タイプであれ、具を入れて固めに火を通すタイプであれ、納得のいく焼き加減にするためには、一、二分のあいだ、全神経をフライパンのうえに集中し、自分がこの世に生まれてきたのはオムレツを焼くためだ、世界はふたりのためにではなくオムレツのためにあると言い聞かせなければならない。わずかな油断も禁物だし、なにより立派なオムレツが焼けるのだという自信を持たなければならない。焼き加減にたいする絶対の自信こそオムレツのすべてだと言い切った料理人もいるくらいだが、余人は知らず、自信なるものと縁のない彼には相当に厄介な料理なのである。ならばその自信をどのように育てたらいいのか。答えは簡単だ。新鮮な卵と良質のバターを確保すること。凝固をほんのわずか遅らせるためにミルクを加えるのであれば、それもまた可能なかぎり濃厚であたらしいものとすること。他のなにものにも身を捧《ささ》げないオムレツ専用の汚れなきフライパンはとりわけ重要な道具で、一人前なら一人前の、二人前なら二人前の、つまり最適の大きさを用意すること。これもまた常識だった。

＊

オムレツの作り方は、ひとによって微妙に異なる。フライパンに卵を落とすまえに、ボウルに入れて泡立て器で軽くかきまぜておくべきだと主張する者もいれば、バターを引いたフライパンに直接落としてからフォークか菜箸《さいばし》でかきまぜるのがいいと勧める者もいる。皿に移すとき、フライパンの土手を利用してひっくり返すか、へらで安全策を取るかも意見のわかれるところだ。彼は熱したフライパンに卵を落としてから大きめのフォークでちょっとぞんざいにかきまぜるのを好むので、テフロン加工は表面に傷がつくと終わりだから選択肢に入れてはいないのだが、幸い彼の船には熱が均等に伝わる銅のフライパンがあり、オムレツ専用にしたいところをクレープとの併用にしている。母国での仕事を辞めるまえ、先の料理人の指導で、フライパンの土手に卵の半月を寄せるときの手首の返しを、米粒を使って練習したことがあった。柄を握っていないほうの手でゲンコツをつくり、その柄に小刻みな肩たたきを思わせる強さでコンコンとぶつけながら一面に散らした米粒を遠いほうの端に寄せていくのだが、安っぽいプラスチックの柄のフライパンだとうまくいかないそのやりかたに、銅製の重量のバランスがじつにしっくりとくる。つまり彼はこの船のキッチンにいるときだけはそれなりの自信に満ちており、味のほうも安定しているような気がしていた。

＊

雌鶏《めんどり》は卵を産み、自信は簡潔さと純粋さを産む。しかし、ものごとにおける純粋さとはなにかを追い求める気力が萎《な》えているいまの彼には、卵とバターのおいしさだけに支えられたプレーン・オムレツは贅沢品《ぜいたくひん》となりつつあった。オムレツは、中途半端《はんぱ》にあまった食材を効率よく処理するための方途にすぎなくなっていたのである。卵はあらかじめボウルに落とすものだと言い張る彼の大家は、そこに赤ワインを大さじ二杯加えて攪拌《かくはん》し、半熟状態でふたつ折りにするとき、炒めたベーコンと玉ねぎとトマトのみじん切りを加えてみろと教えてくれた。亡妻の得意料理でもあり、現役のお手伝いさんに引き継がれている特別メニューでもあるのだが、そんな調理法がレシピに載っているかどうかは知らないし、そもそもレシピにある料理はほんとうの意味での料理ではないとも言うのだった。白じゃないぞ、赤を入れるんだ、卵の色は濁るが風味は格別だ、アルコール分をぜんぶ飛ばさないようにしてやるのがコツだ、との教えにしたがって、彼はあるとき、ボトルの底に残った飲みさしのワインを使って実行してみたのだが、あまりぱっとした味にはならなかった。後日、その話になって感想を求められ、口では美味《おい》しかったと言いながら声の奥のためらいをみごとに見破られた正直者の彼が苦笑いしていると、開けたてを使わなかったんだな、コルクを抜いたばかりのものを注がなかったんだろう、単純な料理にこそ素材をけちってはならんのだ、と例によって本気なのかそうでないのか判断しかねるような警句を吐く。どうせ揮発するんだからとたかをくってはいけない、ここで手を抜くくらいなら、なにもしないほうがましという退けない一線が世の中にはあるんだ、と。そう、何度失敗しても、彼はふんぎりをつけるつけないの瞬間にのしかかる重圧に耐えられないのだった。

＊

ともあれ、苦肉の策のオーヴン焼きオムレツもどきは、パルメザンがたっぷり効いたまま胃の腑《ふ》に重く染み込んだ。食後、珈琲《コーヒー》を淹《い》れながら、キッチンに放り出されたままの赤い網と美しい卵のあいだの紙切れに、彼はあらためて目を落とす。《卵と私》。市場で売る以上、たとえそれが露店に近いごく私的な商売であっても、品名には商標登録が必要だ。とすれば、これはかつてのベストセラー小説とそれを原作とする映画の題名でもあるから、相当な額を投資したことになる。しかしこれらの卵の質素で上品なたたずまいは背後に大資本を感じさせなかったし、週に二日しか開かない市場の、チーズ屋の店先で売られている卵の生産者に、著作権を云々《うんぬん》する資金があるはずもないだろう。そんな埒《らち》もないことを考えながら、珈琲を樽椅子《たるいす》のわきに運び、書棚からすでにその背文字だけは眼に焼きつけていたベティ・マクドナルドの自伝小説『卵と私』を取り出して、日が沈むまでのあいだ、自然光半分、電灯光半分をもらってゆっくり頁《ページ》を繰っていった。ジョルジュ・ベルモン訳、一九四七年、ロベール・ラフォン社刊。ブッツァーティの短篇集の初版とおなじ版元だ。この船の蔵書類はすべて大家の息子のものだが、経営コンサルタントとでも呼ぶらしい仕事についていたどことなく影の薄い男の趣味は、家具類のみならず書籍の方面においても、脈絡がないようにみえてかなり渋いところを押さえていた。海外小説の翻訳に熱心だったこの出版社の本は十数冊ならんでいて、発行年からすると、もとは父親の持ちものだった可能性もある。表紙絵はJ・プリュとサインが入っている養鶏場のイラストだが、裏表紙には同年公開された映画の主演女優、フランスに生まれて六歳でアメリカに渡ったあの庶民的な顔立ちのクローデット・コルベールの、卵をひとつつまむように持っているスチール写真が使われていた。映画公開に便乗した愚かな輸入紹介によるもので、フレッド・マクマレーが夫役で共演しているその映画をむかし名画座で観《み》て、彼はひどく落胆した記憶がある。夫となった男性にとにかくたのしく仕事をさせてやること、どんな職種であってもそれが夫にふさわしいもので、相手が生き甲斐《がい》を感じ、満足しているのであれば、黙って従うのが第一だと教えられて育った語り手の「私」は、十三歳も年上の夫から、新婚旅行の帰り道でだしぬけに養鶏場を開く夢を聞かされ、ためらいと懼《おそ》れを妻たる者の義務のもとに隠して、峻険《しゅんけん》な山のなかにある古びた農場に移り住むことに同意する。だが彼女は、馬鹿《ばか》を見るほどの正直者だった。母親の教えを守ったからではなく、農場暮らしを振り返ってどうしてもなじめなかったことがらの筆頭に、なんと商売道具である雌鶏を挙げているからだ。ガソリンランプや夜の野外トイレも耐えがたいし、ラジオや電話のないのもつらい。田舎暮らしの安っぽい讃歌《さんか》を拒むこの隠遁《いんとん》とは正反対の本に、彼は野性的なオムレツの味を見出《みいだ》した。

＊

ただし、映画のなかでもそうだったが、原作においても、手しおにかけた卵は、単価がいくらでどうすれば採算があうかを論ずるための材料にすぎず、味そのものはほとんど問題にされていない。大柄なフレッド・マクマレーが調理用の薪《まき》ストーブのまえで腰を折りながら新妻に目玉焼きをつくる場面はたしかに印象深いけれど、ふたりがそれをおいしそうに食べているようには見えなかった。あれに較《くら》べたら、出征まえのマストロヤンニがソフィア・ローレン手製の、卵を二十数個もぶちこんだ巨大なオムレツを動けなくなるくらい食べる『ひまわり』の場面のほうが、たとえ精をつけるためで味は二の次であってもまだましだと彼は思う。しかしベティ・マクドナルドは、町の暮らしでは味わうことのできない、養鶏場経営者ならではの喜びも知っていた。食料貯蔵庫の棚には、黄身がふたつ入っている無精卵がバケツいっぱい置かれていて、好きなだけ料理に使うことができたのだ。ところが、彼はその肝心の料理の場面でつまずいてしまったのである。雌鶏の嫌いな養鶏場経営者の妻は、たいていのレシピを試してつぎはなににしようかと悩んだあげく、《修道女のおなら》をつくろうと思いつく。信頼している料理本には「卵八個を手ばやく割り、ふるった粉に落として、素手でかきまぜます。できれば右手が望ましいでしょう」とあるのだが、彼女は勇敢にもその倍の十六個の卵を割り、何リットルもの粉を入れて腕がちぎれるくらい練り合わせた。そして「それを小量ずつ、ちょうどクルミ大にちぎってフライパンにならべます。生地はふくらんで、リンゴ大になりますから、あらかじめ《たっぷりと間隔をあけておきます》」との指示を忠実に守ってオーヴンに入れた。彼が混乱したのは、その記述だった。

*

《修道女のおなら》とはごく単純な揚げ菓子で、一説によると、ある修道院で宴《うたげ》の準備が進んでいたとき修道女のひとりが放屁《ほうひ》し、笑い転げた仲間の誰かが小麦粉を練ってまるめた生地を、煮立った油のなかに落としてしまったのがはじまりだという。においたつ偶然から、熱いうちに砂糖をまぶして食する素朴な味わいのお菓子ができあがったわけだが、この過程にオーヴンは登場しない。しかるに、ベティ・マクドナルドの記述に従うなら、彼女はまず生地をオーヴンに入れている。取り出してみると生地がまったく膨らんでいなかったので、彼女はあきらめきれず油を火にかけて未成熟の練り粉のかたまりをどんどん投げ入れ、かたわら缶入りのミルクを泡立てて、それをホイップクリームの代わりに、なかに注入するつもりだったのらしい。ということは、彼女が焼こうとしていたのは揚げものではなくシュークリームの一種だったことになり、それがうまくいかなくなったため、急遽《きゅうきょ》《修道女のおなら》に切り替えた、と解釈するべきではないか。該当箇所の仏語訳《ふつご》は、意味が通らないのである。揚げた生地はなかまでしっかり身が詰まって、クリームを入れる空間などなく、泡立てたミルクも妙なにおいがしてとても食べられたものではなかった。こうして彼女の記録は、自分の焼いたお菓子がどんなにおいしかったかという卵の品質や味の追求ではなく、結局は卵の生産に情熱を燃やす夫や隣人たちとのつきあいへの言及になっていく。「卵」と「私」の関係は、「他者」と「私」の関係の陰画なのだ。秋になって養鶏事業が軌道に乗り、いちおうの利益が出はじめたころ、彼女はつぶやく。「気の滅入《めい》りは、意気軒昂《けんこう》な状態とおなじく、些末《さまつ》なことがらの積み重ねからなっている」。これが真実だとしたら、ベティ・マクドナルドの人生観は、彼のそれと重なるかもしれない。ものごとは、オンとオフで変わりはしない。自分でも気づかないほど些細なできごとの積み重ねが、最後に崩壊を導くのだ。農場が火事で焼け落ち、夫の心は雌鶏に支配され、楕円形《だえんけい》の真珠は彼女以外の消費者のために生産される。題名の語感や主人公の一見ほがらかな性格とは裏腹に、彼は読み進めるにつれてひどく暗鬱《あんうつ》な空気を感じはじめた。

＊

気温七度、湿度四〇パーセント、北北東の風、風力一、気圧一〇一六ミリバール。

＊

卵一個でひとは幸せになれるだろうか、と彼は自問する。わからない。かご一杯なら、あるいは樽一杯ならどうだろう？

＊

オーディオの電源を入れ、レコードの棚からポール・クイニシェットの「オン・ザ・サニー・サイド」を選んでターンテーブルに載せた。『卵と私』の仏語訳を読みながら、卵黄の盛りあがったじつにうまそうな目玉焼きがふたつ、黒ずんだ鉄のフライパンにのっているジャケットに包まれたこのレコードに針を落としたのはむろんさもしい連想の流れにすぎないけれど、この盤の演奏にも参加している著名なピアニストの訃報《ふほう》が、ラジオの追悼番組とともに、彼の鼓膜を無意識のうちに刺激していたのかもしれない。だが、ジャケットのすばらしさの一端は、卵ではなく鉄のフライパンにある、と彼の思念はまた明後日のほうをむきはじめていた。料理を駄目にしたのはテフロン加工だ、と彼はつぶやく。テフロンが排除したオイルの濫用《らんよう》とこげつきこそ、じつは料理という音のなかのノイズであり、ノイズがなければ味に深みが出ない。それをはじめから取り除くといういかにも「表面的な」逃げの姿勢が、彼の頭のなかでほんとうの利便性となかなかむすびつかないのだった。学生生活を終え、勤めを経験しつつ礼儀や常識のレベルを超えた他人との接触に限界を感じていたころ、彼は、世の中の動きがあげてこのテフロン的な表層に、こげつかない言葉に向かっているような気がしてならなかった。接触不良の箇所が特定できるだけ、自分はまだまともではないかと疑いたくなるくらいの信じがたい言葉の薄さに、彼は戸惑いを感じていた。ちょっとした応答に滑り込んでくる言葉の棘《とげ》や毒に、あまりにも無頓着《むとんちゃく》な人間が多すぎる。油を使わず、こげつかず、洗いも簡単。環境保護にはなるとしても、そのこげつかない表面で熱せられるのが膨大なエネルギーを消費して製造、保管される冷凍食品だったりする矛盾。彼はいつも、節約を、あるいは効率を可能にする壮大な無駄に脅威を感じていた。そこまで自分を追い込むこともないでしょうと慰めてくれる枕木さんにも、論理や倫理ではなく生理の問題だからどうしようもないんです、と言うしかなかった。量産されたなまぐさい卵を口にできないのと、それは相似の関係にある。いや、卵の味ではなく、卵は十個で百円台という殻の薄いものでよしとし、テフロンの「表面」を信ずる人々との「関係」に彼は引っかかっていたのかもしれない。

＊

クレープはともかく、オムレツも目玉焼きも、なんだかわびしい独身男の料理だという気がしますね、と枕木さんがすばやい反応を返してきた。このところ、遠い国にいるきみからのファクスがとても貴重な読書案内になってきている気配ですが、『卵と私』の日本語訳はうちの近所の区立図書館にもありましたよ、最初の訳は一九五一年に出ているそうだから、やはり映画公開の影響があったのでしょうね、ただ、残念ながらぼくは、ゆで卵派なんですよ、遠足のお弁当にゆで卵を持っていったあわれな世代です。駅の売店でゆで卵を買って、あの赤い網のなかに紙のお手拭《てふ》きと食塩の袋がついていたりするだけで幸せになれた時代の子です。殻に白身がへばりつかず、つるんときれいにむけたりすると、さらに幸せな気分になれる。卵はひとを幸せにするというひとつの事例が、ここにあるわけです。古くなった卵を何百個もセスナ機に積みこんで、上空からいくつ割らずに落とせるかを競うギネスブック的な、きみの表現を借りれば「テフロン的な」連中のやることには賛成しかねますが、ゆで卵数個で幸せになれるぼくみたいな男がたくさんいたら、この世はもっと平和だったかもしれません。ところで、おそろしく官能的な響きのある《修道女のおなら》の件、『卵と私』の邦訳をひもといてみたら、ご推察どおりシュークリームとありました。揚げものとシュークリームは、ずいぶんちがいますね。もっとも英語原版がどうなっているのか、とんと見当もつきませんが。最後にもうひとつ。日本語版の丁寧な解説によると、語り手はその後、養鶏場を愛しすぎた夫と別れることになったようです。きみの感じていた暗さ、不吉さは、その予兆だったにちがいありません。

＊

ベティ・マクドナルドにとって、幸福とはなんだったのだろう？　きみは幸せか、という大家の言葉がまた彼の脳裏にこだまする。スグリの実も、長球の鶏卵も、絵に描いたような幸せをもたらしてはくれないのだろうか？　もしあのKが差し出した真珠が栄養満点の球体で、賞味期限のある食べものだったら、ステファノの運命は変わっていただろうか？

＊

灰色の雲に覆《おお》われた冬の寒空の下で「オン・ザ・サニー・サイド」を繰り返し再生するうち、プレスティッジ盤のLPがここにどのくらいあるのだろうと気になって、ワインボックスの書類入れに平積みされた冊子のなかから、何カ月もまえ、不動産屋との話のなかででてきた現状明細書の添付リストを引っ張り出し、枚数ではなく曲名を丹念に追おうとした瞬間、彼の背筋にしびれが走った。なぜこんなことに気づかなかったのだろう。音盤を一枚ずつリストと照合していけば、そこに記載されているのに現物のないものが特定できるはずではないか。口調は丁寧でも明らかに労働意欲を欠いた担当者から、この一覧が網羅的ではないと言われてそのままにしていたのだが、考えてみれば誤差はわずかに一枚なのだ。アルファベット順になっていない欠点に眼をつむれば、突き合わせはさほど困難な作業ではない。彼はそこで一枚ずつ四角いジャケットを取り出してタイトルと演奏家を照合し、鉛筆でリストに薄いレ点を打っていった。確認のとれた盤は棚に戻さずわきに立て掛け、ときどき「オン・ザ・サニー・サイド」と交換する。マーラーの「子どもの不思議な角笛」、アズナブールの

「ベストヒット」、モーツァルトの「交響曲第五番」。そしてふたたび目玉焼きのジャズに針を落とした直後、リストは一枚を残してすべてレ点で埋まった。

13

いちおう論理だっているような口のきき方だけれど、そのじつ単純な妬《ねた》みにすぎない無根拠な批判というものを生まれてはじめて味わいました、と枕木《まくらぎ》さんがめずらしく手紙で書き送ってきた。どうでもいいといえばこれ以上どうでもいい話題はないあのオムレツに関する与太話にファクスで返事をくれてからもう一ヵ月以上が経過しているいることに彼は目を疑う。ちかごろの寒気のきびしさといったら地上の安アパートの比ではなく、毛布にくるまっていても耐えがたいさむけが背筋を走ることがあって、食料の買い出しに行くほかはデッキに出ることさえ少なくなり、なじみの郵便配達夫と顔を合わせるのも公共料金の請求書のおかげというありさまだった。その配達夫が、どうしたものか寒さには強いんですと意表をつく発言をしながら、じっさいには震える両の手で彼の珈琲《コーヒー》をたっぷり二杯飲みほしていった昨日の昼近く、彼は母国の切手が貼《は》られた封書を手渡されたのだが、それが枕木さんからだと知っていささか焦《あせ》った。身近に住んでいるのでないかぎり、電話やファクスがもたらす報《しら》せは、たいてい嬉《うれ》しいか悲しいかのどちらかである。ちょっと気になってという善意の濫用《らんよう》が許されるのは、時差のない国での話なのだ。彼と枕木さんは、しかし善意ではなくたがいの必要に迫られるかっこうで、しかも時差がいまなお把握できていない状態でこのうえない贅沢《ぜいたく》を楽しんできたのである。逆に言えば、否応《いやおう》なしに時間のかかる郵便のほうが、どちらか一方に重心を移した通信手段になるわけで、じじつ枕木さんは、順調そうにみえた広報誌の委託編集の仕事でよほど腹にすえかねることがあったらしく、気持ちを整理して身体《からだ》と頭がきちんとつながるまでのあいだは、すばやい反応を迫られるファクスを避けて黙っているほかありませんでした、と記していた。ひとの心の裏表を見てきた元探偵だからこそ、たがいに歩み寄る一線の定め方については終始慎重な枕木さんをして天を仰がせた事件の詳細は、けれども完全には明かされていなかった。そんなことをすれば愚痴になりますからね、これはあくまで報告です、といつもながら厳密な言葉づかいで枕木さんは書いていた。「こういう腹の立て方には、自分の考えがいちばん正しくはないとしても、まだまっとうなうちに入るはずなのに、どうしで周囲はこうも鈍感なのかと仮想敵をつくる自己中心的なところがあります。孤独に耐えられない者は外からの慰めを、はげましを、ときにへつらいを求めるものですし、ぼくの悩みは所詮《しょせん》、ぼくを追いつめている連中とさしてかわらないレベルにあるわけでしょう。こんな節まわしは、まちがいなくきみからの悪い影響でしょうけれどね」。

彼は思わず苦笑する。たしかに、これはまるで彼自身が口にしそうな台詞《せりふ》だった。けれど、枕木さんの選んだ「所詮」の一語が、彼をひとまず安堵《あんど》させもしたのである。これはおのれのためいきを、どんな立ち位置から吐いているのかがよくわかっている証拠だと思うからだ。誰が見ても正しいことを、ひとは真実と呼ぶ。誰が見ても明らかならば、なんの説明も、なんの解説もいらないはずだ。程度の差こそあれ、真実はあちらこちらに転がっている。だから、真実とはなにかを、正しいこととはなにかについて論じることにも、ほとんど意味はない。真実とは、真実と見なされているものとの関係であり、距離の取り方であって、それ以外ではないのだ。ファクスのかわりに手紙を選んでくれたのも、枕木さんにその関係が染《し》み込んでいることの証《あかし》だろう。染み込んでいる、というのは枕木さん自身の用語で、そのながい手紙はこう締めくくられていた。「つらいときには甘いものを食べます。糖分が身体中に染み込んで、右か左かの固着した考えを曖昧《あいまい》に、まったりと溶かしてくれるからです」。

＊

ベルギーのある小説家が、妻と家政婦と大型犬一匹で敢行した運河をめぐる紀行文のなかで、こんな事件を紹介している。岩場の多い危険な航路で、砂糖運搬船がつきだした岩に腹を割られ、膨大な積み荷が溶けだした。何十トンという砂糖が沈み、あたりの水を甘い甘い液体に変貌《へんぼう》させてしまった、というのである。近隣の村人たちはその前代未聞《みもん》の甘美な事故を聞きつけて、水差しだのバケツだのを片手に集まり、甘い水を運べるだけ運んでいった。海路でならぜったいにありえない逸話だろう。一九二〇年代のことだから、川水はまだ相当にきれいで、もしかすると村人たちは清涼飲料水でも口にするつもりで、実際に飲んでしまったのかもしれない。だが、彼がその村人のひとりだったら、重いバケツをかついで家まで帰るより、おそらく頭から飛び込んで身体じゅうを甘ったるい液体で覆《おお》ってみせたことだろう。底に淀《よど》んでいるとろんとした砂糖の山を蹴《け》散《ち》らし、かきまぜ、もっと均等に溶かしてやったことだろう。運河が開通して二世紀も待ちつづけた結果訪れた、奇蹟《きせき》のように甘やかな一日。甘い水は上下の船の通行を麻痺《まひ》させ、右と左の意味をも溶かし、それればかりか記録をも溶かして、事故は、村人の記憶のなかでこそ大きく育っていったのである。

＊

ところが彼の記憶はいつも肝心なところで頼りなくなる。記録があれば、それを信頼してすべてを委《ゆだ》ねたい。にもかかわらず、その記録が他者の記憶ときわどくふれあうのを怖《おそ》れて、なんの手出しもできなくなることもあるのだ。あの春の宵、M河岸の船にいた大家の孫娘はその後どうなったのか？　そして天井の低い薄闇《うすやみ》のサロンでかなり酒の入っていた彼自身がおぼつかない手つきでターンテーブルに載せたレコードの曲はなんだったのか？　一カ月まえ、ふとした思いつきから備えつけのレコード・リストの記載項目と現物をひとつひとつ照合し、欠けている一枚はたぶんこれだろうとの結論に達していたのは、ショスタコーヴィチの「弦楽四重奏曲第四番＆第八番」だった。ボロディン弦楽四重奏団、マーキュリー・レコーズ。あのときの盤がもしこれならば、ロシアを連想させる漠然とした記憶はとりあえず正しかったことになる。しかしそれが正解かどうかは、いまもって判然としないのだ。初期のメンバーによる著名な録音で、彼も聴いたことがあるはずなのだが、曲の細部などまったく記憶に残っていない。たとえ現物が手もとにあって再生したとしても、それがあの船のなかでほろ酔い加減に聞き流していた曲だったかどうかの判断はつかないだろう。とっかかりがあるとしたら、それこそ記憶の水のなかでどんよりと飽和している砂糖のように不確かなジャケットの、寒そうなイメージだけである。彼は教会まえ広場の郵便局の電話帳で、周辺地域だけでなく都心部にある中古レコード店の番号を調べ、それほど数はなかったのでこれもまた順番にリストをつぶして該当する盤があるかどうかをたずねてまわったが、有益な回答はひとつも得られなかった。古いカタログまで調べてくれた親切な店の主人は、仕事仲間に問い合わせてみましょうと約束してくれたものの、その後なんの音沙汰《おとさた》もない。しかし足りない一枚を確定できたとして、それがなんの役に立つだろう。いや、役に立つ立たないという言い方をこそ止《や》めようと心に決めて、どう転ぶかわからない猶予《ゆうよ》を自分に与えてきたのではなかったか？　運河の水に砂糖が溶けるのを待つことほど、実学の像から遠い実学はないのである。

＊

九歳でピアノをはじめたのに、十歳ではやくもモーツァルトとハイドンのソナタを弾いていた、という二十世紀ロシアの大作曲家の、自伝ではなく聞き書きによる『証言』を読んだのは、まだ他者にたいする平衡感覚と諦念《ていねん》とをとりちがえていた勤め人時代のことだ。国外に持ち出さなければ出版できなかった回想の、真偽のほどはわからない。しかしその疑わしさを差し引いても、ショスタコーヴィチの人間観察は、ときに高慢な印象を与えずにおかないその言葉づかいを度外視したくなるほど鋭い。自分よりも才能の乏しい人間にたいする、なんという辛辣《しんらつ》さ。しかもそれがみごとな警句となって、いちいち胸に突き刺さってくるのだから始末に負えない。いまも彼の記憶に残っているのは、音楽は絶望的なものでありえても冷笑的にはなりえない、という言葉である。絶望と冷笑とはまったくちがうのだ、とショスタコーヴィチは説いていた。なにも信じていない人間が絶望に陥ることなどありえない。冷笑するのは、ひとを信じることのできない、つまりは待つことのできない連中だけである。作曲家によって才能のない人間の筆頭に挙げられていた当時のあの国の指導者は、「待つこと」と「信念を持たないこと」を混同していた。理念も原則もなくひたすら保身につとめるのは、目に見える真実だけを相手にしようとしていたからだろう。そう、立ち止まって考えるべきは、真実それじたいの捏造《ねつぞう》ではなく、ありうべき真実との関係において、正しく夢見ることなのである。

＊

気温三度、湿度三〇パーセント、北西の風、風力一、気圧一〇一〇ミリバール。

＊

大家の命を受けた管理会社のひとがこの岸まで車で連れてきて、土手のうえの公道から、あの船です、慣れるまではなかなか大変でしょうが、河岸の工場跡をロフトにしたり船上生活を真似《まね》たりするのはここ何年かの流行でもありますし、こんなところに住めるだけでちょっとした特権階級みたいな気分になれますよ、と鍵《かぎ》を渡してくれた日から彼はむこう岸に渡っておらず、べつの船に乗って水のうえを移動したこともない。この船を真上から見た図面と内部構造の略図は操舵室《そうだしつ》にあって、実物に照らしてほぼ想像できるのだが、彼はまだ川水の流れに接している右舷《うげん》から船を見たことがないのだった。仮住まいではあれ、しだいに別れがたい愛着を抱きはじめている生活の場の、まるまる半分をじっさいに見たことがないなんて、ずいぶんとおかしな話である。ひとはなにをもって栖《すみか》とするのだろう、と彼の思念はまたあらぬ方角へと逸《そ》れていく。方丈の家ならほんのひとまわりすれば四方すべてを観察できる。それが巨大な建物になると、壁のむこうが、建物の屋上が、隣の建物に接している壁面がどうなっているのか知らなくても、あんがい平気で部屋を借りているのではないか。全体像に触れないで、窓から見える景色と、そこまでとどく騒音と、そしてあとは内装に気を配るだけで、街の雰囲気ではなく建物の四方をきちんと見渡して契約する者はたぶん少数派だろう。一戸建てに住めない事情はあるにせよ、彼は、そして彼のような者たちは、たぶんそうやって物事の一面だけを、片側だけを見て、此岸《しがん》だけを見て、とんでもなく近いのに遠いもう一方の面を知らずに生きていくのだ。そしてこのことは、他人がこちらをどんなふうに眺めているのかを考えるとき、とても重要な指標になってくる。片側のみのルールで気持ちよく走り抜けていける者と、反対側との関係性のなかで意味をなすルールに耳を貸していく者。彼にとっての、また大家にとっての正直者は、このうちどちらに属するのだろうか。

*

蒐集《しゅうしゅう》し、整序した人間の意図的な操作がからんでいて、真実の声なのかどうか完全な保証は与えられていない回想の数々。問題は、嘘《うそ》かまことかという以前に、ひとり語りがかならずしもそのひとの人生を描き得ないという、考えてみればじつにあたりまえの事実のほうにある。一人称で統一された語りは、虚構のなかでのみその真実を維持しうる。なにをどう語ろうと、時間の順序をどう替えようと、それがひとつの流れのなかで息づいていると読み手もしくは聞き手が感じるならば、それは正真正銘の

「ほんとう」に、記録や事実とは関係のない語りの地平での「ほんとう」になる。だが、実人生のなかの「私」の像は、あくまでも片側に、一面にすぎない。語っている人間のとなりに、正面に、すぐうしろに、あるいは離れたところに誰かがいてその言葉に耳を傾け、立ち居ふるまいを観察し、友人やそのまた友人たちからの又聞きをぜんぶひっくるめてつくりあげた、ずれやひびわれや傷があるふぞろいでいびつな像こそが「ほんとう」に近いものなのである。つまり、けっして焦点があわず、真実かどうかわからない姿こそがもっとも正しいのだ。しかも厄介なことに、そうした多重露出の像は本人に見えない。彼の横顔は、船上生活者の少女や大家や郵便配達夫や枕木さんたちからの、「それぞれの片側」を集積してはじめてほんのりと輪郭をむすぶものでしかなく、逆にまた、彼を見ている人間たちの真実も、さまざまな一面のあつまりでしかない。一対一の関係の順列組み合わせだけなら、人づきあいなんてじつに単純で、薄っぺらな遊戯に等しい。そこに多対一の、多対多の関係が加算されてくるから話がややこしくなるのだ。組み合わせしだいで楽しくもなり、鬱陶《うっとう》しくもなり、悲しくもなる。そういう変化を厭《いと》えば厭うほど、他人が所有する自分の人生のかけらが少なくなって、証言の数が乏しくなる。ブッツァーティが創出したステファノは、海の怪物の姿を借りた唯一《ゆいいつ》の証言者Kとの一対一のつきあいに人生を集約させようとして失敗し、思い余って信頼のおける部下を秘密の環《わ》に引き入れた。一対一の極秘のたたかいは、当事者以外の誰の記憶にも残らない。したがって記録にも残らない。まわりにべつの目がないかぎり、存在しないのと同義なのだ。船長は、部下が将来、この日の出来事をどう説明するのかを知らなかった。部下は船長との対面を鬱陶しく思いながら、たとえばこう「証言」するだろう。あの晩、船長は半生の秘密をわたしに打ち明け、すっきりした顔で沖合にむかってボートを漕《こ》いでいきました、と。立派な証言だが、この証言の重要性は、それじたいが片側にすぎないところに存している。人と人とが織りなしていく文様は無数の片側からできており、奇蹟的にぴたりとあう場合がある一方で、その他の大多数は背中合わせのまま消えていくのだ。自分はこれまで、いくつの片側を周囲の人間に晒《さら》し、いくつの片側を受け止めてきたのだろう。彼はふいに、癒《いや》しようのないさみしさに襲われる。

＊

片側に気をつけろ。片側ふたつで両側になるとはかぎらない。そこには一に一を足して二にならない、あの並列つなぎのゆかしき世界がある。河川の航行規則では、河の両側をつかうことは許されず、船をあやつる者たちは、どちらか一方から逸れないようにのぼり、またくだる。河川の旅は、つねに片側の旅だ。すらりとした樹木のならぶ土手にはさまれてゆったりと進んでいく船旅はたしかにすばらしい。小さな生き物にぶつかったりすることはあっても、海の怪物や白い鯨などいるはずもないし、晴れた日にはまっすぐにのびる運河の両岸の平行線に空の青みが切り出されて、得《え》も言われぬ美しさだ。それでも、一時間、二時間と変わりばえのしない景色をながめていれば、どんなベテランでも退屈してくる。船を停めて岸にのぼり、低い天井を気にせずおおきく背筋を伸ばしたり、陸地に立っている一杯飲み屋で冷たいものを口に入れたりしたくなる。川と運河をつないで巨大な水の編み目をつくるさいに閘門《こうもん》を設けたのは、高低差の解消のためだけでなく、あまりにここちよいぼんやりを、つまり片側だけのぼんやりを、他者との交通によって両側のあるぼんやりにするためでもあったのではないか。平底船一艘《そう》しか通過できない水路では、午前と午後にのぼりくだりをわけて衝突事故を回避する。いやむしろ、相手の通過をじっと待っているその待機の時間が、閘門の意味のすべてといっても過言ではないのだ。したがって、と彼はふたたび夢想をたわませようとする。繫留《けいりゅう》された船に暮らす者の使命は、ひたすらに待つことなのだ。のぼりくだりを帳消しにし、それでいて判断の基準を、いつでも海へと流れていけるような視点の変化に置くこと。定点観測に近いとはいえ、下には水が流れているのだ。足場のないところに足場を仮構するあやうさを、むしろ大切にしておきたい、と彼は切に思う。

＊

偶然の喜びを、彼は手にしそこねた。深夜のラジオ番組で、解説者の話のなかにずっと気になっているロシアの作曲家の名を聞きつけ、これからその曲が流れるのだと息をひそめたのだが、じつはすでに終わったあとだったのだ。とつぜんのことで演奏家の名を聞き逃したものの、そこで引用された『証言』の言葉に、彼は耳朶《じだ》をぐいと引っ張られた。解説者はショスタコーヴィチ自身の表現として、こんな一節を読みあげたのである。「わたしの交響曲の大半は墓碑にほかならない」。消滅したあの大国では、正直者は例外なく馬鹿《ばか》以上の大馬鹿を見ていた。作曲家の友人のなかにも、ひそかにとらえられ、始末された者が数多くいた。そして、どこに埋められているのか、墓の場所すら明らかにされなかった。だから彼ら全員のための墓碑として、自分は交響曲を書いたのだ。おおよそそんな内容の文章が、かいつまんで読みあげられた瞬間、彼のここちよいぼんやりは、ぱんと平手ではたかれた。壮大な共同墓地としての交響曲。演奏されているあいだしか存在しない空想の墓碑。現実に曲をつくることにではなく、真実としての交響曲を墓に見立てるその視点に、つまりは関係に、作曲家の真実が潜んでいる。友情のために、正義のために、大義のために曲を書くのは片側の行為だ。はっきりと献辞をかかげられているわけではないとしても、捧《ささ》げられたもう一方の側がこれにたいしてどんな反応を示すかは、誰にもわからない。墓碑の周囲に流れるのは、寒い国にふさわしい冷気なのか、それとも砂糖水のようにほんのりとあたたかい空気なのか。応《こた》えなどありはしない。彼に理解できるのは、これが亡《な》き友人たちのための墓碑だとする発言には、こちらから見えない死角がある、という「事実」だけだ。そして、その死角にこそ真実があるのだ。誰もが知っていることがらだからこそ、「ほんとうの真実」は死角との関係のなかに宿る。そんな関係のあり方をめぐって、ひとは踏み迷い、悩み、いつのまにかながい時を過ごすのである。

＊

誰の、なんという作品だったか、彼の記憶はまたしても霧の彼方《かなた》にかすんでしまうのだが、ひとりの探偵がある謎《なぞ》を解くためにタクシーを雇って町はずれの墓地に赴き、ああだこうだと考えているうちについ時間を過ごすという場面があった。心配した運転手が迎えに行くとようやく我に返って、跳ねあがった料金を文句ひとつ言わずに支払う。待っていてくれて助かったと礼を述べる探偵に、運転手は応える。「どうってことありませんよ、人間てやつは時を忘れるために墓地に行くんです」。死角とはよく言ったものだ。死んでいる角に時間は流れておらず、しかもそこには誰もいない。誰かがいるとしたら、それは不在の誰かとの関係のなかで生じた影でしかないのだ。たとえば彼と妹との、あるいは彼と大家とのあいだの。

14

夢うつつの状態がずっとつづいていて、目が覚めているのか浅い眠りのなかにいるのか、その境界がおぼろげになっている。ひと晩じゅう音楽を聴いていても、本を読んでいても、想念がどこへむかおうとしているのかが彼にはつかめないのだった。昼夜逆転というわけではない。昼でも夜でも、視線はいつのまにかあらぬ方向へ泳いで、壁や水や建物や木々の障害を軽々と超えて遠くの一点に吸い寄せられ、つい先ほどまで相対していた出来事が現実なのか非現実なのかわからなくなってしまうのである。たとえばデッキまであがってきて窓ガラスをたたきつづけていたあの男は、ほんとうに存在したのだろうか。耳のなかでしだいに大きくなっていく音にふらふら誘い出されて様子を見にあがった彼の目のまえに立っていたのは、なじみの郵便配達夫の半分ほどの背丈しかない、愛想のよさそうな男だった。こんにちは、と男は笑みを浮かべたままなにも言わずに一枚のカードを突きだす。そこには、《よいクリスマスを》と書かれていた。

＊

いったい、どういうことなのか？　見たこともない男からいきなりクリスマスカードを渡されるなんて、やっぱり夢のなかにいるのにちがいない。足のふらつきをなんとかこらえながら、指先でたしかに感じられる薄いピンクの、厚紙ではないただの紙切れに刷られたゴシック文字をしばらく見つめて、こいつはどうも、と彼は口ごもり、あなたにもよいクリスマスをとつぶやいてその場をしめくくろうとしたのだが、ごわごわした作業着を着た男は力を入れてのばした人差し指でゴシック活字の下に添えられた細いイタリックの飾り文字を示しながら、俺、金を集めなくちゃ、と早口で言う。指先には、《ごみ収集人と道路清掃人から、心をこめて》とあった。あんた、国道沿いの収集所に、ごみ捨ててるだろ、あそこをつかってるひとたちから、みんな、クリスマスの祝儀《しゅうぎ》、ちょうだいする、そういうことになってる、と男はあいかわらず笑顔で直立不動のまま脅しめいた台詞《せりふ》をにこやかに吐いた。寒気の訪れには対処していたつもりだったが、キリストの降誕祭にまではさすがに頭がまわっておらず、こいつはいかにも幼稚な詐欺《さぎ》だと考えた彼は、身体《からだ》中の血を意識の中枢《ちゅうすう》に集めて逃げの手を打ち、もみあいになった場合にそなえて武器になりそうなものの位置をとっさに確認しさえした。ところが相手はまことに落ち着いた調子で、これは毎年やっていること、あんた以外の船のひと、みんな、もう、くれた、清掃局のスタンプを押した領収書も出せる、と言うのである。なるほど男はカードと称する紙切れよりも粗末な紙の束を持っていて、一枚一枚に清掃局の黒いスタンプが押されていた。何度も来てるのに、あんたのとこだけ、返事なかった、これは大切な行事、と男は繰り返す。何度も来た？　じゃあ、このあいだからガラスがばんばんたたかれてるみたいな音がしてたのは、風じゃなくてきみのせいか？　乱暴にはしてない、でも、窓ガラスを、ゲンコツで静かに叩《たた》いてたの、俺だ。そうか、と彼はようやく理解する。夢うつつのなかで聞こえていたあの音は、雨でもジャンベでもKのぶつかる音でもなくて、この男の礼儀正しいノックだったのだ。同時に彼は、市場のチーズ屋で、しばらくまえにヘリコプター事故のため細君ともども命を落とした、石臼《いしうす》、天然酵母、木焼きで知られる著名なパン職人の工房から仕入れている、皮の固いやたらとおおきなパンを買ったとき隣り合わせたおばさんたちが、清掃局のひとに出す祝儀を今年はどうするかねえとひそひそ話をしていたことを鈍い頭で思い出し、まあ信用しておこう、ここでごねてもしかたがないと、言い値の相場を小切手で支払った。男は帽子を取って、右の手をうやうやしくさしのべた。あなたに、よいクリスマスを！

＊

ひとを頭から疑ってかかる慎重さを、あるいは不寛容さを、彼は徐々に遠ざけてきた。踏み迷ったり、なににたいしてだかよくわからない歯がゆさにもだえ苦しむある種の若さへの執着は、ここへやってくるまえにきれいさっぱり捨ててきたと思い込んでいた。空想の河岸はどこにでも持ち歩くことができる、それが心のうちにあれば、どこに住んでいても変わりはないのだ、荷物をすっかり処分してもう住む場所すらなくなっている母国の首都であれ、異郷の街の、いまは木々も寒さに身を固くしているこの河岸であれ、目に見えない堰《せき》はいくらでもあらわれてくるのだから。彼はきらめきのない平らかな水面を移動しているにすぎず、それは諦念《ていねん》や苦悶《くもん》をいくら積みかさねたところで変化しようのない、ひとつの事実だった。「ほんとうの」真実との関係がそうであったように、彼は事実にたいしても、事実そのものの認証より、事実をとりまく足場の組み方に注意を払う。暦の時間と意識のそれとにずれが生じるのも、

「関係」のなかでは時の流れが一定ではないからだし、もっと言えば、時が止まっていることすらあるからだ。クリスマスは、彼にとっていっこうに目の覚めない死角に位置していた。

眼覚めにいらだって角《つの》突きたてるおまえの夢。
その角に十二まわり、
螺旋《らせん》状に刻まれた
言葉の痕《あと》。

この船が浮かんでいる河に飛び込んで命を絶ったパウル・ツェランの、白い吐息のような詩句を飯吉光夫《いいよしみつお》の訳で読んだのは、妹の十三回忌を終えたあとしばらく経《た》った、彼の生活とはまったく縁のないクリスマスの前後だった。言葉は詩人固有の文脈を離れて宙に浮き、「十二まわり」は透明ないらだちのなかで死齢に重ね合わされたのである。

夢の最後の突きたて。

狭く垂直な
白日の峡谷を、
棹《さお》さしてのぼっていく
渡し船――

この渡し船は傷つきつつ読みとったものを、
彼岸に渡す。

冥府《めいふ》への旅は船で、ということなのか。とびぬけた善意のひともなみはずれた悪意のひとも渡ることのできない三つの川のうち、妹が渡った川は、そして彼の船の底を洗いつづけている川は、どれに相当するのだろう？ 渡し船に渡し守がいるのは当然だろうが、むこう岸に渡すという「傷つきつつ読みとったもの」の正体が、あのころ彼にはまだ咀嚼《そしゃく》できていなかった。亡者《もうじゃ》のたましい？ それともこの冷え切ったたましいとそれを見ている生者の「関係」？ 最後の年の夏、峡谷に沿って走る二車線の細い国道をたどり、青々としたダム湖をのぞむ展望レストランのテラス席で食事をしたとき、ひんやりとした風にもうそのころには治療で薄くなっていた髪をなびかせて、彼女は木々が湖面まで張りだしたむこう岸をながめていた。水を撫《な》でるように吹く風で、こまかく刻まれた波の山のひとつひとつが網膜の奥を射るような鋭い反射光を返してくる。彼に借りた大きすぎるサングラスで妹はその光を遮断し、表情を読ませなかった。ダム湖に行きたいとめずらしくねだったわりに、喜びの声をあげるわけでも、ここへ来たかった理由を話してくれるわけでもない。黒い眼鏡の奥で、彼女はただ眠っていただけなのだろうか。それとも、超えられるかどうか定かでない時間の峠を見据えて、沈黙を選んだのだろうか。誰もが毎年、よいクリスマスを迎えられるとはかぎらない。彼の国におけるよいクリスマスとは、救世主の降誕などとは関係のないお祭りにほかならないのだが、妹にはお祭りと知ったうえでそのお祭りくささを無視するだけの知恵があって、妙な言い方だがそういうとき彼女はまわりの騒ぎに毅然《きぜん》とした態度で同調していたものだ。その胸のうちになにが隠されていたのかは家族の誰ひとり把握できなかったけれど、街の灯りがあちこちで増強されはじめてそれなりの期待を抱かせるころに逝《い》った、という事実にむきあってみると、わずかな金額で渡し場がきれいになり、「傷つきつつ読みとったもの」が安全に運ばれていくのであれば、嘘《うそ》かまことかの確認などしないで未知の男に金を出してもいいだろうと彼は思うのだった。ただひとつ許せないのは、いきなりあらわれて金を要求した清掃局の男に刃向かいもせず祝儀を渡したことの理由をこんなふうに整理してみせる、彼自身の弱さだった。

*

しかし弱さはそう簡単にあらたまりはしないのである。数日後の夕刻、買い出しから戻って昇降口の扉に挟まっていた紙切れに気づいたとき、またかと彼はあきれかえり、クリスマスカードではないことにほっと胸をなで下ろしたのもつかのま、そこに記された「苦しみの通知」とある文字に驚愕《きょうがく》して息をめぐらす余裕をなくした。まず頭をよぎったのは、彼の国でなら黒枠の葉書に相当するのではないかとの想《おも》いで、かりにそんなことがあるとしたらこの船の持ち主であり貸し主でしかあるまいと身体を固くしたのだったが、落ち着いて文面を読み返せば、なんのことはない、ただの不在通知だった。苦しみ、苦痛を意味する仏語《ふつご》は、もともと諦念、寛容、忍耐といった言葉の近くにある。配達できなかったという事実は、配達夫の側からすればなるほどあきらめの、我慢の対象であり、受取人の寛容に訴えるものなのだろう。ただし署名を必要とする包みの配達は、いつもの配達夫とはべつ組織の管轄《かんかつ》となる。彼は船内に戻り、再配達を頼むため該当部署に電話をかけた。応対した男性は、通知書の番号を確認したあと、入り口の扉に暗証番号はありますか？　とたずねた。暗証番号は、ありません、船に住んでるんです。船、ですか。ええ、船です。デッキにあがって窓ガラスをたたいてください、ただし、そっと、軽く、お願いします、十二回たたいて返事がなかったら、出直してください。彼がそう言うと、どうして十二回なんです？　と係の男性はなんだかへんにむず痒《がゆ》そうな声で言う。べつに意味はありません、お望みなら三十三回でもけっこうですけれど。彼がそう受けると、相手はたぶん同年輩以上の年なのだろう、むかしこの国の医者が聴診器をあてて肺疾をしらべるときにいちばんよく音が響くから患者に繰り返させたという《トラント・トロワ》を、古いカセット教材で学んだとおりの口まねで言ってみせたとたん鼻息でぬふぬふ笑って、ともかくお宅には暗証番号も呼び鈴もない、返事があるまで窓ガラスをたたいていればいいわけですね、それだけ確認できればいいんです、それでは、明日の午前中にうかがってもよろしいですか。いえ、明日は留守にしますので、明後日の午後なら大丈夫です。わかりました、と係は電話を切った。

＊

気温零下一度、湿度二八パーセント、北の風、風力一、気圧一〇一五ミリバール。

＊

外に出ると、笑い出したくなるくらい空気が冷えていて、ニコチンでよごれた肺がそれだけで浄化されたような気になる。彼はすこやかな胸でバスを乗り継ぎ、郊外にある総合病院に出かけていった。苦しみの通知書を手にした前の日、善意の濫用《らんよう》にならない程度のあいだを置いて送った彼のファクスに、大家自身の手で記された返信があったのだ。「慎重を期して入院した、精密検査のあと面会は可能だ」。面会は可能だ、という表現は大家独特のもので、要するに会いに来てほしいと遠まわしに頼んでいるだけのことだった。ファクスの宛先《あてさき》は自宅だったし、彼が受け取った返信の上部にも自宅の番号が自動印刷されているので、たぶん手伝いの女性が届けたものにさっと返事を書いたのだろう。午後遅くに連絡してみるとやはりそのとおりで、これから午後の面会時間にあわせて着替えやらなにやらをとどけるのだと教えてくれた。会いにいっても、かまいませんか、と彼が許可を求めると、それを決めるのはお医者さんです、でも、会いにきてほしいという返信だったのではありませんか、と控えめな言い方をし、この何カ月かの様子を見るかぎり、ご本人が考えておられるよりお身体は弱っていると思います、とつづけた。どういう心の動きなのか、彼はこれまで一度もきけなかったことを、どさくさというほどでもないどさくさにまぎれて口にしてみた。どなたか親族の方は看護にいらっしゃらないんですか？　わたしの知るかぎり、いらっしゃいません、と彼女はもったいぶらずに応《こた》えた。お孫さんのほうは？　と彼はたたみかける。お孫さんがいらしたはずですが、女の子です、むかし、会ったことがあるんです、船のうえで。息子さん夫婦が亡《な》くなられたあとのことでした。でしたら、養女の方でしょう、と彼女は言う。養女？　言葉を返した彼の耳に、大家さんのところの女の子、もう死んじゃったんじゃないかなという少女の声が響く。その子は、いまどうしてるんですか？　さあ、そこまでは存じません、と彼女は言った。

＊

馬鹿《ばか》なことを言ってみろ、と、しわがれて聞き取りにくいけれど、あいかわらず立場のちがいをはっきり知らしめるような口調で大家は彼に命じるのだった。元気だったか、船のぐあいは悪くないかと大家はしみが以前より大きくなっている手で彼の手を包みながら身を乗り出し、わたしが死んだら、樽《たる》に入れて川に流すんだったな、とあまり笑えない冗談を飛ばして、せっかく来てくれたんだから、気の利《き》いたことのひとつでも言って年寄りを喜ばせてみるがいい、とふたたび命令形をつかった。カーテンを全開にした大きなガラス窓から、彼の船の浮かんでいる河の下流の、たっぷりとした水の帯がのぞいている。近代的な設備の整った大病院の個室病棟だが、地方都市の駅前ホテルみたいな安っぽさがかえってよいほうに働いていて、アルコール臭もなければ病室特有のかさついた感じもなく、なにより窓から見える田園風景に落ち着きがあった。体調を崩したのではなく、じつは前々から予定していた検査入院で、陽当たりのいい部屋が空いたらすぐに入ることにしていたのだとの説明にひとまず気が楽になり、彼は眼下の景色にしばし見とれた。水の色は茶系統の階調しかない彼の船のあたりとはおおちがいで、青々とした湖水を想わせる輝きをたたえている。じっさいには速い水の流れが、これだけの距離があると真っ平らの鏡面になって、むこう岸という言葉は河岸に立ってこそ意味をなすのだという、あたりまえのことを彼に教えた。こうして高い場所から川幅ぜんたいを視野におさめると、むこうとこちらの、彼岸と此岸《しがん》の相違がきれいになくなってしまうのである。境界線を消すには高度を得ればいい。だが、彼にはそれがどうもよこしまなことに感じられてならなかった。川は飛び越すものではなく、橋で渡るものではないのか？　黙り込んでいる彼の背中から、点滴の舫綱《もやいづな》につながれた大家が、きみは物見遊山《ゆさん》でここへ来たのか、わたしを見舞いに来たのか、どっちなんだね、と声をかける。薬を飲んだあとということもあるのだろうか、大家はえらく元気で、それがかえって彼を当惑させもした。馬鹿を見るほどの正直者である彼は、本来なら外見にだまされず遠慮すべきところを、それなら、もう一度、検査を、しましょう、と簀の子《すこ》みたいな胸に聴診器をあてるふりをした。三、十、三、と、言って、みて、ください、トラント、トロワ、です、さあ、どうぞ。大家はにんまりして、よくもまあそんな古くさいことを知っているもんだな、と美しい入れ歯をむきだしにして口元をだらしなくゆるめた。うちの主治医だって忘れてるような儀式だぞ、たいしたものだ！　しかし、もっとまともな話をしてくれないか、望んで入ったこととはいえ、一日過ごしただけでもう退屈でしかたがない、どうせ死ぬのはわかっておるんだ、と大家はいっときの衰弱ぶりが芝居だったとしか思えないほど自信たっぷりの声で言う。わかっていることをいつまでも先送りにするなんぞ、心の貧しい連中のやることじゃないか、こういうときは、とびきり愉快な話を聞いて王様気分になるのがいい。王様の耳はロバの耳だ、不自由な耳だが、嘘とほんとうのちがいくらいは聞き分けられるぞ、わたしの耳の穴にむかって、蠟管《ろうかん》になにか吹き込むみたいに、しっかり言葉を残してくれたまえ！

＊

だが、なにを語ったらいいのだろう。手伝いの女性に聞いた養女の件を持ち出すのは、やはりためらわれた。ためらいの専門家を求める企業があれば、彼はすぐにも採用されるにちがいない。ためらうことの贅沢《ぜいたく》について、彼はしぶとく考えつづけている。ためらう行為のなかに決断の不在を見るのは、しかしあまりにも浅はかだ、といまの彼は思うのだった。「あたりまえの感覚」の鍛え方に想いを馳《は》せ、逡巡《しゅんじゅん》を持続と言い換えてその場その場をしのいできたのは事実だが、その場しのぎがひとつの決断でなくてなんだろうか？　ためらいとは、二者択一、三者択一を甘んじて受け入れ、なお身体《からだ》に深く残留する疲労感のようなものだ。たった一度の決断がすべてを変える、そういう例は数こそ多くはないけれどまちがいなくあって、さまざまな粉飾をほどこされた物語として流布《るふ》しているけれど、馬鹿を見るほどの正直者として言うならば、それが英断であるかどうかはともかく、ためらうことの贅沢とは、目のまえの道を選ぶための小さな決断の総体を受け入れることにほかならないのである。決断の集積そのものがためらいを生かしている「あたりまえ」の状況に、なんの負い目も持たないこと。それがためらいの正体だとしたら、大鉈《おおなた》をふるう一大決心のいさぎよさを認めたうえできわめるべき、もうひとつのありかただと言っていいだろう。なかなか未来が見えてこない人間でさえ、選択と決断を遠ざけるわけにはいかない。ブッツァーティのKのまえに出頭していったステファノの決断は、ためらいという大きな枠のなかでのひとこまと考えればよく、だから、いずれこの船を出ていくことになっても、それは彼の決断でもあり、外からの要請でもあり、また偶然でもあり、さらにはこれから先、永遠につづくであろうながい逡巡の破片にすぎないのだ。

＊

さあどうした、とうながされて、彼はひとつの決断をする。あの少女との黙契とも言うべきステファノとKの物語を、大家に話してみよう。こんな場所で語るには結末がいささか不吉にすぎるとは思ったが、異国の言葉でまとまりのある話をする際には、すでに何度か繰り返した題材でなければ無理なことも彼は承知していた。あいだを適当にはしょり、語学教材を読みあげるように、ステファノの半生をぶつぎりの単語で追う。そんなわけで、海から、あがった、船長の、亡骸《なきがら》には、真珠、ではなく、小石が、握られて、いたんです。話を聞き終わると大家は口を開けたまま彼の顔を見つめ、なるほど、王様の耳は、やっぱりロバの耳だったわけか！　王様の耳は、王様に値する人間だけに与えられる珠《たま》なんだろうなと感心し、ところで、そのステファノとやらは、きみに言わせれば正直者の範疇《はんちゅう》に入るのか、どうなんだ？　と問いかけた。彼は応えに窮して、ちょっと、外で煙草《たばこ》でも吸ってきますと、以前と変わらぬ言い訳で身をかわした。

15

　大家を見舞ったあと気分が晴れないので、夕刻になってもすぐには船にもどらず、町へ出て食事をしたのだが、給仕に勧められるまま飲んだワインの勢いもあって、その店の目のまえにある映画館の最終上映に彼はふらふらと入った。船に備えつけの小型テレビとは比較にならない画質につい力が入り過ぎたのと、深夜の寒空をながいこと歩いたせいで疲弊したのだろう、服も着替えずにつけっぱなしにしておいたオイルヒーターのまえに倒れ込み、目が覚めると、なぜかまだ映画のなかにいた。操舵室《そうだしつ》から船内に下りる階段の、乳白色の強化プラスチックでできた天窓がわりのハッチが半開きになって、そこからサンタクロースみたいな赤鼻の男が顔の一部をのぞかせ、彼を呼んでいるのだ。どうやら疲れのあまり施錠も忘れていたらしい。このあいだの自称清掃局員——彼はまだ領収書だと言われて手もとに残した紙切れが本物かどうかを確かめていなかったし、また確かめるつもりもなかった——のように礼儀正しくノックをしてくれるのならべつだが、こんなふうにされると銃でも突きつけられるような気がして、一瞬、恐怖にかられた。しかしそれが目的なら、とうに侵入しているはずだろう。重い頭を抱えたままのそのそと起きあがり、デッキに出ていくと、船が傾くほど巨《おお》きな丸顔の男が、粗悪なコートの内側からさっと身分証明書を抜いてこちらに見せ、訊《き》きたいことがある、と彼の目を見つめた。

＊

船に揺られてなお動かない暮らしをつづけているうちに、彼はじぶんからひとの輪のなかへ入っていくかわりに、誰かが訪ねてくるのを辛抱強く待つようになった。網を投げて魚をつかまえるのではなく、網を張って未知の来客の足をからませるのだ。そういう行動形態が自然になってくると、相手が清掃局員であれ私服の刑事であれ、むしろありがたい獲物になる。刑事の話によれば、昨晩、ここから数百メートルくだったところに停泊していた帆船に盗人が押し入り、闖入者《ちんにゅうしゃ》に気づいた船主ととっくみあいになったあげく、花瓶だかワインボトルだか、とにかく鈍器で頭をなぐって重傷を負わせたあと逃亡したのだという。この種の「些細《ささい》な」暴漢事件がものものしいニュースになる国ではないし、そもそも彼はいま目を覚ましたばかりなのだから、なにひとつ知らなかった。事件のあらましを説明すると、刑事は彼の国籍を問い、昨晩、夜十一時ころ、どこにいたかね、と重々しくたずねた。

＊

いまの季節、夕刻の五時をまわればもうあたりは真っ暗で、車もひともあまり通らない。町なかなら目撃者のひとりふたりあってもよさそうなものだが、この川沿いには船暮らしのみなさんしか隣人がいないものでね、と刑事は言う。船暮らしの人間が船暮らしの人間を襲うと思いますか？　行き来はなくても、われわれは船に生きる者として、同志と言ってもいいんですよ。自分でもびっくりするくらい大袈裟《おおげさ》に彼が応じると、あなたを疑ってるわけじゃない、騒ぎに目を覚ました被害者の恋人によると、かぶりものをした男が闇《やみ》のなかを走り去っていったというんだ、背格好はわからないが、そのあと土手のうえに止められていた車で逃げたらしくて、女のほうはその音を聞いている。なるほど、急発進したのならタイヤのあとがついているでしょうし、車種の特定は可能ですね、それに土手についているはずの足跡も参考になる。まだ目を腫《は》らした東洋人が、ぶつぎりの言葉で勝手な推理を展開したことが不服だったようで、質問に応《こた》えるだけでいい、と相手はようやくテレビの刑事らしい口調になった。こういう話はむかし枕木さんと酒の席でいやになるほど楽しんだから、彼にとっては条件反射みたいなものだったのである。まあよしとしよう、と刑事はやわらかく収め、こなら距離はあっても、急発進の音が聞こえたんじゃないかと思ってね、ただ、念のため昨日のその時間の、あなたの居場所と行動を教えてもらいたいだけなんだ、と刑事はつづけた。夜の十一時ころですね、と彼は言葉を切り、上着の内ポケットを探って映画館の半券をつまみあげた。これです、その時間は、映画館のなかにいました、こんな辺鄙《へんぴ》な場所に閉じこもっているのに、事件があった日にかぎってアリバイがあるなんてできすぎかもしれませんが、昨日はこの船の大家を病院に見舞ったあと町へ出てひとりで夕食をとり、そのカフェと通りをはさんでむかい合っている映画館で、十時過ぎからの最終上映を観《み》たんです。それから深夜バスに乗って、このずっと先の停留所で降り、そこから歩いてきました。すると、あの船とは反対方向から来たことになるな、と刑事は少し思案し、船に戻ったのは何時になる？といよいよ細部をつつきだした。二時をまわってました。なるほど、一時の深夜バスなら計算は合う、と刑事はうなずき、ところで、なにを観たのか聞かせてもらえるかね？といまごろになってペンと手帖《てちょう》を取り出した。『キー・ラーゴ』です、と彼は応えた。

*

イタリアで戦死した若い兵士の父親が経営するフロリダ沖の島のホテルに、その上官だったハンフリー・ボガートがやってくる。途中、彼の乗ったバスをパトカーが止めて、インディアンがふたり脱獄したので、発見しだい知らせてくれと運転手に言う。ホテルの主人はインディアンの信頼があつく、かくまうおそれがあるからだ。ホテルのまえでバスを降り、中に入ると、どうも怪しげな雰囲気が立ちこめている。人相の悪い男ども数人と、酔っぱらって競馬の話をしている美しい女がひとりロビーにいたが、主人に会いたいというボガートを、休業中だと言って追い返そうとするのだ。やがて、連中はギャングの一味で、このホテルを借り切って偽札《にせさつ》の取引をし、逃亡の準備を進めていることがわかってくる。ボガートが到着してまもなくホテルの電話が鳴り、嵐《あらし》が近いから注意するようにとの警報が入る。電話を受けたのは部下の末亡人を演じるローレン・バコールで、この電話がドラマのはじまりの合図になる。嵐にそなえ、ふたりは船が流されないよう舫綱《もやいづな》を二重にするのだが、桟橋に向かうあいだに、ボガートがもと新聞記者で、それ以前にもさまざまな職業を転々としてきたことが明かされる。手際《てぎわ》のよさに驚いたバコールが、どこで船のことを覚えたのかとたずねると、ボガートは、船は私のいちばん最初の情熱だったのでね、と応えるのだ。

＊

知らないな、と刑事は言う。ジョン・ヒューストンの映画ですと説明しても、それにはもう耳を貸さず、この半券には時間が打たれてないが、となおも問うので、通し番号があるでしょう？　どの回に何番から何番までを売ったか、その控えはあるはずですよと、そんなに細かいデータが暢気《のんき》な名画座の受付でとられているはずがないとわかっていながらでまかせを言った。刑事はいちおう納得したようで、もしなにか思い出したらここに電話を、と名刺を差し出したのだが、彼がそれをつまみあげようとした瞬間、折からの風にあおられて四角い紙切れは指先から離れ、デッキに四隅を不規則にぶつけて川面《かわも》にころがり落ちていった。

＊

気温二度、湿度三〇パーセント、北西の風、風力二、気圧一〇一〇ミリバール。

＊

予報どおりやがて猛烈な嵐が吹き荒れ、ギャング一味とボガートはホテルに缶詰にされる。そうこうするうち、逃亡者を探していた警官のひとりが何者かに殺されるのだが、ボス役のエドワード・G・ロビンソンは、さっき二人組の姿を見た、と偽りの情報を流す。外の動きはこれだけで、あとは密室の心理劇だ。こわもてのボスが嵐を怖がったり、ボガートがその正体をあっさり見破ったりする懐《なつ》かしい紋切型が展開され、ようやく嵐がおさまったときには、逃亡の為《ため》に雇ったはずの操縦士が船とともに姿を消していた。そこでロビンソンは、船に詳しいボガートに逃亡船の操縦を命じる。霧の海の船内で繰りひろげられる最後のアクションの、しかしとてもアクションとは呼べそうにない鈍重な殺しの場面で見せたボガートの、去勢馬の悲哀をたたえた微笑をなんと表現したらいいのだろう。キャビンからあがってくるロビンソンを天窓から狙《ねら》うボガートの顔が、ほぼその窓の正方形一杯に相当するのを仰角で眺める気味の悪さに、彼はしばし言葉を失った。一発撃ち込まれたボガートは、無線で救助を頼む。彼の命が救われたとの報《しら》せは、こうしてホテルで待つバコールのもとへまたしても電話で伝えられる。電話に始まり、電話に終わる犯罪映画の古典。しかしここでのボガートは、けっして強さの象徴ではなかった。神経質で小心なところを必死に隠し通そうとするその一点において、彼はエドワード・G・ロビンソンよりいっそう脆《もろ》く、いらだちを他者に伝達するための、震える媒体にすぎない。

＊

風で木々が立ち騒ぐ。寒さのせいか、それとも湿度が低いせいか、わずかだが以前より音が乾いているようだ。それにしても、昨日の晩、一時間に一本ずつ走る深夜バスを待っているときの、そして真っ暗な道路沿いのアスファルト舗道をひたひた歩いているときの耳の引きちぎられるような寒さといったらなかった。気温はせいぜい零度を少し下まわるくらいだったろうが、川風がべらぼうに冷たくて、途中にカフェのひとつでもあればと、ここへ移り住んではじめて繫留地《けいりゅうち》の不遇をかこったものだ。風速と風向をあわせた風の状況、すなわち風況が風狂の音と重なることに感心していたころ、彼はまだ町へ、外へと出ていく気力と体力に恵まれていた。風を読み、風に狂う。あてもなくふらふら歩くにはもってこいの言いまわしである。船の周囲の風を読むには、対岸にある木々の梢《こずえ》がどちらへなびいているかを確かめればよかった。ただたんに風力って言うときには、それは平均風力のことよ。理科教室で勉強したばかりの知識を、ダム湖のわきの展望レストランで、むこう岸の灌木《かんぼく》のそよぎを見やりながら妹は披露してくれた。それまでずっと黙っていたのに、ようやく口を開いたと思ったら風の話である。平均風速は地上十メートルを吹き抜ける風で測るの、それも、平均風速っていう場合は、十分まえから吹いている風の速さの平均値を示したものなんだって。風の速さには、だから十分っていう時間がつまってるのよ、と妹の声がふたたび響く。この船のまわりの葉むらがこんもりしている夏のうちは、強い風が舞うと枝々の裏側に空気が入って、水浴びした犬が身体《からだ》を震わせるようにぶるんぶるん揺れる。波が立ち、海鳥が空に流されていく角度がするどくなる。ところが冬場には、おなじ風の強さでも向きが変わり、においが変わり、葉が落ちたぶんだけ枝に切られた空気が甲高く走る。大木が真ん中あたりでしなる日には、平均ではなく瞬間風速が気になった。一秒間に通過する大気の速度。操舵室にある黄ばんだ風力階級表を見るたびに、彼はいまこの周囲にある木々ばかりでなく、ずっと遠い時間の、遠い場所にある木々と水面《みなも》の揺れを連想するのだった。

＊

三十二の区分けで風向を示す羅針盤のことを、この国の言葉で「風の薔薇《ばら》」という。

秘密結社の名前のようにも聞こえるその美しい装置を、しかしもう彼の船は必要としていなかった。航海図をまえにして風の方位を読み解かなければならないのは、彼自身の役割だった。風はこれからどちらへ吹いていくのか。湿り気のある温帯の夏ならば、吹き過ぎるものを敏感に示してくれるというあの風知草の鉢でも置いて教えを乞《こ》うところだが、これだけの風のなかではなびくばかりでなんの役にも立たない。風ではなく気圧の変化にも細い葉先を反応させてくれたらいいのに、と彼は思う。そういえば、気象通報でヘクトパスカルという単位が用いられるようになったのは、いつのころだろう。『パンセ』と名づけられた断片を残し、圧力の単位にその名を与えてくれたパスカルへの敬意は不変だとしても、これまで慣れ親しんだミリバールの音への執着が、あたらしい音の侵入をどうしても拒む。一ヘクトパスカルは一ミリバールに等しい。等しくなければ、こんなにあっさりと単位のすげかえはできない。そこには区画整理や吸収合併による町の名前の消失とよく似た寂しさがある。「リ」と「ル」の強さを軽減する音引きがなくなったことで、台風接近を伝える気圧の響きはより硬くなり、低気圧のくせに高圧的なものいいになった。ミリバールの音引きのゆるやかさが失われたとき、気象通報は、彼のなかでその性質をよからぬ方向に変えてしまったのである。ヘクトパスカルは、気象の怒りやいらだちを押しつける。そして、彼にとってのヘクトパスカルの根は、地上数十メートルの病室の、動かないベッドに横たわっているあの大家の気象にほかならなかった。

*

はっ！　わたしが死んだら、樽《たる》に入れて、流すのだったな！　と別れ際にまた大家が言った。丈夫な樽に入れてくれるのはありがたいが、丈夫だからといって、砕けないようでは味気ない。どうせなら、海の藻屑《もくず》となるように、嵐の日にでも投げ込むがいいさ、嵐の風は、どこかで風が動いたその隙間《すきま》に吹き込むんだ、風はそうやって、ぐるぐるまわる、きりなく、際限なくまわる。きみもわたしも、樽のなかにいるのとおんなじだ、片をつけられて放り込まれるより先に、そもそもの最初から大きな樽に入れられてるんだよ、だから転ばないように足でひたすら漕《こ》ぎまくる。漕いで進んだぶんを、後ろの人間が引き受ける。わたしもまえの人間が蹴《け》り出した部分を後ろに送る。それだけのことだ。ものごとには、プラスとマイナスがある。身体によくないから控えるよう命じられていた牡蠣《かき》を、無理を押してわざわざ食べに行ったら、年中無休のはずのその店が、よりにもよって臨時休業だったなんてことがあるだろう。半年悩んだあげく、今日こそあの女給を誘おうとレストランに出かけたら、前日に辞めていたなんてこともあるだろう。そういうのを不運といっているようでは、まだロバの耳のなんたるかをわかっておらん証拠だ、と大家は唇の両脇《りようわき》にたまっていく唾液《だえき》をずるりずるりと飲み込み、咳《せ》き込み、それでもなお語りつづけた。いいか、人生とは、ただ樽がまわっておるだけのことなんだ、よおく覚えておくがいい。

＊

しかし、こんなことをきみに話さねばならんほどわたしが孤独だと思うかね？　と大家はそこで言葉を切った。彼はベニア板みたいな大家の背中をさすって声の調子をうかがいながらしばらく黙っていたのだが、呼吸を整えた大家がなおも問うので、はっきり言う。ええ、孤独だと、思いますね。それはちがうぞ、と大家は目を剝《む》いた。わたしは、たしかに負け犬かもしれん、だがそれは、こうしてひとりきりでいるからじゃない、ひとりぼっちの「ような気がしているから」だ。このちがいの大きさが、わかるか？　わかりません、と彼は応える。またわかりません、ときたか！　きみは馬鹿《ばか》を見るほどの、ではなく、馬鹿を見てしまった正直者だ、最低の男だ！　わたしだって労せず死ねるなら本望だが、こんな高いところでくたばるのはごめんだぞ、死ぬなら船の上がいい、船はわたしがいちばん最初に情熱を傾けたものだった、樽よりも先にな！

＊

船は私のいちばん最初の情熱だった、とボガートが銀幕のなかで言ったのは、その晩のことだった。

＊

風は永遠に循環する。ある者の不幸はべつの者の幸福を呼び、またある者の幸福はさらにべつの者の不幸を牽引《けんいん》する。孤独の「ような気がする」ことに引け目を感じる人間もいれば、孤独であることじたいに苦しむ人間もいる。昨晩の強盗沙汰《ざた》に巻き込まれたのが、なぜ彼でなくて数百メートルしか離れていない船の主だったのか。道路わきから木の間がくれにのぞいているその船は、たしかに彼の大家のものよりずっと豪華な帆船だったが、船の主が命を賭《と》して犯人ともみあわなければ、こちらへのはしごがあったかもしれない。

＊

刑事の顔を思い出しながら際限なく回転する樽のような夢想にふけっていると、いきなり電話が鳴って彼を飛びあがらせる。嵐でも来るのだろうか？　あわてて受話器を取ると、相手は一昨日、「苦しみの通知」を残していった配達人で、これから包みを持っていくがいいかという。もちろん彼は承諾し、習慣でいちおう何杯分かの珈琲《コーヒー》を淹《い》れて待機した。風況に大きな変化はなく、朝から強い北風が吹いている。体感気温はどんどん下がっているだろう。対岸の樹木のしなりぐあいを見て、これは車でなければかなりきついだろうなと彼は配達人の苦労を案じ、そういえば、刑事との話もあたたかいこの船内ですませればよかったと悔やんだ。あらぬ疑いをかけられないように、ではなく、じっさいあの赤鼻の刑事が、道に迷って一夜の宿を乞うたサンタクロースみたいに疲れて見えたからだ。どんなに唐突な来訪でも、やはりなにかあたたかいものを提供するべきだった。ましてこんどの相手は彼に苦しみの告知をした人物なのだ。山深い僧院まで険しい道を歩いてきた修行僧を迎え入れるときのように、彼は慈悲深くふるまうべきだろう。

＊

だがそれは、脂肪のたっぷりついた小太りの配達人にすぎなかった。十二回のノックを待つまでもなく、配達の品を小脇にかかえた男が土手道を下りてくるのが目に入る。てっきり枕木さんからの仕事の斡旋《あっせん》とそれにともなう資料のたぐいだろうと思っていたのだが、包みの送り主は、以前、行方不明のレコードの照会と取り寄せを依頼した——いや、正式な依頼はしていなかった——郊外の中古レコード店だった。配達人はクリップボードにつけられた配達票の一部を指差して受け取りのサインを求めると、彼が口を開くいとまもなくそそくさと引き返していく。せっかく淹れておいた珈琲を勧める暇さえ見せなかった男のしぐさに彼は戸惑い、結局は胃がたぷたぷするくらいの量をひとりで飲みほした。身体があたたまったところで、エアパックにまかれた縦横三十センチほどの包装をゆっくり解いてみると、一枚のLPと薄っぺらな請求書があらわれた。カードがべつに添えられ、黒のボールペンで店主のメッセージが記されていた。「お探しの一枚をお届けします。よろしくご確認のうえ、送料込みの該当額の小切手を当店宛《あ》てにお送りください、なお、ジャケットと盤面に細かい疵《きず》が無数にあり、A面には針飛びもあるため、通常の半額とさせていただいております」。彼はその善意に感動すると同時に、予約をしたわけでもないのだから、事前に一本電話でもしてくれたらよかったのにと不平を言いたくなったが、ジャケットと対面したとたん、もうそんなことはどうでもよくなってしまった。ショスタコーヴィチの「弦楽四重奏曲」第四番と第八番。細ながい青紫の文字が左側に、そして右側には神殿を思わせる巨大な柱が数本建ちならび、その下で、彼《か》の国の雪国のおばさんが着るような、もこもこした赤いチェックのオーバーを着た人物が大きな鞠《まり》を手に立っている。はじめは絵かと思ったのだが、モスクワで撮影された写真としてクレジットされているところをみると、やはり記憶にまちがいはないようだった。そう、モスクワだ。この一枚を、彼はあのとき、大家のためにかけたのだ。しかし赤の広場で鞠を持っている子どもらしき人物が、男か女か、そしてどんな顔をしているのかは、ついに判別できなかった。なぜなら、まさにその部分だけに、倉庫で積み重なっていたべつのLPのジャケットがはがれて、顔を覆《おお》い隠すように張りついていたからである。なにかを得れば、なにかを失う。大家が息を切らしながら説いた幸不幸の法則の、それはじつに悪辣《あくらつ》な証明だった。

16

数々の短所をわたしは克服した、しかし、かわりにあたらしい短所がおなじ数だけ見つかったんだよ、これがものごとの苛烈《かれつ》な差し引きだ、と大家は繰り返した。幸せと不幸せの法則は、いたるところに適用できる。人類ぜんたいに与えられた幸福と幸運の駒《こま》の数はかぎられているんだ。誰もその配分を変えることはできない。孤独な人間の数だって、誰が定めたかは知らないが、たぶん決まっているだろう。ところでだ、孤独なんて言葉を平気で口にするような輩《やから》は、孤独のなんたるかを知らんのだよ、と大家の話はいつものようにすばらしく飛躍した。ほんとうの孤独とは、自分がそこまで追いつめられていることさえわからないような状態を言うんだ、たとえばわたしみたいにな。その点、きみは社交的でいい。社交的ですって？　と彼は言葉を返した。

異郷の、それも船に揺れながら本を読んでいるだけのぐうたらが社交的ですって？　そのとおりだ、と大家の口調は揺るぎなかった。きみはファクスを送り、ファクスを受け取り、ときには電話をして手紙まで書く。隠者を気取るつもりなら、都の話なんぞすべて拒むのが筋じゃないか。それができないやつは、だから社交的なんだよ。

＊

学習の本質が想起することだとしたら、宿痾《しゅくあ》をなだめになだめ、いくつもの不運、不幸を乗り越えてここまで生きてきた樽屋《たるや》のご老体は、ある意味できみを救おうとしている産婆《さんば》役だと言っていいのかもしれませんね、と枕木さんがその「社交的」であることの証《あかし》としてのファクスを、例によってとんでもない時間に送ってくる。この街にいるとき、きみはほとんどその老人の話をしませんでした。つまりワイン樽人生哲学院の教え子だったことに気づかず、それを認めるのに、いつだったかのきみの表現を借りれば「引き潮の十年」が必要だったことになるわけですよ。きみと大家の波長が滅茶苦茶《めちゃくちゃ》に離れているかと問われたら、そうではない、とぼくは応《こた》えます。きみたちは似ています。ぼくときみに似ているところがあるように、きみと老人はひどく似ている。ということは、ぼくと大家にも共通するなにかがあるってことでしょうか。

＊

　そうかもしれない、いや、たぶんそうなのだろう、と彼はうなずく。二年半ほどのつきあいがあって帰国してからは、ごく稀《まれ》な葉書きのやりとりを例外として、彼と老人のあいだには十年以上もの沈黙があった。そして、彼が身辺を整理し、異郷での仕切りなおしをもくろんでふたたび海を越えてからは、目のまえにいる老人がまるでこの世にあって同時にいないイデアのようになり、まだ思考の筋肉が多少なりともやわらかかったころに聞かされた言葉を芋蔓《いもづる》式に記憶から引き出して、それをいま耳に入れたばかりの言葉に重ねあわせていくという、不思議な現象に立ちあっているのだった。逆に言えばそれは、ワイン樽を文字どおり転がして財をなしながら、どこかに癒《いや》しがたい傷を抱えてもいるこのたたきあげの商人と、彼はそれほどにも似通っていたことの、苦々しい証になるのかもしれない。

＊

　断っておくが、いちばん臆病《おくびょう》なのは、このわたしだ、それはよくわかっているさ、だからつぎのように言えるわけだよ。失敗したら、思い切り情熱をこめて、それをひとまえで告白したまえ、となった。自分は途方もない阿呆《あほう》だったと、素直に打ち明けてしまえばいいんだ。のっぺりした法律もどきの冷たい言葉で「ほんとうのこと」を教えられたところで、誰がありがたがる？　よく言うだろう、他人がこしらえた規範に命を救われるくらいなら、自身の法にのっとって楽しく死んでいったほうがずっとましなんだよ。百年に一度発生するかしないかの弱気の虫が出て精密検査なんぞ受けてみたはいいが、こいつはひとの背中で角砂糖を割るようなものだった、と大家はながい人差し指を鉤型《かぎがた》にまげてそれをひらひら鼻先で振り、意味をつかみ損ねてきょとんとしている彼にむかって、覚えておくがいい、嫌がらせをするというほどの意味だ、いつなんどき背中で角砂糖を割られるかわからんのだから、つねに目を光らせておかねばならん、身近にいるやつをこそ疑ってかかるべきだと言った武将もいるじゃないか。それはそれとしてだ、と大家の饒舌《じょうぜつ》はさらにつづいた。眠っているとき、わたしたちはけっして疑いを持たない、そう言ってのけたのはきみの国の賢人だったか、それともお隣の中国だったか、どっちだね、と老人は彼の目の奥をのぞき込むように問いかけた。窓の外に落ち葉がかなりつもっていたから、そんな対話をしたのは晩秋だったにちがいない。薬局でお手伝いさんがもらってきた弱い睡眠薬を手にして、近ごろはこれの世話になっているのだとつけくわえた老人に、彼は、さあ、どうでしょうと考えるふりをしながら、たぶん中国のほうだと思いますが、疑いを持つ夢を見たことがなんどもありますから、その箴言《しんげん》じたいに疑義を呈したいですね、と述べた。

*

はっ！ そうか！ じゃあ、きみはひとを疑う夢を見たことがあるのか？ ありますね。ならば聞こう、その疑いを、きみはどんなふうに処理しているんだね？ 夢のなかの疑いは、夢のなかで消えます、と彼は即答した。疑ったという胆汁のような味が舌のうえに残るだけで、疑った相手もその内容も、目が覚めるときっぱりなくなりますよ。ならば、ひとを説得しようとしている夢を見たことはあるか？ と老人はさらに問いかける。説得ですか、と彼はしばし目を窓の外にむけて、ありませんね、と言葉を返した。ひとを説得する能力を徹底的に欠いているんです、夢のなかでならなんでもありうると考えるのは、あまりにも浅はかではないでしょうか、現実の暮らしのなかで可能性の芽もないことは、夢のなかでも不可能なんです。彼は相手の頭に血がのぼりそうな口のきき方をしたのだが、反応は予想に反して冷静だった。老人はこう言ったのだ。他人を説得しようとか、なにかの宗教や集まりに誘い込もうと考えている連中だけが「他者」なる存在を認めているんだよ、わたしには他人だの他者だのはいないに等しい、そんなものは糞食《くそく》らえだ、わたしは、わたしにしか関心がない、自分を毛嫌いするかぎりにおいて他人を忌《い》み嫌う、そういう人間でなければ、この世のなかはやりきれんじゃないか。

＊

そうだろうか、と彼は思う。周囲にべつの人間が、べつの人格が、たとえ相互に無関心であろうと存在していないかぎり、どんなに内にこもっているつもりの人間でも存在できないはずではないか。自分はたったひとりだと考えるのは、だからおそろしく傲慢《ごうまん》なことだ。おれはひとりぼっちだと、そう考える余裕を与えてくれているのは、なんの血縁関係も、なんの力関係もない赤の他人たちだからである。

＊

言葉の意味を子どもに教えてやるときは、あまり具体的な例を出さないほうがいいんです、と枕木さんはファクスのなかでつづけていた。小学校にあがったばかりの息子に、商人ってなにかときかれたぼくの友人の、とても教育熱心な奥さんは、商人っていうのはね、行商人とか、闇《やみ》商人とか、大道商人とか、そういうふうにつかうのよ、と説明したそうです。なにか物を売ってお金を稼ぐひと、くらいにしておけばいいのに、熟語をつくって、それを解答として差し出したわけですね。その話を聞いて、やっと気づいたんです。ぼくがこのあいだ職場で孤立したのは、六つ、七つの子どもになにかを説明するのに、定義をしないでいきなり例を挙げるような連中が話し合いの席で多数を占めていたからである、と。彼らの回答はけっしてまちがってはいないし、応用例がぽんぽん出てくるくらいだから頭の回転も速い。仕事もできる。俗に言う、有能なひとたちです。それなのに、あるものを安く仕入れてそれより高い値段で売り、差額を懐《ふとこ》ろに入れるという前段階の説明をなぜか省いてしまうんですね。省くことがより知的な説明だと思い込んでいる。大切な部分を省略しているのにそれを自覚してはいないわけで、ここからは極論になりますが、そういう症状がもっともよく当てはまるのは、どうやら「まつりごと」を司《つかさど》っている連中のようなのです。ぼくらの暮らしは大枠をつくってそれを徐々に小さくしていくわけではない。いちばん小さい囲みのなかがこのありさまだから、枠なんてとても大きくできない。あってしかるべき説明の排除を平常化して過程をひとつ飛び越えることが、たとえば個性と勘ちがいされているような世界に生きているんです。これがぼくには怖い。いつかきみと個性について、やりとりをしましたね。うろ覚えですが、あのときたしかきみは、分解はできても、もう一度組みたてなおすことのできないものが個性である、と言いました。仰《おお》せのとおり、摩訶《まか》不思議なものです。ただ、先だってのいざこざでさんざん落ち込んだあと、ぼくはこの年になってようやく悟ったんです。個性的たろうとする者は、要するに凡庸なんだ、と。ほんとうに個性のある者は、個性的たることなど求めようとしない。ぼくら凡人には、いかにも悲しい「真実」です。

*

午前六時。気温六度、湿度三八パーセント、北東の風、風力一、気圧一〇一八ミリバール。単独行動の水鳥の声が、いかにも悲しい。

*

悲しみとはいったいなんだね？　と大家が攻め立てる。きみの国では、悲しみをどう定義する？　絶望して、泣きたくなること、くらいでしょうか。彼が適当にあしらうと、その適当さを大家は見逃さず、絶望もしていないし、泣きたくもないのに悲しい、という状態はありうるのか、と問うてくる。彼はいつものように、時間を置いた。どうして定義などできるだろう。定義をするには、枕木さんが語っているとおり、ひとまずは有能でなければならない。しかし、悲しみを定義することなんて、自分だけではなく誰にもできはしないのだ。悲しみとは、悲しみ以外のなにものでもない。

＊

ならば、これまで、いかなる状況で彼は悲しみを感じてきたのか。しっかり握っていたはずの風船が飛んで行ってしまったとき。夜店で買ったヒヨコが一晩で死んでしまったとき。予防接種が想像していたほど痛くなかったとき。友人に裏切られたと考えている自分の愚かさに気づいたとき。おなじ本を二冊買ってしまったとき。自販機の珈琲《コーヒー》の紙コップが熱くて持てなかったとき。山道で自転車がパンクしたとき。サンドイッチ弁当にお手拭《てふ》きがついていなかったとき。うつぶせに寝て顔が腫《は》れてしまったとき。大切なひとと会話がはずまず、言葉が途切れたあと同時に口を開いてしまったとき。手紙に切手を貼《は》り忘れたとき。お年寄りに誤った道を教えたとき。起きている夢を見て、それが夢だと意識したまま、地つづきのように目がさめたとき。

＊

そうだ、悲しみとは、起きている夢を見ている自分を冷静にながめているときの気分に似ていはしないだろうか。だが彼はそれを老人に言わなかった。いつまで黙っているつもりかねと急《せ》かされて、やっとのことで彼は問い返す。もし、悲しみについて非の打ちどころのない定義が見つかったら、あなたはどうされますか？　視線を逸《そ》らさず、目を剝《む》くようにしながら大家は応えた。たぶん、おおいに悲しいと思うだろう。つまり、そうやすやすと定義されてたまるか、ということですね？　そのとおりだ、と大家は賛意を示した。それ以外になにが言える？　これこれしかじかの事情があって、いまあいつは苦しいのだ、つらいのだと説明したり、あれこれ例を挙げて慰めたり励ましたりするのは、じつは傲慢きわまりないことじゃないか。定義してみろと言っておきながら、老人は都合のいいように話の主導権を握ろうとする。悲しみなんて言葉を使ったら、もうそれで話はおしまいなんだ、孤独を孤独の一語で片づけられるという思い込みがそうであるようにな。そういう言葉の周辺をかすめるような言い方ができなければ、慰めは他人の不幸の中途半端《はんぱ》な分析とかわりがない。分析するしか能のない連中に、きみみたいな脆弱《ぜいじゃく》な男が取り込まれないことを、わたしは祈る。

＊

老人の反応から、彼はまた、かつて愛読した批評家の、「セガン神父の黄色い猫」と題された文章を思い出した。そう、学習とは想起することなのだ。あるいは反対に、教育とは、想起の機会と素材を不意打ちのように与えることだとも言えるだろう。いずれにせよ、唾《つば》を飛ばしまくる老人の言葉はそれこそつぶてとなって彼の思考の網の目のあちこちに突き刺さり、なかなかふるい落とすことができない。そこにまた、先日、この船で暮らすようになってからはじめて見かけた黄色い猫の姿が重なってくるのだった。土手にも道路わきにも草地はたっぷり残っているし、高速道路の高架のあたりには雨露をしのぐにうってつけの場所がいくらもあるのだから、野良猫《のらねこ》の姿はもっとあってもよさそうなのに、買い出しに行く教会まえ広場には何匹もいる暢気《のんき》な猫たちが、なぜかこの川べりには見あたらない。車の通りが激しいわけでもなく、いたずら好きの子どもたちがいるわけでもない自由な土地であっても、彼らの好みにあわないなにかがここにはあるのだろうか。ともあれ先だって、朝の陽射《ひざ》しをあびながらデッキで煙草《たばこ》を吸っていると、土手のうえを、ほとんど金色に光る黄色い大きな猫が悠然たる足取りで歩いていったのである。遠目でしかも逆光だったから、正確な毛の色も、野良猫かどうかもわからなかったのだが、三毛《みけ》の茶色をもっと薄くした黄色い毛に見えたのはたしかで、この国では猫と黄色のむすびつきが可能なのだと納得できたことが、じつはなにより嬉《うれ》しかった。

＊

そこで、「セガン神父の黄色い猫」の話につながる。この挿話の位置づけは、しかしなかなか面倒で、というのも、これは単独の一篇ではなく、十九世紀フランスの大作家シャトーブリアンが書いたランセという十七世紀の宗教者の、「伝記」に付された「序文」の一部だからである。しかもそのセガン神父はシャトーブリアンの聴罪司祭で、この人物の勧めにしたがってランセの伝記は執筆されたのだが、シャトーブリアンはそこで、セガン神父が黄色い猫を一匹飼っていた、と書いている。批評家はそこに着目し、驚くなかれ、この黄色い猫にこそ「文学」のすべてがあると断言していたのだった。黄色い猫には、さまざまな解釈を許す素地がある。不遇な捨て猫を神父が拾い、大切に育ててやったとすれば、それは神父の人柄のよさと質素な暮らしぶりを暗示しているように見える。しかし、黄色は黄色にすぎない。色はただの色彩のレベルにとどまって、いかなる知的な情報も伝えてはいない。迷子の猫、拾われた猫ではなく、たんに黄色い猫と言ったとき、その黄色はなんらかのイメージをつくるかわりに、いかにもありそうな意味のくびきをありふれた言葉の魅惑で打ち破る。言葉を意味の「こちら側」に連れ戻す、とその批評家は表現していた。黄色い猫は、セガン神父の人となりや暮らしを暗示しそうでいて、じっさいには多くを語らない。この多くを語らず、情報をなにひとつ与えてくれないところにこそ「文学」の神秘があり、読書や批評が純粋な「解釈学」とちがう秘密があるのだという。

*

そんな一節の主人公でもある黄色い猫が、彼の目のまえを歩いていたのだった。しかし、言葉だけの「黄色い猫」がもつ素っ気なさ、それ以上でもそれ以下でもない言葉の波長は、解釈を、分析を拒む。言ってみれば、黄色い猫は悲しみの定義そのものなのだ。悲しみは、なにかに仮託されたり、なぞらえられたりすることはあっても、べつの言葉に還元されることがない。意味のこちら側にとどまって、五感のどこかを刺激しつづける。とどまるものだけが私たちを真実の世界に導くと東欧の詩人は唱《うた》った。セガン神父の黄色い猫は、音もなく過ぎゆくかわりに、ここにとどまる。動かないこと、とどまること、そして、待つこと。五分より十分、三十分より一時間、半日より一日という時間の長短が問題になっているのではない。むしろ心の状態、精神のありかたを、この猫は伝えているのだ、目のまえに生起している事象をいかに立ち止まって味わいうるか、その強さを言っているのだ、と彼は愚考する。行く川の流れは絶えずして、なにもかも運ばれていく。時間も、人間も、そこではあまりにはかない。けれどもその流れのさなかで足を止め、とどまるものを摘出しようとする試みは、まぎれもなくいまを生きる者だけの特権ではないか。だからこそ、文学の言葉は、「悲しみの解釈」に走ってはならないのである。とすれば、日々の暮らしの実践とは、誰もがこの、よけいな情報をきれいに削《そ》ぎ落とした記号としての黄色い猫のありかたを、具体的な生き方に応用することだと言えるだろう。

＊

しかし、ほんとうにそんな応用が可能なのだろうか。それこそ夢物語であり、目覚めている夢を見ているに等しい状態なのではないだろうか。

＊

たとえば、この船の暮らしがひとつの夢ではないと、彼には言い切ることができない。彼という存在の繋留《けいりゅう》だって、ひとつの夢かもしれないのだから。下流の豪華帆船がなにものかに襲われ、金品は盗《と》られなかったものの船主が大怪我《おおけが》を負った事件の聞き込み捜査で刑事がやってきたとき、彼がよほど寝ぼけ顔だったせいなのだろう、名前と国籍を問われたあと提示したパスポートに長期滞在ビザのシールがないことに刑事は気づかなかった。あるいは、気づかないふりをしてくれた。去り際《ぎわ》に渡された名刺が一枚、風に飛ばされたのは、彼の手がいくらか緊張して震えていたせいかもしれない。ひとを襲ったり殺《あや》めたりすることはなくとも、彼はれっきとした犯罪行為をおかしていた。春先、前回の滞在でも使ったカムフラージュとしての語学学校入学手つづきだけはおこない、滞在許可証の申請はしていたのだが、なぜかこの期《ご》に及んでも呼び出しがかからず、身分を証《あか》すものとしては仮の学生証と十年旅券しかなかったのだ。永住目的で来ている移民たちにはうるさくとも、ただそこにいる蝿《はえ》のような者を、当局は歯牙《しが》にもかけない。役人にもよるけれど、旅券が切れていたって無事に帰国の途につけばいいくらいにしか思われていないから、彼は堂々とごまかしているつもりだった。しかし、そういう文脈に身を置いてみれば、河岸に繋留された動かない旅人を演じる準隠遁《いんとん》生活は、「潜伏」というまことに物騒な相貌《そうぼう》を帯びてくる。潜伏であれ地下潜行であれ、それは半永久に姿をくらます行為ではない。いつかは息を吸うために、日の光を見るために、そして自分ひとりしかいない穴蔵での偽りの孤独から、他者の海に囲まれた離れ小島の孤独への転換を図るために、ひとは暗闇《くらやみ》のなかを静かに浮かびあがってくるのだ。とどまることは、空間的な不動をというより、精神の不動を指し示すのだと信じて。

＊

船はわたしのいちばん最初の情熱だった、死ぬなら船のうえがいいと大家は話していた。退院したら、一度ここへ連れて来ようか。彼はふと、そんな殊勝な想《おも》いに誘われる。招かれるくらいなら行ってやるものかと大家はまた彼を面罵《めんば》するにちがいない。そいつはわたしの船だ、きみに貸しているだけだ、行きたければ自分のほうから行ってやると怒るにちがいない。それでも、ここへ連れて来れば、いつもは話せないことをすんなり口にできるのではないかと彼はひそかに期待しもするのだった。空気が澄んでいるからだろう、上流へむかう土砂運搬船のランプがやけにまぶしい。しばらく頭と身体《からだ》をデッキで冷やしてから、彼は昼間焼いておいたクレープをあたためなおし、残っていた最後の豆を挽《ひ》いて熱い珈琲を淹《い》れた。

＊

午後六時、北寄りの風、風力一、気温三度、湿度四〇パーセント、気圧一〇二四ミリバール。水位は平均よりやや高く、船の腹が波に洗われて、鈍い歌をうたいつづけている。

17

あんたはかならず《卵と私》を攫《さら》っていくね、ちょっと値は張るけれど、そのへんのスーパーなんかのものと較《くら》べたらやっぱり味がいいだろう？ 市場のおばさんがひときわ大きな声で彼に話しかけた。客とのやりとりは通行人への効果的な宣伝でもあるから、どんなに自然な口ぶりでもその目はちゃんと彼の背後を通っていくひとたちを追っている。そんなに数は入ってこないんだから、見つけたときに買っておくのが正解だよ、なにしろ《卵と私》ときた日にはわたしが先か卵が先かっていうくらいの大問題を扱ってるんだからね、とおばさんの口舌はますます滑らかになり、網籠《あみかご》を顔の高さにまで掲げ、釣り銭をまるで餞別《せんべつ》のように彼の手に返してよこすのだったが、「と」という一語が導くふたつの言葉の関係についてあれこれ愚考を重ねたこともある彼の耳には、おばさんがいきなり言及した「卵」と「私」の順番争いがひどく暴力的に聞こえるのだった。ここにある「と」は、黄身の位置を固定させるカラザのような頼もしい紐《ひも》ではなく、ゆらゆらと揺れていつ切れてもおかしくない、いやそれどころかもうとうに切れているのをひた隠しにしていそうな、あってなきがごとき距離の保証なのだから。もちろん、彼は反論などしなかった。乳製品をあつかっているこの陽気なおばさん「と」彼の距離は、卵を買ったくらいで伸びもしないし縮みもしない。これはこれでさみしい結論だが、さまざまな「と」を真正なものに育てていくためには、現場でのこうした応答を面倒がらずにひとつひとつこなしていくほかないのだ。そんなわけで、彼は否定の言葉が返ってくるのを知っていながら、乾物の屋台で珈琲《コーヒー》豆《まめ》を仕入れるとき、ガラパゴスはありますか、とわざわざ聞いてみたのである。

＊

乾物屋の主人は、そんなものはないね、とにべもなかった。特殊な豆は専門の店に行ってくれ、うちにあるのはなじみの問屋から流れてくるまっとうなブレンドだけだ。まっとうな、のひとことを除けば予想どおりの回答に接しても、彼が知っているいちばん近い焙煎屋《ばいせんや》は、郊外線でしばらく走った大家の住居のある駅の近くにしかなかったし、そこまで足をのばせば脳裡《のうり》の片隅に居座っている老人の身体《からだ》を案じて、留守だとわかっていてもなにか見舞いの品を手伝いの女性に届けておきたくなってしまうだろう。いまそれだけの気力のない彼はあっさり乾物屋の言い分を聞き入れて、ブレンドの深炒《ふかい》りを一キロ包んでもらった。まえに一度、主人からではなくおかみさんから買ったことがあったので、味のほうはわかっていたのだ。卵にチーズに珈琲豆、そしてイタリア米と野菜各種。リュックの背負いの革がちぎれるくらい買い込むと、彼は北風にあおられてひょろひょろしながら、アスファルトの舗道を黙々と歩いた。寒さがやってきてからというもの、買い出しのたびに、昭和基地を離れて近隣の観測にむかう南極観測隊員みたいな気分になる。途中、皇帝ペンギンらしき大群が落書きされている倉庫のわきを通るせいなのだが、ちょうどそのあたりで不法に捨てられたゴミを目当てに水鳥たちが群れをなして飛来し、甲高い鳴き声をあげて海辺の雰囲気をつくっているからでもある。この近辺に営巣《えいそう》するとしたら、そして固い殻に守られた卵を産むのだとしたら、そのすぐわきを、たとえべつの鳥のものであったにせよ卵の入った網籠をぶらさげて歩いていくのは、一種の冒瀆《ぼうとく》的なおこないになる。卵と水鳥と、どちらが先か。たしかなことは、先にあったのが彼らの生活を保障するゴミの山だということだ。彼の船のまわりに鳥たちの姿が少しずつ増えているのは、宝の山に等しい投棄物のおかげなのだろう。

＊

船に帰ると、彼はすべての食料をしかるべき場所に収めてさっそく珈琲を淹《い》れ、葉の落ちた対岸の木々の、陽光を透かしてきらめく針金細工みたいな枝をかすめて舞っている孤独な白い水鳥と、その夜のねぐらのことを考えていた。あの倉庫の周囲の、雨風をしのげる場所には、すでに鳩《はと》たちが陣取っている。食べものにありつけたとしても、あそこで暖をとるにはそれなりの戦いが必要になるだろう。争いを避けるつもりなら、日が落ちたあと水鳥たちはどこへ消えればいいのか。いや、どこへ消えようとそれは問題ではない。むしろ消えるという行動そのもののほうが、いまの彼にとっては切実だった。一日の終わりにひと知れず姿を消し、夜が明けるとふたたびなにごともなかったかのように戻ってきて、おきまりの行動を反復する。高く舞うためにではなく、判で押したような日常をしぶとくつづけながら、あるとき、唐突に見たことも聞いたこともなかった領域へと彼らは飛び込んでいくのだ。

＊

　二杯目の珈琲を口に運ぼうとしたとき、親密な既視感が彼を襲った。きりきりとチェーンの音がして、外界からの使者たるなじみの配達夫がいつもの笑顔であらわれたのである。真っ白な息を吐きながら、トキオからですと配達夫が渡してくれた小包みの差出人は、誰あろう枕木さんだった。もちろんすぐには開封しないで、マルメロのジャムもありますから、しばらく珈琲であたたまっていきませんかと、これはもう習慣になってしまったやりとりを経て、外ほどではないけれども寒いことには変わりのない船内で淹れなおした市場の乾物屋ブレンドをふたりで啜《すす》った。この味は、しばらくぶりのような気がしますね、でも、どうしていつもわたしが来るときに、あなたはかならず珈琲を飲んでいるんですか、と陽気な相手は例の電流と磁場にかかわる指づかいでカップと言葉をあやつり、両肩にながい首を引っ込める感じでくっくっと笑った。それは見方によりますよ、あなたがやってくるのを見はからって珈琲を淹れているんじゃなくて、珈琲を淹れているときまってあなたがやってくるんです、不思議なことにね、と彼は応じた。カップを手にしていない配達夫の右手の法則はいよいよ美しいかたちに舞い、じつは、ちょっと期待したりしているのかもしれません、お留守で、デッキのポストに投げておかざるをえないときはやっぱり寂しいですからね、労働条件はあまりよくありませんが、わたしとて、どんなにささいなことにたいしても、いちおうは希望をもって暮らしているわけなんです、あの船に手紙を届けるとおいしい珈琲が飲めるかもしれないっていうのは、それなりに目的のある希望でしょう？　女友だちが教えてくれました、ほら、あなたのイタリア珈琲のおかげでわたしが面目をほどこした女性のことです、週末に会っても疲れてぐったりしているときに出てくる耳障《みみざわ》りな台詞《せりふ》なんですけれどね、と配達夫は彼女を想《おも》ってか一瞬ジャムを嘗《な》めるときとはまたべつの幸福感をその笑みにたたえて、しかしおごそかに言った。「目的のない希望は、生きのびることができない」。

＊

虚を突かれて、彼は思わず聞き返す。目的のない希望は、生きのびることができない。そう反復したあと配達夫は、正確かどうか保証のかぎりではありませんよ、なにしろわたしの女友だちが彼女の知人に教わったもので、どこかの詩人の言葉らしいのですが、要は又聞きってやつですから、と言い訳のように言葉を補ったのは、彼の表情が硬くなっていたからであるにちがいない。目的「と」希望のつながりがすぐに飲み込めなかった彼は、数秒のあいだ口を噤《つぐ》み、希望には目的がなければいけないのだろうか、目的のない希望とはむしろごくまっとうな想いの寄せ方であって、希望に目的があったら、それは欲望に、あるいはもしかするといま世界のあちこちでばらまかれているあやまった正義に近くなるのではないかと、そんなふうに思考を走らせて混乱してしまったのだ。目的のない希望、なにか具体的な対象物を欠いた漠たる望みだけがある状態こそ、じつは正当なものだと彼は思う。怪物Kに追われ、また心の底では自分のほうから追いかけもしていたステファノの不幸は、彼が「目的のある希望」に生きたところに存していたという解釈も、不可能ではない。Kから逃れたい、悪夢を克服したいとする気持ちが、本来あってはならない目的「と」希望の接続詞を現出させてしまったのではあるまいか。同様に、珈琲を飲みながら与太話をしたいという配達夫の希望にはきちんと目的があるのだから、本来は、いや彼の倫理からすれば、まちがっていることになる。

*

しかしもちろん、そのような疑問を差し戻したりはしなかった。彼の船上生活における配達夫の存在の大きさをかんがみれば、目的のある希望に基づいた業務の遂行はまことにありがたいことなのだ。彼はだから、あとでゆっくり考えなおすために、なるほど深い言葉ですね、と述べただけでその場をとりつくろい、ところで、この近辺で黄色い猫を見かけたことはありませんか、と話題をかえた。今度は配達夫の目が点になる。ながい首を前方に突き出しながら倒して肩をすくめ、まったく妙なことばかりおたずねになりますねえ、いつかは、たしかカメだったでしょう、今日は猫、それも黄色い猫ですよ、とカップから解き放たれた両手を踊らせ、さあて、その黄色い猫とやらがなにを意味しているのかは、教えていただけるんでしょうね？　と彼を見返した。申し訳ないけれど、とくに意味はないんです、あえて言えば、なにか意味がありそうだと勘ぐってついてくるひとたちの足もとを掬《すく》うような、目的を欠いた希望を体現している動物のことなのかもしれないですね、自分でもなにを言おうとしているのか、はっきり理解していないんです、と彼はまじめに応《こた》えた。

＊

あなたの黄色い猫が見つかったら、ちゃんとご報告いたしますよと言い残して配達夫がふたたび寒空の下へ出ていったあと包みを開封してみると、枕木さんの責任編集となっている某企業のＰＲ誌が入っていた。ぱらぱらとめくって、彼が手を貸した海外からの短信と翻訳の頁《ページ》に目を走らせ、「大人の閑居、都市のなかの隠遁《いんとん》」と題された特集を興味深く読んだ。「大人」には「たいじん」ではなく「おとな」とルビが振られている。小人閑居して、のもじりなのだろう。枕木さんが書いた記事もあって、これはなかなかに読み応えがあった。方丈の庵《いおり》をむすんだ人物の話が添えてあるのは、あきらかに彼にたいする目配せだ。仕切りなおしのための猶予《ゆうよ》期間を閑居のうちに数えるなら、この船上生活もそこにふくまれることは、彼自身すでに何度も確認してきている。それにしても、なんとむなしい堂々めぐりだろう。世をはかなみ、世を捨てているわけでもなく、あわただしい暮らしとむすばれているへその緒を完全に切ったとも断言できない男にとって、閑居は最初から負のイメージを与えられているのだ。小人が閑居して不善を為《な》すのは至極もっともな話である。他人を傷つけ他人に傷つけられることをひたすらに回避しようとする厄介な「私」になるべくかかわらないでいるには、閑居し、かつ独居するしかないのだろうが、ここで言う不善とは閑居の別名なのだから、なにかとくべつに悪事を働くことを意味しない。その不善の砂漠のなかで善への道を探るのだと胸を張ることもできない以上、「おとな」の閑居にも「たいじん」の独居にも、彼は縁がなかった。晴耕雨読から前二文字をとりのぞいた船上生活における最大の営為は、読書である。この船に積まれた本を読み通し、心に沁《し》みたものだけを再読していけば、あと数年は楽しめるだろう。けれどもその先はわからない。枕木さんは、期間を限定した閑居に安んじている弱い心をどんなふうに破り捨てるかについて、よく吟味された言葉で語っていた。そこにはあの個性をめぐるやりとりと、枕木さん自身が周囲の人間の枕木として踏まれつづけることでみずからに拓《ひら》いた省察がつづられており、それが彼の胸を素直に打った。

＊

「文章を書くことをなりわいとしている方々は、しばしば、誰の影響を受けたのか、と問われることがあるそうです」と枕木さんは書いていた。「こんなふうに伝聞体を用いるのは、私がそうした仕事の外にいるからなのですが、これにたいする反応はまことにさまざまです。具体的な名前をつぎつぎに挙げるひともいれば、心を寄せていた異性の名を口にできないのとおなじように、ほんとうに好きな作家、好きだった詩人の名はぜったいに明かせないという書き手もいます。かと思えばまた、あまりにも多くの作品に触れ、あまりにも多くの書き手に魅了されてきたので、特定の名前を出すなんて無理な話ですと戸惑う方もいます。／さて、これは私見ですが、嘘偽《うそいつわ》りないと感じられるのは、あとのふたつではないでしょうか。寄らば大樹のではありませんが、信頼できる樹木にぴたりと取りついて、土中の養分の吸いあげ方からそれらの枝葉への配分法、そして成長のしかたまでのすべてをつぶさに観察し、これだと決めた方法を真似《まね》ることでなにかをつかんでいく鍛錬がある一方で、川原や海辺の石のように、さまざまな季節の、さまざまな強さの波や潮に洗われ、ぶつかり、どの方面、どの角度から、どれくらいの衝撃を受けて現在の状態になったのかが、本人にもはっきりわからなくなってしまう、そういう鍛え方もあるわけなのです。／これは、大樹につくやり方と比較すると、ずいぶん受け身に映ります。しかし受け身をつづけることで大変好ましい形姿になった石があるとしたら、それは過程のいっさいがよい方向に働いてくれたからだと言えるのではないでしょうか。つまり、受け身を重ねてできた石の形姿や大きさは、そのまま石の個性だと言っていいのではないでしょうか。／できあがってきた石は、かたちも色も大きさも異なります。組成や重さもちがっています。川原や浜辺がどの地方にあり、どれほどの水の力と摩擦が働いたかを観察することは可能でしょう。でも、私たちにできるのは、たぶんそこまでなのです。そこから先を言っても詮《せん》ないのです。いま、私のまえに、あなたのまえに石が存在するとしたら、それはその石自身が、受け身の過程の意味を客観的に、明晰《めいせき》に悟ったからなのです。受け身が受け身でなくなる瞬間はあるはずだし、そうでなくては、子どもが大人になったり、修行者の身がいつのまにか師と呼ばれる地位になったりする道理がないでしょう。水に洗われ、転がって角を撓《たわ》めていく道筋からふと逸《そ》れてしまった自分に気づいたとき、そこでもう、なにがどう働いたのかは判然としないまま、ひとつの個性が生まれているのです。／閑居、隠遁も、石が石でなくなる瞬間を待っての、振る舞い方のひとつだと私は考えます。ただし、これは、すでに石として認められているその石に、雨風とは異なる力を意図的に与えるためのひとつの過程なのでしょう。過程はどこまで行っても過程です。終わりはありません。大人の閑居は、何度でも反復可能な人間ドックのようなものなのです」

＊

そうか、ドックに入っているのは老いたる大家だけではなかったのだ、と彼はつい口もとをゆるめた。船渠《せんきょ》という原義に立ち返れば、正しくドック入りしているのはむしろ彼のほうなのである。しかし、いったい誰が診てくれるのか。誰もいはしない。大人の閑居になんらかの有効性があるとしたら、それは、自分以外の存在、すなわち他者とのあいだの消しがたい距離の受け入れ「と」、距離があるからこそ他者への理解に道が開かれるという認識の二点だ。孤独なんて言葉を安易に使う輩《やから》は、孤独のなんたるかをわかっていないのだと大家は言った。彼の、そして枕木さんのつまずきは、他者を全的に受け入れることの不可能をはっきりと悟ったことにあるのだろうけれど、そうであればなおさら、自分とは異質の人間にたいして否定や拒否の盾をかざさないある種の強さ「と」やさしさを目指していくほかないのである。そのためには、探偵会社の社員ではなく、私立探偵としてのたくましさを育てていかなければならない。元探偵の枕木さんが彼のような人間を相手に、一対一でむかい合っているときよりはるかに深い言葉を送ってくるのは、じつは彼のためではなく、枕木さん自身の枕木になるような言葉と砂利を敷設《ふせつ》しようとしているからではないのか。レールのうえにとどまりつつ、しかも飛び出そうとしているからではないか。「哲学に現存という言い方があります」と枕木さんはさらに書いていた。「難しくてうまく説明できないのですが、原語のあたまについている、ｅｘの二文字は、出口や外部や過剰や、そんな意味の単語の先にもついているものです。だから私たちが生きていること、現実にこの世にあることは、つまるところ、外に身を置いていることと同義なのでしょう。内側だけに目をむけていては生きていけないのです。群れの外にいて、自分と群れの双方をながめること、それだけが生存の、現存の条件なのです。内側しか感知できない人間は、だから現存していないと言ってもいいでしょう。そして、外側への眼を育てることを怠った結果が、無意味な排斥や戦につながっているのです。偉そうな口をきいてしまいました。私は、いつ、言葉の真の意味でこの世に現存できるのでしょうか。

小人は閑居して、そのような雑念をたのしむのです」

＊

急に雲がひろがり、陽射《ひざ》しがさえぎられてあたりがしんと翳《かげ》る。雲の動きを追うかぎり、上空の風はかなり強い。それでもひきちぎられる気配さえ見せずに、雲はひとつながりの巨大な綿となって移動し、灰の色をどんどん濃くしていき、百鼠《ひゃくねず》の濃淡が濁った河の水を吸いあげんばかりに息づいたと思う間もなく、ぽつりぽつりと大粒の雨を落としはじめた。わずかな陽光を期待していた彼もすぐにあきらめて明かりを灯《とも》しかけたが、そのとき水面に大きな生き物の黒影を認めたような気がして、スイッチにかかった手を引っ込めた。ヨーロッパナマズだろうか？　それともまだ見ぬKの威容だろうか？　風が舞い、木々がうなり、雨はさらに激しくなる。横揺れが増し、飲みさしの珈琲《コーヒー》も遠慮なく傾く。雨合羽《あまがっぱ》を着用していないわが配達夫は大丈夫だろうか、と彼は案じた。そしてまた、ことはべつのドックに入っている大家は大丈夫だろうか、とも思った。なにしろこんな天候なのだ、不吉な予感が走ってもおかしくはない。

＊

予感にしたがって彼は大家の自宅に電話を入れ、手伝いの女性に近況をたずねた。主人は相変わらずの強気で、なんとか持ちこたえているらしい。持ちこたえている、という微妙な迂回《うかい》にひっかかって、それはどういう意味かと問うてみると、彼女はほんのわずかな疑念すら抱かせない自然な口ぶりで、元気だということです、と応えた。ただ、元気はよすぎても困りますね、このあいだは病室に床屋を呼ぶ呼ばないで大騒ぎだったんです、と溜息《ためいき》をついた。とにかく髪が、頭皮が痒《かゆ》くて耐えられないとぐずりだしまして、いったん口にすると実現するまで言いつづける方ですから、無理を言って出張してもらったんです、ところが散髪のあいだずっと床屋の悪口を言いつづけて、最後はかなり険悪な雰囲気になってしまいました。いえ、来てくださった方にたいしてではなくて、これまで出会った床屋へのうらみつらみです。わたしはすぐわきに控えていたんですけれど、おしまいのほうはほとんど呪詛《じゅそ》になって、さすがに聞いていられませんでした。どうして床屋が苦手になったかって？　若いころ、今日みたいな寒い日に髪を切りにいったら、そこの主人の指が首筋が凍傷になるくらい冷たくって、それが気に入らなかったそうなんです、客に冷たい手で触れるなんて許しがたい、むかし、東洋の武将につかえる家来たちは靴やスリッパを懐《ふところ》ろであたためたそうじゃないか、そういう気づかいのない連中には樽《たる》の底にたまった澱《おり》でも飲ませてやるがいいって。彼が思わず笑い声をあげると、彼女はややくぐもった感じでつけくわえた。でも、そのあとこうもおっしゃったんです、澱というのは、つまりこのわたしのことだって。

18

　黄色い猫は彼にとって幸福の徴《しるし》なのか、それとも不幸の徴なのか。待ちに待ったスグリの実なのか、それとも怪物Kの分身なのか。黄色という色彩は、猫の背後にある物語をなにひとつ語ってくれない。金色の暈《かさ》につつまれ、背骨をしなやかに波打たせながら歩いていったあの幻の猫を彼がはじめて見かけたのはまだきびしい寒さにへたりそうになっていたころのことで、なんだかもう遠いむかしの出来事のような気がしてくる。あのあと、久しく経験していなかった風邪にやられて二週間ほど身動きのとれない状態がつづき、ろくに陽も差さない船底のベッドにへばりついていたのでそのあいだの様子はわからないのだが、なんとか恢復《かいふく》して市場まで歩けるようになって以後、猫は船の周辺に一度も出没しなかったし、郵便配達夫のフィールドワークの網にもかからなかった。ところが、春の兆《きざ》しがあまやかな大気に溶け出しはじめたこの何日かのうちに、彼はたてつづけに二度、色艶《いろつや》のさらに増したあの黄色い猫を目撃したのである。遠目にも幅広でややピンクがかった鼻がへんに目立つそのひしゃげた顔を正面から見ることができたのは、たぶん幸運のうちに数えられるだろう。額や喉《のど》もとによけいな縞《しま》のない黄一色で、その歩き方や挙措からは飼い猫なのか野良《のら》なのか判別できない。ふだんどこで寝起きしているのだろう。そして、これからどこに行くのだろう。繋留《けいりゅう》された移動性河岸で過ごした季節が一巡しつつある初春、なぜかすんなり姿を見せてくれた黄色い猫に、できれば吉兆を読みたいと彼は願った。あの猫が横風のなかでも消えることのない歩く炎であってほしい。ロシア映画の主人公が凍えそうな両手で抱えていた弱い弱い蠟燭《ろうそく》の炎と、どこかで通じあっていてほしい。猫があの火を運んでくれたら、意味のない戦火がしずまり、大家の体調も持ちなおしてくれるのではないか。

*

要するに検査入院という言葉の嘘《うそ》を、大家だけでなく、彼も薄々は感じ取っていたのだ。ボトルの底、樽《たる》の底に溜《た》まっているワインの澱《おり》にわが身をなぞらえるいつもの自己卑下が、まさにそのいつもの張りを失っていたことを、手伝いの女性はほのめかしていたではないか。あれもこれも、ぜんぶ好きに使ってくれたまえ、と言ってくれた老人の、いまにして思えばまだくっきりしていた顔の輪郭が、彼のなかで少しずつぼやけていきそうな気配だった。若いころ彼は、自分ほど煮え切らないやつはいないと、そういう否定的な側面にだけは妙な信念を持っていた。しかし大家にひきくらべてみると、情けなさの度合いからしても、情けなさにたいする意識の深さからしてもよほど甘いと痛感せざるをえなかったし、老人の繰り言を浴び、それこそ背中で異郷の言葉の角砂糖を割られるたびに、高慢と自己卑下はどちらもおのれにたいする最高度の無知のあらわれだとした哲学者の明察を思い返すのだった。いずれにしても、心が、というより、もっとやわらかく気持ちと言ったほうがいいかもしれないけれど、そこに外堀をもうけてつまらない囲い込みと排除を繰り返している状態の見苦しさを、彼は老いた船主の、いささか芝居がかってもいる言動をつうじて学んだのである。いや、学んだのではなく、いまも学びつつあるのだ。好き放題の直言の士でひねくれものであることと、世の中にある「真実」と自分との関係をねじまげることとは、話がべつだ。老人にあって彼に欠けていたのは、直列式の思考ではなく、他者にたいして究極的には斜に構えたりしない潔《いさぎよ》さだった。相手が枯れる寸前の異国の人間であろうと、ひとまわり年上の同国人であろうと、言葉はそれを必要としている者に必要なころあいを狙《ねら》って、にわか雨のように降ってくる。彼はこの船を、船の持ち主を、そして持ち主との対話を、どこかで必要としていたのだろう。

＊

気温一〇度、湿度三八パーセント、西の風、風力三、気圧一〇一九ミリバール。

＊

風力階級表を考案したフランシス・ビューフォートは、十八世紀後半に生まれて十九世紀のなかばに亡《な》くなった英国海軍の軍人で、水路の研究を進めるかたわら、帆船を走らせる際の気象データを集めるために風の種類を十三段階に分類した。風の強さを木々や煙の揺れぐあいで、つまり目で見える情景に置き換えて測ろうとする行為は、夢想に等しい。ビューフォートの生涯について彼はなんの知識も持ちあわせていなかったが、海でも湖でも河でも、水があって風があって波紋があるところならどこでも、いつでも、いつまでもぼんやりできる男だったのではないかと想像した。雲の動きから対岸の木々の梢《こずえ》へ、枝々へ、そして川面《かわも》へと視線を移し、ふたたび木々にもどす。

静穏、至軽風、軽風、軟風、和風、疾風。葉の茂った樹木が揺れ、流れのない池や沼にも波頭が立つくらいの風を、言葉でどう表現するべきか。彼がビューフォートにならって風力三と判断した今日の午後の風は、枝々を細かく震わせ、船尾の小旗をはためかせている。あの夏、ダム湖に立つ波の文様を見ながら、風下に腰を下ろして煙草《たばこ》を吸っていた彼にむかって、妹は、風力四、とつぶやいた。湖心の近くで、そこからは聞こえない音を立ててときおり魚が高々と跳ね、縞目とは異なる波紋をひろげていく。円は中心を内へ内へと無限に押し込めながら魚から遠のき、波紋はしかし、岸辺に届くまえに力つきてさざ波に飲まれた。

＊

ようやくわかってきたの、と秋になって再入院した彼女は、五階にある病室で彼に言った。学校みたいに大きな組織のなかでも、友だちだけの集まりのなかでも、それからたぶんクラブや近所づきあいでも、内向きの愛着や忠誠心が強くなればなるほど、そこに属してないひとたちへの蔑《さげす》みと憎しみが大きくなるんだって。誰でも知っているそんな状況に特別な言いまわしを与えるまでもないと思うから、友だちが使ってた言葉を借りるけど、「排除」ばかりに熱心なひとたちの群れから自由になるためには、ぜんぶ捨てなくちゃならないって、これまでは考えてたの。自分もふくめて、なにもかもぜんぶ。家族も、学校も、もっと大きなところなら国も。でも、そういう集団の外へ出て行くには途方もない勇気がいる。わたしにはそういう勇気がないから、踏み出す気力がないからだめなんだって思い込んでた。それが、まちがってた。いまこの世界で他人から完璧《かんぺき》に離れているなんてとてもできないことだから。自分の領土にあかの他人を引き込んだり、土地をほんのわずかでもひろくしてやろうと、そんな計算ばかりしているひとたちには、正真正銘の外側なんて理解できない。外を理解するってことは内にも目をむけるってことでしょ？　嫌なものたちの環《わ》から外へ出るために、とっとと逃げ出すために切り落としてきた尻尾《しっぽ》のほうにこそわたしの「ほんとう」があって、トカゲみたいにあとから生えてきた尻尾はその幻影みたいなものかもしれないって、そう認めることでしょ？　どっちが「ほんとう」か、「ほんとう」にはわからないにしても、そんなふうに考えることじたいに「ほんとう」があるんじゃないかな、そうすれば、他人との関係がずいぶん変わって見える。それは「やさしさ」とか「思いやり」とかとはちがう、「あたりまえ」のことなんだって、命の芯《しん》になるものなんだって、そう思えるようになったの。

命の芯という言葉が、いまの彼を揺さぶる。おまえに命の芯はあるか、と彼は自問する。わたしがいなくなっても、芯が折れても、元のかたちはまわりのひとの記憶に残ってくれる、そう信じられるようになったと言い残して、妹は「外」へ出ていった。枕木さんが、いや、枕木さんが拾いあげてきたどこかの哲人が言うように、生きていることはそのまま「外」にいるのと同義だから、死とは二重に外へ出ることになるのだろう。いつか大家も、泡を飛ばしながら彼の船暮らしにありがたい忠告をしてくれたではないか。巻き貝だってかたつむりだって、食事やらなんやらで殻の外に出ていかなければならんのだ、世の中との行き来は避けることができない、永遠に閉じこもるなんて、宇宙でだってできるはずがない、やっても無意味だよ。たとえ空気がなくても、人間は外に出るべきだ。みんながうわべだけのかたつむりになればいい。それも、嬉々《きき》としてな。自分だけのために出ていったことが、じつは他人のためになる。そんなふうにあっさり橋がかけられてしまうことにわれわれは驚き、羞恥《しゅうち》を感じ、そしてひそかに励まされる。これこそ世の七不思議のひとつじゃないか。薬の切れたわたしがそれでも散歩に「出ていって」公園で倒れたりしなければ、きみと会うことはなかった。なにしろきみの国は極東にある、極端な東、東の外側にある東だ、わたしにとっての東の端は、きみにとっての西の端だ。さあ、答えなさい、きみとわたしの、どちらが「外」にいるのか？

＊

どちらでもいいじゃないですか、と彼は問いの矛先をずらした。世の中は西と東だけで成り立っているわけじゃないんですよ、必要なのは「あたりまえ」のことを「あたりまえ」に動かしていく力なんです。そのとおりだ、と老人は笑った。しかし、そんなことができるのは神だけじゃないか。神の一語がいかにも意外だと言いたげな表情の彼にむかって老人はつづけた。とことん絶望した人間であれば、宗教なんぞなくったって神なるものを信じたくなる。そして、わたしにはそういう気持ちになることじたいが我慢ならんのだよ。いつまでもためらうのはよしたまえ。しっかり生きたまえ！　物事は自分で決める。外は外、内は内だ。さあ、今度こそ答えてみなさい。きみとわたしと、どちらが外にいるのかね？

＊

鬼です、と彼は応《こた》えた。

なんだと？

鬼です、と彼は繰り返した。あなたから見て、東の端にある島国には、春のはじめ、煎《い》った豆をまきながら、悪《あ》しき鬼を放逐するべく呪文《じゅもん》をとなえる風習があるんです。

それはわたしに教えてもいい呪文かね？

もちろんです、と彼は言った。福は内、鬼は外。幸運は家のなかへ、悪運は家の外へ。

老人は、呆気《あっけ》にとられたようにつぶやいた。きみたちの国の鬼は、おんな子どもを喰らわずに、豆を食うのか、と。

＊

そのとき、何十年も使っていない脳細胞の片隅から『ジャックと豆の木』というタイトルが飛び出てきて彼を驚かせた。彼がジャックで、老人が鬼ならぬ巨人だ、と言うのではない。騙《だま》されて手にしたジャックの豆はたった一晩で天までのびる。青々と、太々と、疾風でも颱風《たいふう》でも倒せない力で一直線に地と天をむすぶ橋になる。ジャックはそれをつたって巨人の城から宝物を盗み出し、豆の木を切り倒すことで追ってくる巨人を退治する。幼いころ絵本で読んだ物語が、ふいに彼の胸を締めつける。ジャックと巨人が必要としていたのは、いくさではなかったのだ。断ち切られることを前提としてのみ存在する仮の橋、トカゲの尻尾の残影だったのだ。途方もない豆の大木は、壊すためにクワイ河に架けられた橋のようなものだったのである。東と西を、南と北の位相を垂直にずらして屹立《きつりつ》する、内でも外でもない、愛でも憎しみでもない空間へただ「出ていく」ために引かれた線。それこそが「あたりまえ」を支える命の芯だったのではあるまいか。橋を破壊できるのは、けっして渡らずに待機している者だけだと考えていた彼にとって、豆の木を想起したその瞬間は、今後、危険と表裏一体のままことにあやうい誘いとなるだろう。ステファノ船長は見えない橋を渡ったまま、ついに戻らなかった。イソップ童話の青年は、安全だからと幽閉気味に保護されていた塔の一室で、巨大な猫ともいえる獅子《しし》の夢に命を奪われてこの世から出ていった。塔の窓には、いったい風速何メートルの風が吹き込んでいたのだろうか。

＊

それにしても、と彼はまたわが身のさもしさに憤然とする。『ジャックと豆の木』を思い出した日のことを思い出す、という入り組んだ頭の働きが、じつは胃袋の都合と連動していたことに気づいたからだ。死への畏《おそ》れも、食欲のまえには減退する。前日から塩をすり込んでおいた豚肉のブロックを、やはりひと晩水に浸しておいた白いんげんといっしょに鍋《なべ》でぐつぐつ煮込んでいたのだが、たぶんそのにおいが記憶のどこかを刺激したのだろう。キッチンの樽のうえに寝室のラジオを運び、ニュースを聞きながら鍋を見張る。二十四時間ニュースだけを流す局からは、このあいだまで枕木さんがちょくちょく伝えてくれていたきな臭い動きを裏づけるような言葉がこれっぽっちも出てこない。東の端で起きている出来事は、西の端では意味を持たないとでも言うかのように。あってないことを前提とする豆の木である現存艦隊の性質を改変してまで「ほんとう」の艦隊にしたてようとする者たちをいかに矯正するか、そのための議論にこの国の報道は集中しているようだった。彼は手をのばして周波数を変える。愛想のよさそうなタレントふうの女性が、声だけなのに豊かな手の動きまで鮮やかに目に浮かぶような熱を込めて喋《しゃべ》っていた。飼い主にたいする忠誠心は、猫より犬のほうに強いとよく言われますでしょ、忠誠心という表現が不適切なんですよ、忠誠心と愛情はべつもので、とくに猫の愛情は犬よりもほそくながく潜伏して、みずからの意志でちゃんと表に出てくるんです。十八年飼っていたうちの雄猫は、晩年足腰が弱ってほとんど寝たきりでしたが、ある日の明け方、ふいに立ち上がって庭先から外へ出ていきました。わたしも夫もぐっすり眠っていて気づかなかったんですが、目を覚ましてびっくり。だって、枕《まくら》もとに雀《すずめ》が一羽転がしてあったんですから！　夫とわたしの枕のあいだにですよ！　あんなずうたいのでかい猫が歩けば重みですぐ目を覚ましそうなものなのに、いったいどうやってベッドの真ん中まで運んだのか、ともあれ、ブルバキは――うちで飼った猫は代々ブルバキって名前で、ええそうなんです、数学者集団の筆名をもらったんです、こうすればどんな猫を連れてきてもひとつの名前で済みますからね――何年ぶりかに出ていった狩りの獲物を置いて、その日の昼すぎに死にました、老衰です。なに食わぬ顔で最期《さいご》のお礼をしたんだと、わたしたちは確信しました。まったく、よくぞ雀を捕らえて、なおかつそれをくわえて戻ってくる力があったものだと感心しましてね、感心して、そのあと、わたしたちは、ひとしきり泣きました。

＊

つまり、ブルバキは最後の最後にあぶない橋を渡ったのだと、彼の思考はまた堂々めぐりをはじめる。周波数をふたたび変えてクラシック専門局にあわせると、グリーグの「叙情小曲集」が流れていた。鍋はしかし、いささかの叙情もなく不機嫌な生き物のように息を吹き出している。ベーコンで煮込むより、塩漬けの豚肉をつかったほうが格段においしいとは、教会まえの市場でなじみになった乾物屋のおばさんに教わったことだが、燻製《くんせい》のちょっと石油くさいところがなくて食べやすいし、塩加減を調節できるところがなおよかった。二時間後、病院食すら喉《のど》を通らなくなっているはずの大家の容態を案ずるのにこれほど失礼なやりかたもなかろうと反省しつつ彼はたっぷりと腹を満たし、壁にかけたヴィエイヤールの犬の絵とポラロイドでとらえられた母娘《おやこ》の像をしばらくながめた。子どもは、女の子はいたか、と息を押し出したときの、あの不安げな大家の表情がいやおうなしによみがえる。それをふりはらって珈琲《コーヒー》の準備にさしかかったとき、水のないほうの窓から、土手のうえの道路に薄汚れた白のプジョーが停止するのが見えた。

＊

この区域が管轄《かんかつ》になったのは今年に入ってからで、船に押し入った強盗の捜査なんてはじめてだったものでね、後学のために声をかけてまわってるんだ、と刑事は彼の淹《い》れた珈琲を啜《すす》りながら言った。聞くところによれば、といって、聞いたのはあなたの口からだからこれは追認にすぎないけれども、近辺で動かずにいるのはこの船だけのようだな。ええ、そうです、と彼は素直に応じていく。道路沿いに看板を出して、夜間照明をほどこせば、レストランができるかもしれません、都心部の河岸みたいに観光客は望めませんが、往来がもう少しあれば物騒な事件も防げるでしょう。彼がそう言うと、その程度のことで犯罪を防止できるなら苦労はいらんよ、だいたいひとが増えたらあなたがたはかえって迷惑する、そうじゃないかね、と刑事は痛いところをついてくる。そのとおりです、と彼はもはやなんのこわばりもない口調で話していた。

*

下流に繋留《けいりゅう》されていた豪華な帆船が、深夜、押し込み強盗にやられて、犯人ととっくみあいになった船主が大怪我《おおけが》をした寒中の事件は、別件で逮捕された二人組の犯行であることが判明し、あっけなく片がついた。刑事はその結果報告と防犯推進をかねて、所轄の管内で船暮らしをしている住人のところをひとつずつまわっていたのだ。余罪はかなりあったが、傷害に至ったのはあの晩の一件のみだという。高層住宅の駐車場や夜間のガソリンスタンドあたりが襲われる例はあっても、これまで船がやられたためしはなく、今後はいっそうの注意を払うよう上から命じられたのらしい。形式とはいえ、前回たずねられたことにも、彼はあらためて丁寧に応えなおしていった。

なぜ都心部の部屋を借りないのか、いつまでここにいるのか、そして、なにをして暮らしているのか。差し障《さわ》りのない程度に、けれどもあとで面倒なことのないよう嘘《うそ》はまじえず、彼は「あたりまえ」の応答につとめた。たしかに、平穏無事に見えても、用心するに越したことはないでしょうね、樽《たる》のなかから美しい女性の死体が出てくるなんてことがなくもないご時世ですから。珈琲のおかわりをすすめながら彼がそう言うと、刑事は手で二杯目を断り、なぜいまの文脈で樽が出てくるんだね、と補足を求めてきた。大家がむかし、ワイン樽の運搬を手がけていたんです、いまは入院、闘病中ですが、死んだら樽に入れて海に流せと息巻いてましてね、元気な老人なんですよ。刑事は煙草《たばこ》に火をつけ、ひとつふたつ大きな煙を吐いた。そして、どこに入院してるんだね、と訊《き》いてきた。その名を言うと、このあたりで大病院といえば、どうしてもあそこになるな、とそこで数秒の間をつくり、ところで、病院の裏手に大きな市営墓地があるだろう、と意外な方向へ話を持っていった。

*

大家の病室からはこの河の下流域がたっぷり眺められるので彼も楽しませてはもらっていたが、裏手に死者たちを弔う空間がひろがっているとは、迂闊《うかつ》にも知らなかった。これは同僚に聞いた話だがね、と刑事はもったいぶらずにつづけた。十何年かまえ、大きな樽を棺がわりにして埋葬された男がいたそうだ。法規のことでいろいろもめたあげく、結局は遺志が認められて、墓掘人たちはふだんより深い穴を掘り、樽を縦に入れた。遺族と友人たちは、故人が好きだったカオールの赤ワインを二本、そしてグラスとコルク栓抜きを紙袋に入れて献花をし、丁寧に蓋《ふた》をして土をかけ、立派な墓石を置いた。さて、去年の暮れ、男の妻が、おなじ樽に入れてくれと言い残して亡《な》くなった。あの病院でだ。許可を得て遺族は墓穴を掘り返し、釘《くぎ》を抜いて樽の蓋を開けた。刑事はそこで言葉を切り、彼にその先を推察してみろとでも言うように、少し顎《あご》をあげた。空だったんでしょう？　と彼。ちがうな、と刑事。じゃあ、遺体がまったく腐らずにミイラ化していた？　残念だが、そうじゃない、と刑事は死者にたいする冒瀆《ぼうとく》になるような話し方はすまいとでも言うかのように、真剣な表情で言葉を継いだ。夫の遺体はもちろん白骨化していたよ。ところが、袋の中身が「外」に出されてボトルの栓が抜かれ、中身をグラスに移して飲んだ形跡があったんだ。二本とも、ですか、と彼は小声でたずねる。そう、二本ともね。なにがどうなっているのか、さっぱりわからない。ともあれ、わたしが言いたいのは、大家なる人物の亡骸《なきがら》を樽に入れて流すのもいいが、土の中に埋めてやる手もあるんじゃないか、ということだよ。

19

いいとも悪いともおっしゃらないのですが、お暇なときに顔を出してあげてください、と手伝いの女性はいたって穏やかな口調で言った。はじめて彼女と話したとき、ホスピスの尼さんみたいな女性だなと彼は感じたのだが、大家をまじえたり差し向かいになったり、あるいは電話でだったり、さまざまな時間にさまざまな用件で言葉を交わしてきたいまもその印象は変わらない。かつて老人を世話していた女性がマルチニーク出身のおしゃべり好きで明るいひとだったせいだろうか、あまり表情を崩さず、取り乱すことも大笑いすることもない彼女はずいぶん陰鬱《いんうつ》に見える。だからといって冷淡な感じのしないところが彼にはとても不思議で、正直に言えばとてもありがたかった。子守りもふくめた家事手伝いの仕事には外国籍の女性が多いとよく言われるし、彼の経験からもそれはある程度裏づけられる。しかし彼女は生まれも育ちもこの国のひとだった。そして、人脈と評判なくしてはつとまらない、ごく限られた階級のなかで働いているこの道のプロだった。年齢を重ねてますますわがままになってきた、いや、正確にはわがままになったふりをしている厄介な老人の世話をもう六年以上こなしてきていながら、彼女には必要以上の親しみの表明をきっぱりと排除する芯《しん》の強さがあり、にもかかわらず、すべて仕事だと割り切る非人間的な冷たさもなかった。それは短い接触をつうじてさえも感受できる心地のよい間の取り方で、実務的なことがらは老人専属の弁護士が担当しているはずだから、彼女自身の役割が日々の暮らしの面倒以外にひろがることはなさそうだったが、知ろうと思えば簡単にできることをあえて知ろうとしない節度を保っているようだった。老人のほうも、そういう態度が気に入ってながく使いつづけているのだろう。差し迫った危機ではないにせよ、彼女の主人の容態はあいかわらずよくないらしい。すぐに参ります、と彼は言わなかった。話をすれば気晴らしになるような段階をもう越えていると思ったからだ。老人のまえでいったいなにをしゃべればいいのか、彼にはもうわからなかった。刑事の忠告どおり、樽《たる》に身体《からだ》を入れてからの扱いについて議論する？　彼が孫娘だと認識していた、そして手伝いの女性によればそもそものはじめから老人の養女であったかもしれない船上の幼子についてまっすぐに聞いてみる？　たとえば船のベッドサイドにあった手鏡の持ち主がその養女の母親ですかと？　閑居して馬鹿《ばか》を見るほどの正直者でも、ほんとうはそんな不躾《ぶしつけ》な質問をする権利などあるはずはなかった。ご老体には、とにかく医者を信じて静養してくれというほかないだろう。急を要することがあったら、連絡してください、と彼は年齢不詳の修道女に伝えて受話器を置き、急を要するという言葉そのものに気が滅入《めい》った。

＊

薄っぺらな雑誌に載った枕木さんの文章と、そこに添えられていた手紙を、彼は読み返す。「これまでは、名前のこともあって、ぼく自身がこの住みづらい世の中でどこから行動開始の合図を待ちつづけるスリーパーなのだと、なかば自己卑下するみたいに考えていましたが、さてどうでしょう、いまのところ、その名によりふさわしいのは、きみのほうかもしれないですね。スリーパーは、外へ出ていくことを本然とする現存そのものを、あえて先のばししながら、それをひとつの芸術にしたてていく種族です。だから、なにもしていないことが、していないように見せることが、すなわち最大限の努力につながる。どうです、まさにこれこそ、ぼくたちの、いや、きみの、現存ならぬ船上での理想を言い当てているのではないでしょうか。というより、きみはこのままずっとその現在を持ち越していくはずだろうから、眠れる男の条件はつねに満たされている。これは、ぼくの怠惰を正当化するご大層な言い訳にもなりかねませんが、お送りした拙文を書いたあと、こんなことを考えているんです。上官のいないスリーパーなるものは、はたして成立可能だろうか、二重三重四重の煙幕を張って、どこからも姿が見えない一匹狼《いっぴきおおかみ》としての枕木はありうるのだろうか、と」。

＊

なるほど、たしかに彼は眠っているも同然の日々を送っていた。ここから出ていくことを命じられるとしたら、それは外からの目覚めの合図ではなく、もっと単純な法規のゆえでしかないだろう。眠りを中断する直接の上官は、彼自身の国にも、この国にもいない。船の持ち主であるご老公にはうえに立つ者の風格がなくもないけれど、この国にもいない。いまは字義どおりの眠るひとに近づいている。枕木さんの夢想する上官のいないスリーパーとは、しかるべき養成学校でそのような訓練を受けたこともなく、自発的に、あるいは無意識にその道に入り込んでしまった人間ということになる。彼は本性的なスリーパーなのか。そうかもしれない。ならば彼がいつか手もとに送られてくるとひそかに待っている真実、あるいはいつわりは、どのようなものなのか。いつわりなど存在しない、存在するのは歪《ゆが》められた真実だけだ。そう言ったのは、誰だったろう。どこかの本で読んだような気もするし、大家が唾《つば》を飛ばしながらのたまっていた警句だったような気もする。記憶力がどんどん衰えていく。というより、ひとつひとつの記憶は鮮明なのに、それが有機的につながらなくなっている。買い置きがあるとばかり思っていた缶詰が、米が、小麦粉が、とつぜん切れている。曜日が混乱し、時間が不明瞭《ふめいりょう》になる。しばらくまえに入ったはずのファクスの内容を、彼は確かめることができずにいた。カートリッジのインクが空っぽで、印刷できなかったのだ。予備がまだ一個あると思い込んで、補充を怠っていたのである。読むことのできないメッセージは、メモリーとやらに収まって、赤いランプを点滅させながら文字として吐き出されるのを待っていた。

*

ありません、と文具店のおばさんは平然と言ってのけた。肩をすくめたり両手をひろげたり首をかしげたり、なにかひとつ動作でもしてくれればまだましと感じられるほどそっけなく、天井からストンとまっすぐ落ちてきてそのまま突っ立っているみたいな顔で、在庫切れですから、しかたありませんと言う。事務機器の消耗品を買うとき、型番をかならずまちがえてあとから腹を立てるのがならわしになっている彼は、ひさしぶりの遠出を無駄にしないよう機種番号をきちんとメモしてきたのに、あろうことかそれだけが欠けているというのである。倉庫にもないんですかと食い下がっても、この棚にあるきりです、ないものはないんです、そして、今度入荷してもあなたが来るまえに売り切れてしまうということも、当然考えられます、と冷淡きわまりない。本体を売ってくれたときのあの不必要なまでの熱意が嘘《うそ》のようだ。封印されたメッセージを表に引きだしてやるには、どうしてもカートリッジが必要になる。停電にでもなって設定が初期化されたら、たいへんなことになるからだ。しかし、どうあがいても無駄だった。ないものはないのである。どこかにあるかもしれないと考えることじたいおかしいのだ。じゃあ、次回入荷分のうち、ふたつ取り置いてください、と彼はなるべく自然な口調を装《よそお》いながら言った。注文、ということですね？　そうです、注文、ということになります。それでは、ここにお名前と電話番号を。命じられるまま彼はそれを用紙に記そうとして、ふと、思いとどまり、申し訳ありませんが、いま代金を払ってしまいますから、郵送していただけませんか、と頼んでみた。おばさんは、お望みならそういたしましょう、と棚からおなじくらいの大きさのインクカートリッジの箱をふたつ取ってきてカウンターのわきの秤《はかり》にのせ、料金表を見ながら送料を割り出した。彼は必要金額の小切手を切り、名前と電話番号の下に船の住所を書き加えて、「船」と但《ただ》し書きをしたうえで、イラストも添えた。それを見て、おばさんははじめて人間らしい表情を浮かべ、小包の宛名《あてな》にこの船の絵も描けってことですか？　と彼の目を見つめた。ええ、できれば、と彼は応《こた》えた。

＊

なにやら騒がしい大通りを突っ切って郊外バスの停留所まで行き、帰りの便を待ちながらすぐ横の古書店の廉価《れんか》な平台をちらちらと彼は眺める。そして、いちばん手前の列の、スチール写真をあしらった一冊の本のタイトルを見てはっと気づいた。先ほどのひとだかりは、「無用ないくさ」と「その無用さの有用性を支える論理の薄弱さ」に異を唱える人々の示威行進だったのだ。道理で交通規制が敷かれ、ただでさえ本数の少ないバスが間引きされていたわけである。雨よけの固い透明フィルムにくるまれていたその本をさっと抜きだし、店番の男性に断ってなかをたしかめたうえで、彼はそれを手に入れた。ルイ・ペルゴー『ボタン戦争』。一九六三年、その前々年の映画化を機に復刊されたメルキュール・ド・フランス社の叢書《そうしょ》の、これは六五年の版だった。購買欲をそそられたのは、安さのせいではなく、作者緒言につづく第一章が「宣戦布告」と題されており、そのエピグラフに掲げられているモンテーニュの言葉があまりにも生々しかったからである。「戦争に関していえば……それがどれほどつまらないことがきっかけで騒がれ、どれほど軽薄なことどもを機に終わるのか、それを考えると可笑《おか》しくなる。たとえば全アジアが、パリスの淫猥《いんわい》なおこないのために戦乱に身を投じ、消尽したのだ」（第二巻、第十二章）。パリスとは、あのスパルタの王妃へレネを奪ってトロイ戦争の原因をつくった男だが、春の陽気を台なしにするような現代のいくさの原因は、邪淫や淫蕩《いんとう》より暗いものになっている。いくさなんて、いつ、どんな時代でも愚かなものだ。しかし、その原初の愚かさゆえにやさしさがあふれ出るたぐいまれな事例もあって、どうやらペルゴーの本はそういう物語のようだった。ようだった、とはまた無責任ないいぐさだが、それはイヴ・ロベールが『禁じられた遊び』のフランソワ・ボワイエの脚本で『わんぱく戦争』として映像化している別世界のほうからの類推であり、いきなり提示されたフランス戦乱期の哲人の言葉による思い込みのせいでもある。郊外バスの道のりはながい。彼はペルゴーが駆使する田舎ことばに難渋しつつ、車中でも、そして船中でも、点滅するファクスの赤いランプを目の隅で見守りながらずっと読みつづけ、少年たちの不穏ではない戦列に加わった。

気温一〇度、湿度三九パーセント、南東の風、風力二、気圧一〇一七ミリバール。

＊

＊

舞台は十九世紀末、第三共和制下にあるフランスの地方の、隣り合っているふたつの村。大将ルブラック率いるロンジュヴェルヌ村と、アズテック・デ・ゲー率いるヴェルラン村の悪童どもが、境界地域の共有地のなかで知恵をしぼり、あの手この手の真剣な戦争ごっこを繰りひろげる。授業を終えるやすぐに集結して敵陣で待ち伏せしあうのだが、少年たちが履いているのは現代に移された映画のなかとちがって木靴だから、ポコポコと愛らしいひづめのような音が響く。この戦争には、地面との接触がある。石を投げあい、棍棒《こんぼう》でたたきあい、捕虜たちの服からボタンというボタンをむしり取り、ボタン穴を切りさいて役立たずにし、ときにはズボンを奪って裸で放り出す。子どももなんぞみなろくでなしだと信じて疑わない、かつては自分も子どもであったことを忘れている親たちほど恐ろしいものはない。こんなふうになるまでいったいどこをどうほっつき歩いていたのかと怒鳴られないよう、ロンジュヴェルヌ軍は戦うたびにボタンの備蓄をつくる。家からくすねた裁縫道具も準備する。相手をいかに正しく辱《はずかし》めるか。そして、いかに正しく辱めを回避するか。大将ルブラックは、投げる石だけ小袋に詰め、ボタンを剝《は》ぎ取られないよう最初から素っ裸で戦うという奇策を考えたりする知将だった。つかまえたり、捕らえられたり、裏切り者に苦しめられたり、およそ闘いの雛形《ひながた》は出そろっているのだが、作者ペルゴーは、学校の教師や親との闘いも同時進行させていかなければならない子どもたちの行動のあいまに、少年時代に目に焼きつけてきた印象深い自然描写を挟み込む。宣戦布告ですら、そんな季節の限定のあとになされるのだ。

＊

「それは十月の朝だった。おおきな灰色の雲に乱れた空が地平線を近くの丘で区切り、野に憂鬱《ゆううつ》そうな趣をあたえている。プラムの木々には実ひとつなく、林檎《りんご》の木々は黄色く、クルミの木の葉は、ゆったりと滑るように舞い落ち、はじめはゆるやかに、そして落下の角度が鋭くなると、禿鷹《はげたか》の急降下さながら一挙に落ちていく。大気は湿って、なまあたたかかった。風が波打つように、間をおいて吹き抜けていった。脱穀機の単調なうねりが鈍い音をひびかせ、麦の束が呑《の》み込まれると、ときおりながく尾を引いて、陰鬱な嘆きになる。それはまるで苦悩に打ちひしがれたすすり泣きか、苦しげなうめき声のようだった。／夏が終わったばかりで、秋が生まれようとしていた」

＊

悪童たちの生き生きとした言動を追っていると、これが異郷の、それも十九世紀末の片田舎の話だということを、彼はつい忘れてしまうのだった。なにしろあたらしい国際基準となったメートル法教育が、ようやくなされはじめた時代である。村には新奇なものへのまなざしと、旧弊なものへの執着が同程度に残っていた。ロンジュヴェルヌ村は無神論者もいる共和派、ヴェルラン村はこちこちのカトリックで、彼らのいがみあいの裏には宗教的な立場のちがいもあるにはあったけれど、のっけから引用された十六世紀の思想家が言うように、そのおおもとにあるのは、まことにくだらない事件だった。家畜がとつぜん真っ黒になって死んでしまう恐ろしい疫病《えきびょう》が流行《はや》ったころ、どこからやってきたのか定かでない牛泥棒の一団が、闇《やみ》にまぎれて数頭を盗み、連れ去ろうとした。すると、そのなかの一頭が、ちょうどふたつの村の共有地になっている牧場のあたりで病に倒れ、息絶えた。どうすることもできず、泥棒たちは牛を置き去りにして姿をくらますのだが、季節は夏で、牛はたちまち腐敗し、疫病を運ぶ蠅《はえ》を集めて異臭を放つことになった。ふだん牧草地を独占しているヴェルラン村はその始末を嫌がり、発見者となったロンジュヴェルヌ村に処理を押しつけようとする。押しつけられた側は、都市から判事たちを呼び寄せ、現場での裁定を依頼した。病気をおそれて始末しようとしないヴェルラン側にたいし、ロンジュヴェルヌ側が勇敢にもそれを承諾した結果、一刻もはやく係争を解決してその場を立ち去りたい判事たちは、処理の責任を負った以上、この土地もロンジュヴェルヌのものだと言い渡した。

＊

ヴェルラン村の男たちは、土地を持っていかれたうえに、腐った牛の片づけもできない弱虫だと馬鹿《ばか》にされる。協力して片づければいいものを、つまらない意地の張り合いで敵対心が生まれ、以後、延々とそのいがみあいが子どもたちに受け継がれてきたというわけである。トロイの木馬ではなく、泥棒たちが残していった病気の牛が発端だなんて、彼が暮らしている二十一世紀に不安をまき散らしている害悪のありかたと大差がない。しかしそれで殺し合いに走ったりしないのは、敵対している者どうしが、たがいの顔を見ながら、現場でまっすぐにののしりあっているからであり、いくさの伝統を子どもたちに受け継ぐとき、親となったかつての悪童どもの脳裡《のうり》に、「子どもらにとって、父親と母親がそろっているなんて、まったく不幸せなこった」と嘆いていた時代の真実をあっさり捨てたうしろめたさが「まっとうに」刻まれているからなのだ、と彼は思った。自分で自分に嘘をついてしまった瞬間、ひとは大人になる。村は、地方は、国家は、文字どおり、スイッチひとつですべて終了するボタン戦争に走る。するとあの現存艦隊が音もなく動きだし、敵方のボタンを奪うまえに、水面下で発射された愚かな飛び道具によって、なにもかもきれいさっぱり片づけられることになるのだ。

＊

ルイ・ペルゴーは一八八二年、公立の小学校、つまり宗教教育をおこなわない小学校教師の父と、おなじ村の農家出身の母とのあいだに生まれ、コンテ地方の美しい自然のなかで育った。七歳のとき、父親の転勤にともなって幼少時を過ごした土地を離れはしたものの、都会にはない友人たちとの遊びは、のちの小説にその影をとどめている。一九一〇年にはじめての小説『動物物語集、キツネからカササギまで』で伝統ある文学賞を射止めているけれど、文学史的にはあまり知られていない書き手である。『ボタン戦争』は一九一二年の作品で、これはたいへんな評判になったのだが、ペルゴー自身は一九一五年、第一次世界大戦のさなか、前線で傷ついて動けなくなったところを、なんと味方の機銃掃射で命を落としたと言われている。享年《きょうねん》、三十三歳。当然ながら、彼は遊びではない戦争の真実を学ぶ術《すべ》を持っていなかった。イヴ・ロベールが『ボタン戦争』を映像化したのは、東と西を代表する大国が西インド諸島最大の島に建設されそうな東側の飛び道具の基地を、つまりは腐った牛をどうするかでもめていたころのことだ。牛の処理の責任を押しつけるかわりに協調的な態度を取った西の為政者は、もっとおとなしい飛び道具で暗殺された。もはや後戻りのきかない方法による、あやまったいくさへの警鐘が書名にこめられているのは明白だが、ペルゴーの小説は、書き手自身の不幸な死にざまにもかかわらず、あからさまな反戦小説ではない、と彼は読んだ。ボタンは押すものではなくて、相手の顔をしっかり見てのしり、殴りあい、蹴飛《けと》ばしあい、そのうえで引きちぎったり糸を切り落としたりするための具体的なかけひきの道具であり、悪事にいたる前段階のいたずらの、ただしい行使法を学ぶ「まっとうな」手段なのだ。それを理解している者だけが、ひとの命にはかかわりのないボタンに触れることを許されるのである。

＊

ならば、彼の視界の隅のほう、キッチンカウンターの近くで力弱く点滅しているファクスの赤い警告ランプは、「まっとうな」ボタンなのか。郵送されてきた手紙なら、ナイフやハサミがあれば、また人差し指があれば、開封して読むことができる。けれども電子情報に変換された手紙は、しかるべき道具がなければなんの役にも立たないのだった。ぼんやりした赤い光を発するボタンを兼ねた忌《い》まわしいエラーメッセージは、イカスミのごとく黒インクを噴射するカートリッジが到着するまでずっと彼を悩ませつづけるのだ。これをいくさと呼ばずして、なんと呼ぶべきだろうか。

20

突然、彼は生牡蠣《なまがき》を食べるのに安全だと一般にそう考えられている季節が終わってしまったことに気づいて愕然《がくぜん》とする。大家の好物であり、愛する樽《たる》のなかの酒と合わせるのにこれほどすばらしいものはない牡蠣を、彼はまた口にすることなく終わるのだろうか。控えるよう医者から命じられていたのに、無理を押してわざわざ食べに行ったら、年中無休のはずの店がなぜか臨時休業だったりしたときの落胆を自分に納得させるために、「不運」なんて言葉を使うなと大家はいつものご高説を垂れていたが、定期的に出かける教会まえの市場でカルロット・フィーヌという肉のたっぷりした牡蠣の、大きさによって振られている番号札にちらちらと視線を投げつつ素通りしてきたのは、「不運」ではなくて彼の意志にもとづくものだったと言っておきたいところだ。しかし、じっさいには、ほかに仕入れておくべき食料や生活雑貨が多すぎて手がまわらなかったのである。これは「不運」ではなく、むしろ「不幸」と呼ぶべきだろう。牡蠣はなじみの魚屋のスタンドでは売られていなくて、産地直送としてひろげられた牡蠣だけを売る、ゴム長に防水の厚い腰巻きをした小柄なおじさんふたりが銅鑼《どら》声《ごえ》をはりあげて客寄せをする臨時スタンドにまとめて置かれている。シーズン中であれば毎週かならず市場で会う彼らに声をかけるより先に、リュックは肉やら野菜やらではや満杯、白ワインを買う余裕もなくなって、自然、通り過ぎてしまう。ところがそのやかましい二人組がいつのまにか姿を消し、空席に洗剤や石鹼《せっけん》をあつかうべつのスタンドが立っていた。春が近くなれば、牡蠣は遠くなる。隣の客はよく牡蠣食う客だ。そんな駄洒落《だじゃれ》を子どものころ誰もが一度は口にした覚えがあるはずだが、もはや彼の隣で牡蠣を食べている客などいはしなかった。しかし彼はみずからの卑《いや》しさもよく心得ていた。食べられないとなればなおさら欲しくなる。薄めの肉が入った小ぶりな牡蠣にエシャロットと赤ワインビネガーでこしらえたソースを垂らしてじゅるりと吸いあげ、軽く二度ほど嚙《か》んでごくりと呑《の》み込みたい。これにライ麦パンと発酵バターがあれば言うことなしだ。船上生活者として、牡蠣を口にできなかったのは痛恨の極みだ、と彼は嘆かずにいられなかった。その痛みを和らげるために、彼は枕木さんが送ってくれた日本語版『チェーホフ全集』の端本《はほん》から、「かき」を読み返すことにした。スグリに牡蠣。この偉大なロシア人作家の作品を料理本のように扱うことに、いささかのためらいを覚えながら。

*

「小雨もよいの、ある秋の夕暮れだった」と当時八歳の少年は回想する。彼は父親に連れられてモスクワの大通りにたたずんでいる。父は「着古した夏外套《なつがいとう》をはおって、白っぽい綿がはみだした毛の帽子をかぶっている。足には、だぶだぶな重いオーバシューズをはいている。父は、もともと、見えぼうな性分だから、素足の上にじかにオーバシューズをはいているのをよその人に見られるのが気になるらしく、古い皮きゃはんをすねの上までぐっと引っぱりあげた」(以下、神西清訳)。父親は五カ月まえにこの大都会に出てきて仕事を探していたのだがどうしても見つからず、ついに食べものを買う金もなくなって、物乞《ものご》いをしようと街路に立つ。通りの真向かいに飲食店があり、窓から大勢の人影が見える。腹が空《す》きすぎているせいか、少年の五感は尋常でなく鋭敏になって視力まで増し、貼《は》り紙の文字が読めた。そこには、「か・き……」と書かれていた。「かき」ってなんだろう? 聞いたこともない言葉の意味を、彼は父親にたずねる。ところが父は、どうぞおめぐみをのひとことが言えず悶々《もんもん》とし、道行くひとに近づいて袖《そで》に触りさえしているのに、相手が振り返るや「失礼しました」と詫《わ》びるようなありさまで、「かきってなあに?」という息子の質問にも気を入れて応《こた》えることができない。「そういう生きものだよ。……海にいるな……」。父親がぼんやりそう言うと、少年は「とたんに、この見たことのない海の生きものを、心の中でえがいてみる。それは、きっと、さかなとえびのあいのこにちがいない。そして、海の生きものというからには、それを使って、かおりの高いこしょうや月桂樹《げっけいじゅ》の葉を入れた、とてもおいしい熱いスープだの、軟骨を入れたややすっぱい肉スープだの、えびソースだの、わさびをそえたひやし料理などをこしらえるにちがいない」と妄想をたくましくする。「商人」とはなにかと息子に質問されて、それをきちんと説明するかわりに行商人だの闇《やみ》商人だのという熟語を投げつけた枕木さんの友人の奥さんの話が、彼の頭をよぎる。この物語の父親の説明は、いくら火急の仕事におされて焦《あせ》りを感じていたとはいえ、はたして適切なものだっただろうか。彼にはわからない。どのような問題についても即答できないのが彼の性格であり、また即答を避けるのが信条でもあるから。

*

少年の頭は、いまや牡蠣をつかった料理でいっぱいだ。さまざまなにおいが想像のなかで鼻腔《びこう》を刺激する。考えれば考えるほどお腹《なか》がすいて、いつ倒れてもおかしくないくらいふらふらする。そこで少年はふたたび問う。「とうちゃん、かきって精進料理なの、それとも、なまぐさ料理なの?」訳者は「なまぐさ」の部分に傍点を振って少年の期待と不安をあおっている。肉や魚を用いるのか、植物性の素材だけにしぼるのか。そう、牡蠣のなんたるかを、少年はいまだ理解していないのである。生きたまま食べるんだ、かめのように固い殻に守られているものだがね、と父親から聞いたとたん、だから幻想は色を失い、あたらしいまぼろしを生む。

*

「一匹のかえるがからの中にうずくまって、そこから大きなぎらぎら光る二つの目を見はりながら、気味のわるいあごをもぐもぐ動かしている。それからぼくは、からをかぶり、はさみを持ち、両眼をぎらぎらかがやかせ、つるつるした皮膚におおわれた、この生きものを市場から運んでくるありさまを、心にえがいてみる。……子どもたちは、みんなかくれる。料理女は、気味わるそうに顔をしかめながら、その生きもののはさみをつかんで皿の上にのせ、食堂に運ぶ。おとなの人たちが、それを取って食べる。……生きたまま、目玉も、歯も、足もそろったやつを！　その生きものは、きゅうきゅう鳴いて、くちびるにかみつこうともがく。……」

＊

生牡蠣にあたって死ぬ思いをした、と嬉《うれ》しそうに語るひとを彼は何人か知っている。嬉しそうに、という表現を選んでいるのはもちろん彼のほうであって、御本人が嬉しくてたまらないと説明しているわけではないのだが、死に至る心配のない肉体的苦しみが話題になると、ひとはたいてい饒舌《じょうぜつ》になるものだ。頭痛、肩こり、腰痛。食あたりもそのうちのひとつで、事後の語りという段においては、弁当のおかずや不衛生な水にやられた場合より牡蠣のほうがあきらかにきらびやかで豪奢《ごうしゃ》な感じがする。もっと言えば、自宅で食した場合よりも、旅先で不意打ちを食らったときのほうが症例としても話し映え、聞き映えがする。あたる、あたらないは、合う、合わないの問題でもあって、おなじテーブルでおなじ分量だけ食べているのに、片方はやられて片方は大丈夫だったとする不公平もまた、食あたりをめぐる回想にふける者たちにとって独特の優越感を与える要素となるらしい。つまり牡蠣のなんたるかを知らないチェーホフの少年と、知っていながら食する機会があまりなかった彼のような人間には、等しく幻想の入り込む余地があるということだ。少年の幻想は読者たる彼の幻想と確実に一致していた。恐ろしい生きものが、なまぬるい海の底にうごめいている。にもかかわらずこれだけ多くのひとが呑み込んでいるとなれば、たいへんな美味にちがいない。腹を空かせて死ぬくらいなら、あたって苦しんでも一度は胃を満たしてやれるほうがいいに決まっている。我慢できずに少年は牡蠣を食べさせてくれと叫ぶ。すると、物好きな紳士がふたり、その声を耳にして、おまえが牡蠣を食うのか、そいつは愉快だ、食って見ろと飲食店に連れて行く。少年は「なにやらすべすべしてしおからい、水っぽくてかびくさいもの」をひたすら食べまくり、がりがりと殻を噛《か》んだりして大いに笑われた。一方、父親は牡蠣にすらありつけず、旦那方《だんながた》にほどこしをたのむことさえ忘れてしまう。少年の幻想において、牡蠣はスグリのような待機の時間の代価ではありえない。頼んですぐ口にし、そのねばつきを拭《ぬぐ》い去ることのできないあやしげな消耗品のままだ。楽しみにしていた牡蠣にありつくことができなかった彼は、満たされなかった食欲よりずっとさもしい想《おも》いにとらわれている。

＊

そう、自分はやはり「現実の牡蠣」と向き合うことを先のばしにする堪《こら》え性のない、この少年のように貴重なまぼろしをあっというまに失効させるたぐいの人間なのではないか。数年の時を待たねばならないスグリの実とはあまりに話の格がちがいすぎる。風邪までひいてしまったらしい少年の父親の悔やみ方のほうが、彼にはむしろ近しかった。「……じっさい、わしは、なんて妙ちきりんな、ばか者だろう。……あのだんなたちが、かきの代金に大枚十ルーブリをはらうのを、この目で見ていながら、なんだって、わしは、そばによって、いくらかでも……ちょっと貸してください――とたのんでみる気にならなかったのだ？　きっと、貸してくれたろうに」。そのとおり、彼もまた「妙ちきりんな、ばか者」に近かった。しかし馬鹿《ばか》を見るほどの正直者でありたいとの願いは捨てていなかったのである。そのことをしかと認識していさえすれば、ほんとうの馬鹿から少し離れていられるだろう。少年の父親が他人の金を受け取らなくてよかった、と彼は胸を撫《な》でおろす。だが、やっぱり牡蠣を食べればよかったとあきらめきれていないのも事実で、大家の忠告に反して彼は今回の失態をやはり「不運」と呼びたくなるのだった。

＊

気温一二度、湿度四〇パーセント、南西の風、風力三、気圧一〇二一ミリバール。

＊

水位はいつもと変わらず、彼の船のわきを白い発泡スチロールの破片が、沈みたくとも沈むことのできない素材のせつなさを剝《む》き出しにして、ゆらりゆらりと流れていく。むかし発泡スチロールで船を造って水に浮かべて遊んでいたとき、およそ船というものは、船体の一部が水面下に隠れるような構造でなければ安定しないのだと教えられたことがある。計算ではなく経験から、ぜんたいの何割を水に沈めたらいいかを推し量ることはできないものだろうか。とろんとろんと眠そうに揺れる船の窓の外に波の様子をうかがいながら、できるはずだし、また、しなければならない、と彼は自分に言い聞かせた。たゆたえども沈まず。そんな文言を標語に掲げた古い都市がこの船の上流にある。しかし逆説的なことに、「完全に沈んで」しまわないためには、「適切に沈んで」いなければならないのだ。船は、ひとの譬喩《ひゆ》にもなる。ひとりの人間は、多数の人間の海で、河で、「適切に沈んで」いる。適切さの度合いはもちろん千差万別ではあるけれど、自分にもっともふさわしい加減を見出《みいだ》し、それを保ちえていることこそが、彼の考える理想としての「まっとうさ」なのだった。もしその説明不能の基準が手に入れば、もぎたてのスグリの実はいつかかならずとどけられる。そして、駄目な場合にはぶくぶくと醜い泡を吹きあげながら水中に没し、怪物Kが差し出す巨大な真珠のきらめきに目がくらんで、二度と陸にはあがれないだろう。

＊

Kの真珠の内側から発せられた甘い乳色の光は、船乗りに向けられたひとつのメッセージである。だが、いったい、なんの？　この珠《たま》はアコヤガイではなく、巨大な牡蠣が育てたのだとでも言いたかったのだろうか？　あの球体をもらい受ける代わりに、人差し指でボタンを押すみたいに返していたら、ステファノ船長はどうなっていただろう？　青は進め、黄色は注意、赤は止まれ。あれからずっと点滅をつづけて未読のメッセージがあることを告げていたファクスの赤いボタンは、このところ小包が多いですねとなぜか嬉しそうに配達夫が届けてくれた、青いボールペンで稚拙な船の絵が描かれている包みのなかの、待望のインクカートリッジを取り替えたおかげで、みごと文字に移すことができた。十日以上も放ってあった電子の記録を救い出してみると、腹立たしいことにそれは管理会社からの連絡で、形式的ではありますが、まもなく契約の更新時期を迎えます、継続の御意志がない場合、すみやかに御連絡ください、御返答がない場合は更新するものとして、追って必要書類を送付いたします、とあった。そのままにしておいたのにとくべつ連絡もなかったので、火急の報《しら》せでないらしいことは察しがついていたのだが、これがあの文具店のおばさんとの交渉劇の結末かと思うと、彼は落胆を隠せなかった。

＊

大家の許可があるとはいえ、家具つきの短期貸し出し物件としての扱いになるので、書面上ではいつからいつまでと正確に期間を記入してほしいという担当者の説明は記憶にもある。いくら凡々たる日々であったとしても、この船での生活がわずかな数字で置き換えられているのを、何年から何年までこの住居に誰それが住んだという町なかの観光案内板を眺めるときみたいに、彼は奇妙な開放感のなかで見つめていた。暮らしの密度は、ひとが息をして動きまわっていた居住空間の内圧は、数字で代弁することなどできないはずなのに。船の殻のなかにあったのは、ぐにゃりとした牡蠣《かき》の中身だったかもしれない。しかし、たとえ安っぽいものでも砂粒をそこに忍ばせてあったとしたら、かすかな分泌物《ぶんぴつぶつ》が傷を隠し、この世でひとつしかない、いびつだが真正の珠をつくりだすだろう。何年何月に仕込み、何年何月に採取と記録された、商品には至らない珠。海中に「適切に沈んで」いた時間は、「かたち」でしか示すことができない、と彼は考える。同時にまた、おそらくは故意に見逃してきたことがひとつあったとも思うのである。それは、あのチェーホフの少年の願いをまがりなりにもかなえてくれた紳士たちの存在だ。外に出ていく機会を与えてくれる彼らと、籠《こも》ろうとする者の関係。特定しがたい彼らの存在を通してのみ、殻の内側は外の世界とつながる。彼も、大家も、枕木さんも、彼の妹も、そして煩雑《はんざつ》な契約をいっさいすりぬけて管理会社の目の届かないやりかたでここに住んでいたらしい女性も、みな外に出ていく意志を持ち、意志を支える不特定多数の誰かとむすばれている。大家は彼を、社交的だと評していたではないか。たしかに、社交的でない人間など、どこにもいない。交わり方に差異があるだけで、交わっているという事実は厳然としてそこにある。彼の殻をやぶってくれるのは、あの軋《きし》みがちな自転車の音くらいのものだが、それを迎え入れるためであっても彼は安易に外へ足を踏み出さなかった。デッキの、水と陸と船のエッジに立って周囲を見渡すだけだ。すると、土手のうえで、配達夫がながい脚をコンパス状にひろげてサドルから降りるのが目に映った。

＊

それでですね、群から離れるときは、彼らをぜったい平らな草地に残してはいけないそうなんですよ、と配達夫は左手に珈琲《コーヒー》カップを持ったまま右手で電極を宙に描きながら言う。土地の訛《なま》りがわたしにはよくわからなくて、その村の近くで生まれ育った女ともだちに通訳してもらったんですが、季節はずれで暇をもてあましていたその羊飼いによりますと、雌の羊ってやつは仰向《あおむ》けに転がる習性があるんだそうです。で、彼女たちがまるまる太っていたりしたら、このくらいの石ころがあるだけでひっかかって、もう起きあがることができなくなる、と今度はカップを下ろして両手の指でこしらえた円を彼に見せた。なるほど、じゃあ、羊飼いが戻ってくるまで彼女たちはごろごろしているわけだ、と彼は合いの手を入れる。そうなんです、でもそれがじつにあぶなくて、彼女たちは起きあがろうともがいているうち空気を飲み込み、吐き出せないまま窒息死することがあるんですよ、だから斜面に放置するんです。ほほう、と彼は素直に感心した。

＊

　配達夫はファクスのデータが無事引き出せたという彼の話に喜び、黄色い猫を同僚が目撃していますと報告してくれたあとで、週末に女ともだちの郷里だという中央山塊の村に出かけたときの土産話をしてくれているのだ。まったく、われわれの話題といえば、カメに猫に羊かと呆《あき》れつつ、彼は配達夫の優雅な身振り手振りと魔法のように音楽的な、ふにゃりとしたアクセントの魅力に抗しきれない。配達夫は夏の移牧の現場を見たわけではなく、羊飼いの語りを通して想像した群の力に圧倒されているのだった。天候の状態にもよるが、羊飼いたちは毎年、五月か六月頃に山に入り、秋までとどまって移牧をする。白い綿をまるめてちらしたような、その移動する絨毯《じゅうたん》の映像が、頭からなかなか離れてくれないらしい。話を聞いているだけで、なんだかわくわくしてくるんですよ、と配達夫は笑みを浮かべた。移牧って言葉じたい、わたしにはとても新鮮でしたが、要するにこれは、毎年毎年、おなじことの反復なんですね、でも反復にまで持っていくのが大変で、だからこそ楽しいんだそうです。群をその前年と変わらない状態にまとめあげるには、技と経験がいる。そのための有効な手段は、個体にかならずおなじ鈴をつけてやることなんです。とくに雌の羊は、前回じぶんがつけてもらった鈴の音をよく覚えていて、ちがう音のするものをぶら下げられたりすると怒りだすらしい。まえの年のものをつけた羊にくってかかるんです。でも、何百頭もの群の一体一体に、おなじ鈴をつけるなんてどうしたら可能だと思います？　語りながら配達夫が徐々に昂揚《こうよう》してくるのが彼にはわかった。さあて、どうかな。彼の反応に、一拍、二拍、三拍と置いて、配達夫は興奮を抑えるように正解を告げた。ひとつひとつ鳴らしさえすれば、それぞれ自分の鈴を取りに来るんですって！　そいつはなかなか深い話だ、と彼も思わず溜息《ためいき》まじりになる。じゃあ、羊たちがいちばん嫌うものはなんだかご存知ですか？　彼は自信をもって、狼《おおかみ》だろうね、と応《こた》える。そのとおり、かつてはそうでした。でも、いま狼なんていませんよ、と配達夫は重大な秘密を打ち明けるかのように背中を丸めて彼のほうに身を乗り出す。それは、ですね、雨、なんです、風をともなう雨。連中は耳に水が入るのを嫌うんです。じゃあ、つぎの問題。雨風を防ぐにはどうしたらいいでしょう？　雲の流れを読んで、天気が崩れそうになったら脚を速めることかな、と彼。雲も大切でしょうね、でもそんな必要はないんです、羊たちの食いっぷりを観察してれば、すぐに天気がわかる。冬眠の原理です。やたらと食べつづけている場合には、その後の雨風でまっとうな食事ができなくなるのを見越してのことだから、かならず雨が降る！　どうです、感動的でしょう？　そんな力がわたしにもあったらなと思いますよ。

＊

そこまで聞いて、彼は言葉を返した。そんな力って、食い溜めする能力のことを言ってるのか、天気の予知能力のことを言ってるのか、どちらなの？　あとのほうですよ、もちろん、と配達夫は急に真顔になる。だって、食い溜めする力はもう備わってますからね。なるほど、そういえば、ここであなたがクレープをまとめ食いして行ったあとはよく雨が降る、と彼は相手の隙《すき》を突き、逆にこうたずねた。牡蠣を腹いっぱい食べたことありますか？　配達夫の能弁がそこでぱたりと止まる。ありません。でも、どうしていきなり牡蠣の話になるんです？　いえ、ちょっと聞いてみただけです、と彼は謎《なぞ》めかしておいた。

21

朝方、薄い意識のなかで雷鳴が聞こえて目を覚ますと、浴槽に浮かべた玩具《おもちゃ》の船が内壁に押しつけられたままもてあそばれているように、船ぜんたいが右へ左へと波打っていた。子どものころはあんなに水のうえが苦手だったのに、なしくずしにつづいてきた船上生活の成果なのだろう、たいていの揺れでは吐き気もめまいも感じなくなっていたのだが、それでも気分が悪くなるほどの振幅だった。縦揺れ、横揺れ、突きあげ、突き落とし、そして船腹とデッキと丸窓を順繰りにたたきつける雨風。水位がほんの数センチあがっただけで窓からの眺めはずいぶん変わる。上流の、もっと川幅の狭いところでは、水は相当な高さまで迫っているにちがいない。靄《もや》に烟《けむ》っていて異土の対岸はぼんやりとしか見えなかった。錨《いかり》を下ろし、舫綱《もやいづな》だけでなくワイヤーでもコンクリートの河岸にくくりつけてあるとはいえ、あまり揺れるようだとこの船だってぷつんと生命線を断ち切られて黄濁した水に飲まれないともかぎらない。例の豪華帆船はだいじょうぶだろうか、と彼は下流に目を移す。水ではなく得体の知れないなにかが液状化し、それが溶岩流みたいに一定方向に移動しているようだった。ゴミも、流木も、船も、怪物Kの姿も見えない。大海で風を孕《はら》むまえに帆が巻きあげられてただの柱になったところをへし折られでもしたら、強盗どころの騒ぎではなくなってしまうだろう。竜骨に直結する部位が折れることなど映画のなかでしかありえないと教えてくれたのは、船乗りでもある大家だった。しかし耳学問だけで生きてきた彼のような人間は、こんな天気のなかでも現実味を欠いたとんちんかんな夢想にふける。なにもかも砕けて沈んでしまえと自暴自棄になり、動かない船で遭難するという撞着《どうちゃく》の美しさを、身体《からだ》中で引き受けたくなるのだ。

*

時計の針は午前十時を指していた。ラジオのスイッチを入れてみると、案の定いつもより電波の入りがわるい。着替えをすませてそのラジオを持ったまま上にあがり、四角い窓からあらためて外の様子を確かめながら周波数を合わせていく。教会音楽、アズナブール、プロコフィエフ、アラビア語講座、リタ・クーリッジ、グレン・ミラー。機内放送のチャンネルでもいじっているようで、ますます浮世離れした気分になるのだった。おまけに、やっとのことで探り当てたニュースからは、信じがたい屁理《へ》《り》屈《くつ》が重なって出来《しゅったい》したいさかいに関する話ばかりこぼれてくる。世界はひろい。このひろい世界に、阿呆《あほう》は彼ひとりではなかった。種類も性質も異なる阿呆が、いたるところにくすぶっている。いっさいの利害関係、いっさいの権力図式から逃れ、言葉の真の意味で孤立してこそ正しい阿呆の地位を確保できるはずなのに、群れ集って傷を嘗《な》めあいながらなお自分を正統的な阿呆だと勘ちがいしている自信家がいっこうに減らない。われわれは、と彼は歯の浮くような一人称複数で考える。なんという無駄と忍耐をもって度しがたい不幸をつくりあげていくのだろう。彼の耳に、またしても大家の声が聞こえてくる。いいか、きみはまだ若いほうに属する人間だ、けっして大勢にはつくな、多数派に賛同するな、たとえ連中が正しくともだ、こいつは屁理屈なんかではない、なぜなら、数が多いというだけで、それはまちがっているからだよ。

*

気温七度、湿度五七パーセント、気圧九九八ミリバール、東北東の風。蒼白《あおじろ》い電光がときおり靄のむこうの木々の影を濃く照らす。その影の揺れをしばらく観察して、彼は風力七、もしくは八、と判定する。

*

市場へ出かけたときしか新聞は買わず、テレビも気まぐれにしかつけない生活に慣れてしまうと、天気の概況はラジオの言葉から想像するほかなくなる。視覚でとらえることができないので、彼は各地の気象通報を頭のなかで天気図に写していった。気象データはつねに遅れた情報だから、平均値による風力の確定とおなじく、画面や紙面に描かれた天気図もじつは過去の記録にすぎない。ひとつの場所の、任意の時間における気象状況を天気と名づけるとすれば、雲はこれからこちらへ動いていくだろうという予報の絵柄を天気図と呼ぶことはできないのだ。もっとも彼は、現在との時間差を内包しているがゆえに天気図を愛してきたのだともいえる。局地的な天気の観測をほぼ同時におこない、そのデータを集積するには、よく組織された機関の存在が不可欠である。天気図の原型は一八二〇年にドイツの物理学者ブランデスの手で引かれたことを彼は聞きかじっていたが、さすがに船だけのことはあって、書棚には半世紀ほどまえの版ながらどっしりした『気象学事典』があり、それによると、ブランデス以前にはハーレーの貿易風の領域を記した図があるらしい。ただしこれは十七世紀末の話で、貿易風は年間を通じて変化の少ない風だから大幅に書き換える必要はなく、天気図とは趣がちがう。しかもブランデスが使ったデータは、その前世紀に起きた暴風雨の資料を郵便で集めたものだったから、時間のずれがはなはだしい。その後、電信の発明によって、各地の気象状況を馬車や鉄道などとは比べものにならない速さで収集できるようになっていく。最初の本格的な天気図が作成されたのは、二十年以上の時を経た一八四九年。ことに英国のグレーシャーは天気のデータを表にして日刊紙に掲載し、大衆化の先鞭《せんべん》をつけた。一八五一年には、それをもとにした天気図が第一回の万国博覧会で販売されている、と事典は彼に教えてくれた。

＊

印象深いのは、一八五四年、クリミア戦争のさなかの逸話だ。ロシアの南下を阻止するために闘っていたトルコ、イギリス、フランス、サルディニア連合軍のうち、英《えい》仏《ふつ》連合艦隊が集結していたセヴァストーポリの沖合でとつぜん暴風雨が発生、仏艦の一隻《せき》が沈没した。闘わずして貴重な船を失った仏政府は、気候の急変は予測可能ではなかったかと疑いを抱き、その折の乱れた大気が南仏から黒海に抜けたものであることを解明した。自国の予報が届きさえしていれば、難を防ぐことができたわけである。そこで仏政府は、一八五六年から気象データを首都に集め、警報の発布をはじめた。つまり、天気図の作成とその解析は、戦争に必要な武器でもあったのだ。彼はどのようないくさにも加わっていないけれど、このあいだ郵便配達夫から聞いた中央山塊の羊たちみたいに雨でしばらくはじゅうぶんな草を食《は》むことができないと予知したうえでしっかり食いだめしておく能力があったのだろう、数日まえ、ふだんは半分しか食べきれない巨大な田舎パンをまるごとひとつ買っておいたし、保存のきくパスタ類と缶詰もしっかり買い込んでおいた。《卵と私》の網籠《あみかご》はもちろんあるから、オムレツでも《修道女のおなら》でもクレープでもなんでもできる。頭脳はたとえ羊と同列だとしても、こういう力はないよりもあったほうがいいのだ。激しい揺れのなかでなかば意地になってお湯を沸かし、足を踏ん張りながら豆を挽《ひ》いて、珈琲《コーヒー》をドリップする。市場の豆はどんなに丁寧に湯を落としても膨らまず漏斗状にすとんと陥没し、木々を押し倒しそうな河の水と大差のない色の液がとろとろと容器にたまって、それがまた黒々と揺れた。

＊

いま、この悪天候のなかで、自分は幸せなのだろうか、と彼は自問する。高等遊民なんてもう死語だけれど、下等ではあれ遊民の権利を得るために、彼はこの何年か人並み以上に根をつめて働いてきた。いや、そうではない。「少し」根をつめすぎたがゆえに、遊民の身分にみずからを擬して不要物を洗い流そうと思いはじめたのだ。「少し」働きすぎたような気がすると再会した大家に挨拶《あいさつ》したとき、ご老体はそれこそ「少し」きつい口調で、働き過ぎに「少し」だなんてことがあるものかと彼を難じた。だが彼は彼で、捨てるべきものは捨て、捨て切れないものは抱えたまま、その余計な「少し」を矯正するべく、こんな嵐《あらし》のなかでたゆたえども沈まぬ船の暮らしをつづけてきたのだと考えている。それがはたして正解だったかどうか、その答えはずっとのちに自分のなかで納得できるまで待たなければならない、ということもわかっていた。彼はラジオを切って、雨と風の音に耳を傾ける。音楽はかつて経験したことのないものを思い出させる、とロシアの作家が書いていた。自然の物音もまたひとつの音楽となって、彼の経験したことのないなにかを、言葉でたぐり寄せることができないなにかを引き寄せてくれるかもしれない。そんなふうに集めた言葉を、情景を、声を、一枚の大きな紙に記録していけば、彼なりの天気図ができあがるだろう。そして、できあがったとたん、それは過去のものとなるのだ。

＊

しかし、そんなふうにして描かれた天気図は、なんの痕跡《こんせき》を示しているのだろうか。ただ好きでやってきたことの足跡だろうか。好きなことをやる。そんないい加減なものの言いでは、いつか、かならず崩れる。崩れるのを怖がっているわけではないのだが、立ちなおりの可能な崩れ方とそうでない崩れ方があって、そこだけはしっかり見つめておくべきだと彼はまだ愚直に信じていた。趣味はどこまでいっても趣味にとどまる。そこには「賭《と》す」きびしさも「切り捨てる」つらさもない。なにがあっても避けるべきは、自身の性向と遊離した皮相な遊びに無理をしてつきあうことだ。彼には、安全に飲み干せる水がないからといって、それを濁った酒で代用してみる勇気がなかった。そんなことをしていたら、あともどりのきかない身体になってしまう。けっして大勢にはつくな、多数派に賛同するな、たとえ連中が正しくともだ、と言った大家の信条を、彼は完全に承伏できない面もあると断ったうえで、やはり大切にしようとしているのだろう。問題は、みずからの性向にそぐわないものを云々《うんぬん》するまえに、自分自身を見つけることなのだが、いったい、自分とは、「私」とはなんなのか？　カランカランと鈴を鳴らしたら戻ってきてくれる中央山塊の羊たちのように、怜悧《れいり》で、従順で、なおかつ頑固な「私」はどこにいるのか？

＊

風はいよいよ吹き荒れ、雨もそれにあおられて舞うせいか、まっすぐ落ちて来ないで、ざっ、ざっ、ざっ、と如雨露《じょうろ》で水をまいたように塊となって窓を打ちつける。木々の梢《こずえ》に切り裂かれた風の音が彼の耳のなかでかすれたひとの声に変化する。命の芯《しん》、とその声は告げているようだった。おまえに、命の芯を受け止める力があるのか、と。

＊

そんなわけで、と数日まえに配達夫が届けてくれたぶあつい手紙のなかで、彼には見えないはずの頭を掻《か》きながら枕木さんが語っていた。先だっては拙文への丁寧な感想をいただいて、どうもありがとう、恐縮しました。ご指摘のとおり、すでに外側へむいた目をぼくらは生まれたときから持っているんですね、それなのに、ぼくらの世代は、そういう目を閉ざせ閉ざせと命じられてきたのです。きみの言う阿呆とは、きっとそう命じてきた連中のことを意味するのでしょう。もちろん命じられるままになっていたぼくらのほうも阿呆なわけですが、でも、彼らを矯正するのはもう無理だと思うのです。自家中毒を起こして倒れてくれるまで辛抱強く待ち、それまでは自分の足もとを見つめてしっかり生きるしかない、そんなところまで来てしまっています。ぼくの発言にたいして、きみはいつも共感と理解を表明してくれますが（少なくとも、ぼくはそのように受け取りました）、そこに「わかる」という表現は使われていません。あなたの言いたいことはわかる、彼の言わんとすることはわかる、そんな節まわしに出てくるときの「わかる」の一語が、ぼくにはいつも「わからない」のですけれど、きみはそれをうまく避けてくれます。「わかる」と「わからない」で世界を半分ずつ分けていくと、ひとはみな不健康になる。他人の話をわかる、わからないの二分法で終わったことにしたり、たしかにわかるような気もするけれど、なにかが足りない、などと判定するのは、それが言いっぱなしでなく、自分に返ってくるしかたでなければ、なんの糧《かて》にもなりませんからね。

＊

他人の発言にたいして「わかる」と意思表示をするのは、ある意味で究極の覚悟を必要とする行為であり、まちがっても寛容さのあらわれではない。言いっぱなしで済ませられれば、こんなに簡単な話はないのだ。彼自身、それを何度繰り返し胸に言い聞かせてきたことだろう。そこにある青くささも彼は否定してはいない。しかし寛容さの表面に浮かんだやさしさは、ただの皮膜にすぎないのである。ほんとうの寛容さはつねに戦闘状態にあるはずで、寛容にする側もされる側も、どちらもぞんぶんに傷つく。だからこそ、程度のほどはべつにして、わかる、わからないを口にしたとき、自分を棚にあげない勇気の有無が問われるのだ。無意識の判断だなんて、恰好《かっこう》のいい言い抜けにすぎない。判断としての無意識は、意識的な鍛錬ののちに生まれてくる反応だからである。彼にとって、それはまことに自然な解釈なのだが、誰にとっても首肯できるものではないらしかった。多少は理解していながら、みずからを棚にあげるのを恐れてわからないふりをする者にたいして、未熟な彼はどうしても寛容になれなかった。青い、若いの一語で済ますことのできた猶予《ゆうよ》の時代はすでに遠い。高邁《こうまい》な理想をかかげているひとの、その高邁さに感銘を受けつつも、そこに生じた日常とのずれは、彼にとってうわべの矛盾ではなく、本質的な矛盾だった。だからこそ枕木さんの手紙の一節に、なにかが大きく反応するのを彼は感じたのである。

＊

これは枕木さんがひきつづきかかわることにした、ある雑誌の編集会議の場で批判的に出てきた言葉らしいのだが、枕木さんはそれについて深くは述べず、ちょっと謎《なぞ》めいた書き方でこんなふうに締めくくっていた。ぼくの周囲にいる阿呆たちには、たとえばきみの船上生活にはなくてぼくの古びた賃貸マンションの薄汚れた部屋や、幼い子どものいる若夫婦の団地暮らしにはある（と彼らが考える）ものがあって、それを生活臭と呼んでいるのですが、ぼくにはこんな整理のしかたがどうしても耐えられないのです。現在の仕事はそれこそ生活のためにやらざるをえないものですし、隠遁《いんとん》、潜伏と、なんでもいいのですけれど、そして、きみだってようやく至り着いた仕切りなおしの機会を生きているだけのことだから察してくださると思いますが、それは塵《ちり》ひとつない家具屋みたいな部屋を指しているわけでも、日々のやりくりを表に出さない社会人としての顔の維持を指しているわけでもないのです。生活臭がない、というときの彼らの目線が、無用ないくさを起こしている輩《やから》の節まわしと、どこかで似ているような気がしてならないのです。

＊

靄《もや》は晴れるどころか雲の灰色とともにますます濃くなり、対岸の木々が彼から見て右側に梢を大きく傾けてゆさゆさと枝葉を揺すっている。欧州を襲った歴史的大洪水ほどではないにしても、水量と船の揺れはあいかわらずで、彼は二杯目の珈琲を淹《い》れるために火に掛けたやかんがずり落ちないよう片手で押さえていた。ここに、この船に、生活臭はないといえるのか？　枕木さんが苦々しく感じているのは、たぶんこういう問いかけに隠された抽象化の詐術《さじゅつ》が、誰からも責められずに出まわっているからだろう。他人の暮らしのさまざまな局面をつぶさに観察できるなんてことは、独裁者が君臨する国でもないかぎりありえない。生活の臭《にお》いがする、しないは、内面的な充実度となんの関係もない。生活臭というくくり方のご都合主義と冷淡さに、連中は気づいていないのだ。あるのはただの生活であってその臭いではない。汚れものがベッドに放り投げてあったり、シンクに食器が突っ込まれたままになっていたりする外見を、彼らは具体的な暮らしの情景ととりちがえているか、とりちがえさせようとしているだけだ。ここには生活臭がないなんて平気で口走る者に、おそらく枕木さんは心の底で、じゃあ、あなたの生活にはどんな臭いがあるのかと難ずるだろう。そして、彼もまたそれに倣《なら》って問い返すだろう。あなたの暮らしに生活はあるのか、命の芯はあるのか、と。

＊

ステファノ船長の人生、そしてニコライ・イワーヌィチの半生には、生活臭なる用語に合致する空気はなかったかもしれない。だが、生きるうえで欠かせない命の芯はあった。どんなに寄り道をしても、そういう芯は腐らない。道なかばでも腐らない。ためらうという刻々の決断を反復していく覚悟があるかぎり、戦闘的な寛容さと弱さの持続があるかぎり、ほんとうの芯が育つまではとにかく長大な猶予期間を与えてもいいのだ。そこでまたしても彼の脳裡《のうり》に黄色い猫の姿がよぎる。暴風雨のなか、性別不明のあの猫は、いったいどこに避難しているのだろう。あれがもしモビー・ディックさながらに白い毛並みの持ち主だったら、彼はそこに意味ありげな空白を、たとえば虚無に似たメッセージを読んだかもしれない。命の芯の一語を彼に遺《のこ》した妹は、最《さい》期《ご》のころ、むずかしくてついていけないとこぼしながら、しばしば『白鯨』を読み返していた。白い鯨のその白さについて長々と考察する頁《ページ》を繰るたびに、白はひとつの色であるという以上に、すべての色の深い混合体であり、同時にまた色の欠如でもあって、広大な雪原の音なき空虚に意味を与えているのはまさにこの白の性質なのだとするイシュメールの言葉に、深くうなずいていた。空に浮かぶ雲の鮮やかな白に恐ろしさが感じられるのは、きっとそのせいよね。そんなふうに、雲の見えない病室の、真っ白い壁に囲まれたベッドで彼女は言って、白に幽閉されるのを避けるように「舵《かじ》柄《づか》を上手へ！　世界へ！」と高らかに出港を命じたエイハブ船長とおなじように、ここではない外の世界へ旅立とうとしていた。完璧《かんぺき》な空白を、なにも描かれていない白紙の鯨を目指して。

＊

だが、あの猫はまちがいなく黄色だった。欠如と過剰は紙一重だ。紙一重の白さと無縁な色。青は進め、赤は止まれ、黄色は注意。子どものころに覚えた交通信号の読み方にしたがうなら、黄色い猫はたしかに注意を払うべき存在なのかもしれない。進むべきか、止まるべきかを瞬時に決めろとうながす猫は、いまどこにいるのだろう。仲間と群れているのか、それともぽつんとひとりでいるのか。そのとき、彼の耳が、頭上でなにかが倒れる音をとらえた。少し引きずられてからひっくり返ったような音。あわてず、慎重に、彼はデッキに出る。強風にあおられて滑りでもしたら、たちまち濁流に呑《の》まれてしまうだろう。出入り口の周囲にめぐらされた細い手すりにつかまって、夜でもないのにまっくらなあたりの様子をうかがうと、折りたたみ式のデッキチェアとテーブルが横倒しになっていた。なんとか積み重ねたものの、河からの風が土手にあたって船を巻き込んでいるらしく、吹きあげられそうな勢いだ。彼はずぶぬれのまま船内にもどると、キッチンのワイン樽《だる》から、女性の死体のかわりに入っていたあのロープを、火事場のなんとかで担《かつ》ぎ出した。とっさにそれしか思いつかなかったのだ。このロープなら、太くて扱いにくいかわりに、重しにもなる。前後左右から吹きつける雨が耳のなかに入りこみ、彼は黄色い猫ではなくて羊のほうに親近の念を移しつつ手すりにロープの一端をしばりつけ、もう一方の端を倒した家具の脚に二重、三重に通し、しっかり固定してからそれをまた手すりにくくりつけた。立っているのがやっとの強風のなかでこんな作業ができるのだから、もういっぱしの船乗りだ。「舵柄を上手へ！　世界へ！」と彼は心のなかで叫ぶ。すると、黄濁した流れの真ん中に、黒い大きな生き物の影が、ちらりと見えたような気がした。

22

こんなこともあるんだな、と彼は配達夫に珈琲《コーヒー》のおかわりを注ぎながら言った。この船にはめったに客なんて来ないし、来たとしたって男ばかりでしょう、それが一転、たてつづけに大人の女性がふたりもやってきたんですからね。彼の左手に座ってふたきれ目のクグロフを口に入れようとしていた赤毛に近い彼女がそこですっと目をあげて、大人の女性だなんてまた風変わりな限定のしかたねえと言葉をはさむ。すると彼よりも先に、配達夫が応《こた》える。いつか話したことがあるよ、ほら、ここに船暮らしの女の子が遊びに来ていて、その子がジャムのなかではマルメロがいちばんだって勧めたものだから、以来この船の法定備品みたいになってさ、おかげでこちらもお裾《すそわ》分けしてもらったって話。あ、聞いた聞いた、そうなんだ、と彼女は恋人そっくりな手の動かし方をして言い、ジャムはともかくこのクグロフ、ほんとにあなたが焼いたの？　と彼女はフォークを持ったまま両手をひろげて彼のほうに言葉を振った。あなたがクレープの専門家で、国に帰ったらお店が開けるくらいの腕前だとは聞いていたけど、これはまた格別だわね。アルザス地方のひとと結婚したおばさんがいて、子どものころ遊びにいくとかならず朝食にこれが出たのよ、そのとき食べてたのよりずっと美味《おい》しいわ、こっそりパティシエの修業でもしてるんじゃない？　と口をもごもごさせながら彼女は言う。あなたの国の男のひとは、手先が器用で、工芸品みたいなお菓子を焼くんですって？

＊

そうか、パティシエの学校に通う手もあったな、といまだ定まらない身分を案じつつ彼は心のなかでつぶやき、ぜんぶ我流ですよ、あなたのために焼いたんですから、どんどん食べてください、といちおう胸を張る。あたしのために？　ええ、わが友の言葉を借りれば、船の法定備品に古いクグロフ型がありましてね、それを使いたかったんです。なにしろクレープはもうさんざん焼きましたから。何度練習したのかは、もちろん伏せておいた。使い込まれた美しい型には当初から目をつけていたのだが、むかし妹に習ったやりかたで二度ほど焼いてみたときには生地がその型にうまくなじまず、味がいまひとつ落ち着かなかった。ずいぶんまえからの約束を守って、いまや友人となった郵便配達夫が週末に女ともだちを連れて遊びに来ることが確実になった日、市場の卵屋のおばさんにクグロフを焼くつもりだと言ったら、ドライイーストが必要だよ、わかっていても買い忘れるのがドライイーストだからね、それからアーモンドと粉砂糖も！　と念を押されてひととおりの材料を仕入れたのだが、干しぶどうを買いながらそれをもどすためのラム酒のことがすっかり頭から抜け落ちていて、彼はしかたなく紅茶で戻した。それも、功を奏したようだった。彼女はもうすっかりうち解けた口調でお世辞ぬきにおいしいと繰り返し、それはそうと、さっきの話だけれど、要するにもうひとり大人の女性が来たってことよね、と彼に微笑《ほほえ》みかけた。配達夫は一拍遅れて、あっ、そうか、と声をあげ、じゃあ、例の、あなたのまえに住んでいたひとが訪ねて来たんですか、といささか興奮気味にあの磁界の秘密を明かす指先を無意識につくって女ともだちの言葉を継いだ。申し訳ない、と彼は配達夫のほうを向き、もうひとりやって来たのは事実だけど、残念ながら、例の女性ではないんだと応《こた》えてから、その隣に寄り添っている女ともだちに説明した。いつぞやの暴風雨で船の一部が破損したのではないかと思って管理会社に連絡を取ったら、最初にここへ連れてきてくれた担当者が辞めていて、後任が現状確認にやってきたんですよ。それが大人の女性だったってことなの？　と赤毛の彼女が大きな二重の目尻《めじり》を下げる。そのように認めざるをえませんね、と彼は小声で言った。

＊

台風の存在しないこの国の内陸部で彼が経験した数少ない暴風雨のうち、先だってこの船を襲ったのが、もっとも強烈なものだった。頑強な石造りの建物のなかではなく、いくら接岸しているとはいえ水に浮かび大揺れに揺れる船のなかでそれをやり過ごしたのは、彼にとっても貴重な体験となった。つながれた船で難破するという非現実的な状況を夢見ながら、吹き飛び音をたてて倒れた折りたたみ椅子《いす》とテーブルをずぶぬれになってロープでしばりつけ、ロープじたいの重みを生かすために余ったぶんはそのうえに積みあげておいたおかげで、そこだけは川面《かわも》からうねるように吹きあげる風に耐えてくれたのだが、天気が回復してから調べてみると、テーブルがデッキチェアともども横倒しになったとき金具の出っぱりがよほど強く打ちつけたらしく、窪《くぼ》みというにはややおとなしすぎる亀裂《きれつ》が足もとに走っていた。トップサイドタンクのうえにあたる部分なので、そこから雨水が入り込んだとすれば、側桁《そくけた》から船の側面にむけて天井代わりに走っている斜板の裏にたまって、壁の裏を腐食させる可能性もある。天災で傷がついたのなら当然のこと保険の対象になるはずだと彼は判断し、管理会社に電話をして担当者を呼びだしてもらおうとしたら、低くかすれた声の女性が応対に出て、最初に世話をしてくれた男性は退社したと言うではないか。そんなふうにあっさり告げられると、たいしてつきあいがあったわけでもないのに名残惜しい気がしてくるから不思議なものだ。T河岸の船を借りてる者ですが、と彼は名乗った。お話はうかがってます、更新手続きの件ですね、と彼女はひとつ咳払《せきばら》いをし、遅れて申し訳ありませんでした、書類は郵送しますからもうしばらくお待ち下さい、と落ち着いた受け答えをする。ところが彼のほうは更新手続きのことなどすっかり忘れていたので、少々うろたえた。更新しない場合のみ連絡せよとファクスのメモリーのなかでながいこと眠っていた送信票には書かれていたし、彼の現状からしても、また大家の病状からしても先のことはどうなるかわからなかったから、明確な意思表示をしないでそのまま流しておいたのだ。彼は更新するしないを自分の口からははっきり告げず、ただお願いしますとだけ言って、本題に入った。じつは、デッキに置いてあったテーブルが嵐《あらし》で倒れて、微妙なところに亀裂ができてしまったんです、補修が必要かどうか調べていただけませんか？　用件を聞き終わると彼女はいったん受話器を離して同僚となにやら相談し、ふたたび彼にむかって、最終的には保険会社のひとといっしょに検証する必要があるのですが、まずはわたしがうかがいます、ついでですから先ほどの書類は直接お持ちしますが、それでよろしいですねと言い、声の感じにまるでそぐわないてきぱきした話の進め方でそんなふうに日時を詰めると、当日、時間どおりに彼の船までやってきた。ただし、自転車で。

＊

自転車で？　配達夫の恋人はあたりまえのように自分でポットから珈琲を注ぎながら彼を見あげた。どこから乗ってくるかにもよるけど、ここは陸の孤島でしょ？　まあ、正確には川べりの孤島でしょうね、いずれにしても船は動けないんですから結果的には不便な場所になってますけれど、と彼が応える。配達夫もおしゃべりだが、赤毛の女性はまたちがったリズムでのおしゃべりで、その日はじめて会ったばかりなのに彼の言葉にむかしから知っている人間でなければできないような間合いで斬《き》り込んでくる。毎日自転車を漕《こ》いでるこのひとだって、集配所が近くにあるからなんとかなっているだけなのに、あの高速道路のジャンクションの下の坂道なんてとてもしのげないでしょ。配達夫はそれを聞いて、いや、そいつはかならずしも正しくないよ、今日はふたりだからきみの車を借りただけで、変速装置なしの集配自転車でも体力があればちゃんとのぼれるんだから、しっかりした機種なら女性だって大丈夫だと思うなあ、と彼にそれとなく同意を求めた。管理会社の女性は城郭都市の東側に住んでいて、西の港湾管理局の近辺にある会社まで、流線型ヘルメットにマイヨ・ジョーヌならぬマイヨ・ルージュを着こんだうえにプロ仕様の自転車で通勤しており、一日数十キロの遠出など負担にすらならない剛の者だった。高級機種だからブレーキの軋《きし》みなど聞こえるはずもなく、それどころかなにかが近づいてくる気配すら感じられなかったのだが、郵便配達夫がやってきそうな時間帯をずらして指定したその時刻にデッキに出てみると、すばらしく腿《もも》の発達した美しい自転車競技選手が、愛車とならんでそこに立っていた。管理会社の女性がやってくるとわかっていなければ、書類の運び屋かなにかと思ったにちがいない。ヘルメットに押しつけられて、汗ばんだ髪がこめかみにぺたりと張りついている。それをかすかな川風が撫《な》でていくまえに、彼女はリュックからとりだしたタオルでごしごしと額の汗を拭《ぬぐ》った。型どおりの挨拶《あいさつ》を交わしたあと彼の口から最初に出てきたのは、自転車でいらしたんですか？　という、おそらくこの状況では誰でもそう言うだろう陳腐な台詞《せりふ》だった。ご覧のとおり、と電話の声で彼女は軽くいなし、さっそく問題の箇所を見せてほしいと言うので、彼は亀裂の走っているところを示した。彼女の指示にしたがって、彼はバケツで川の水を汲《く》みあげ、小量を傷口に垂らした。かすかに浸《し》みていくように見えたが、彼女の意見はちがった。これは亀裂ってほどのものじゃないですね、居住用に内装を変えたときに上甲板もきちんと防水処理をしなおしてるはずだから、多少罅《ひび》が入ってひと晩くらい雨に降られたとしたって、それで問題が起きるようでは船じゃないでしょう？　心配ならコーキング剤を流しておけばいいと思います、補修に必要なものはぜんぶ操舵室《そうだしつ》の横に入ってますから、と彼女は言った。

＊

彼はその自信ありげな話しぶりにやや気圧《けお》されながら、よくご存知ですね、と感心してみせた。会社で船の構造図と現状明細書は確認してきましたから、配置を変えていないかぎり補修部品はそこにあるはずです、コピーもとってきました、よろしければどうぞ、と言って彼女はふたたびリュックを開け、黒いファイルを取り出す。いえ、コピーは必要ありません、船の原型の見取り図は操舵室に貼《は》ってありますしと断った彼に、じゃあ忘れないうちにこれだけお渡ししておきますね、更新手続きの書類です、と封筒を彼に差し出した。今後のことを言っておくべきかどうか彼は迷い、間を持たせるために、なにか飲みますか、と誘ってみた。そうね、とようやく汗がひいてすっきりした顔で時計をちらりとながめ、できれば、冷たいものがいいですね、とそこではじめて笑顔になった。彼はデッキテーブルに彼女を待たせ、冷蔵庫からノンアルコールのビールとミネラル・ウォーターを取り出し、コップと栓抜きをトレーに載せてデッキにもどった。彼女はためらうことなくビールを選び、船でビールを飲むなんて今朝は想像もしなかったわ、と晴れ晴れした顔で言う。つなぎの気持ちで、彼は自転車についてあれこれ彼女に質問をする。彼の国のメーカーのパーツも使っているというので、最も知られているブランドをひとつ挙げてみせると、反応が変わった。彼女の専門は自転車ではなくトライアスロンで、時間さえ計算できれば、今日だって自分の脚で走ってきてもよかったなどと、信じがたいことを言う。競技歴は六年だそうだ。歩くことしかできない彼には、泳ぎも自転車もマラソンも、あまりに遠いものだった。凄《すご》いな、強さと力の世界ですね、と彼が言うと、ちがうのよ、トライアスロンには、弱さが必要なの、とビールに気をよくした彼女は語りはじめた。三種混合ワクチンとおなじで、三つの要素のバランスは大切だけど、あまり均等でもいけないの。水泳の個人メドレーは四種類あって、構造は似ている。でも、ぜんぶ水のなかでのことだから、水陸両用の競技とはべつものだし、陸上の十種競技みたいにこなすべき技の数が多くてもごまかしが効きすぎて、逆に弱さが引き立たない。そもそも、満遍なくできて、ぜんぶ強くても、面白くないの、うまく言えないけど、「水準の高い弱さ」が絶対に必要なのよ、わかってくださる？　ええ、とてもよくわかるような気がします、と彼は「わかる」という言葉の枕木さん的な定義と用法を意識しながら応えた。ほんとう？　ほんとうですとも、と彼は繰り返す。つまり、高水準の弱さがたがいに絡《から》み合い、引っ張り合って、不思議な力がでるわけですね。そのとおり、と彼女の声の調子が、そこでややあがった。でも、そういうとらえ方をしているかぎり、勝利にはむすびつきませんよね。ええ、そうでしょうね、じっさいわたしは試合では勝てないし、大会で入賞したこともない、でも、上位の選手に話を聞いてみたら、似たような考え方をするひとが案外多かったわ。そう言って彼女はこう締めくくった。自分に克《か》つとか、鉄の女になるとか、そういうのとはまたべつの話だから。

＊

奇妙な感覚だった。彼がずっと考えつづけてきたことが、思わぬ方向から思わぬ組み合わせの言葉になって降ってくる。三つの種目のバランスをとりながら「水準の高い弱さ」を、つまり「強い弱さ」をどう抱えていくべきか。それは、弱さを公然と武器にすえて進んでいくことの対極にある問いかけだった。弱さにきちんと目を届かせようとすると十種類は多すぎるし、水のなかだけの移動では強弱の差のあらわれでる位相が横ならびになってしまう。鉄人レースをこなすには、弱さのレベルをあげながら、しかも身心の均衡を保つために弱さを弱さとして残す微妙な皮膚感覚が欠かせないのだ。運動といえば歩くことしかしていない蝸牛《かたつむり》のような彼には身体的な譬喩《ひゆ》がなかなか通じにくいのだが、「強い弱さ」を維持するという彼女の言葉にはひさしぶりに感じ入るところがあって黙しがちになる。彼女の弱さは、ほかならぬ自転車にあった。一・五キロ泳いだ直後に待ち受けている四十キロのロードレース。ペダルを漕いでいくその途中で、なにも考えられない真っ白な時間がやってくる。思考が停止し、目をつむっているのか真っ白な光のなかを走っているのか判断できなくなり、身体《からだ》の軸がどんどん進行方向からずれていって、自転車の中心線と重ならなくなる。そのときがいちばんつらい。きつい。マラソンでも感じたことのない白い膜が身体中を包み込む。自分ではそこが弱点だと彼女は認識しているのだが、酩酊《めいてい》にも似たその空白がなければないで先をつづける気がしないらしい。思念がまたべつの方向へ飛んでいきそうになるのをなんとか抑えて、彼女が前任者からなにを聞いてなにを聞かずにいるのか、彼はそれとなくたしかめてみた。当然ながら、彼女の頭にはひととおりの情報が入っていた。ただし、彼のまえにここに住んでいたらしい女性の存在を除いて。

＊

その晩、彼は、トライアスロンの女性の、少し陰がある声の抑揚とたくましい下半身のつくりを頭から振り払いつつあの決定的な言葉をめぐってあれこれ思いを走らせ、前夜に届いた枕木さんからのファクスを読み返した。なんとなく予想されていた事態ではあるのだが、枕木さんはやはり、雇われ仕事に見切りをつける決心をしたようなのである。辞めてどうするのかはまだ未定だが、いまのところ、探偵業に戻る気だけはないらしい。浮気調査を頼んできたある私立大学の教師が、自分の読みどおり奥さんの密《ひそ》やかな行動形式がすべて立証されたとき、まだ若かった枕木さんにむかって、憑《つ》きものが落ちたみたいにこう言ったのだという。「ほんとうに愛することをやめたものを、ふたたび愛することは不可能だ」。それを引いて、枕木さんは書いていた。どこかの箴言《しんげん》作家の受け売りでしょうね。でも、受け売りだけに、かえってつらい想《おも》いが伝わってきました。よりを戻す男女もいないことはないのですが、かりにいっとき元の鞘《さや》に収まっても、嵐はぶり返します。そういう事例をいやというほど見ているうち、人捜しや身辺調査で人生を終えるなんてこりごりだと思って転身を企てたのでしたが、そもそも転身とはなんなのかを深く考えていなかった。転身するための出発点となる身分がこのぼくにあったか、と疑問に思うようになったんです。このことはもう何度もきみに話した気がしますが、こうして時間を置いてみると、少なくともあの仕事をしているあいだだけはわが身のことを考えなくてもよかったのだと、先日あらためて気づきました。依頼者と捜査対象のことだけ頭に入れて自分は消し去り、彼らの駒《こま》として動けばそれでよかった。職業的な経験や勘が蓄積されるのにともなって、探偵個々の力量にも差が出てきはしますが、その差に喜びを見出《みいだ》すなんてこともありませんからね。とはいえ、一歩事務所を出てしまえばあとは単独行動でしたし、自分の能力については仲間の誰ひとり過信していなかった。ぜんたいとしては、たしかに退屈です。でも、謙虚な気持ちにもなれた。中途半端《はんぱ》な能力を中途半端だと意識することもなくぶつけあういまの職場より、その意味では健全でしたよ。ここを離れようと決めてからしばしば思い出すことがあって、それが先の、妻に浮気された先生の言葉なのですが、不思議なことに、それといっしょに、もうずっとまえにきみから聞いた話がよみがえってくるんです。知りあったばかりのころだから、相当に古い話です。きみのほうは覚えていないかもしれない。電池の直列だの並列だのをめぐって酒を飲みながらぐちゃぐちゃ喋《しゃべ》っていたとき、きみはこう言ったんです。なにか液体の入った容器を水に沈める。たとえば赤ワインのボトルを水槽に沈めて、金づちでぱこんと割ってやる。とても美しく、上手に割れるものとする。赤い液体は、じわじわ水槽にひろがっていくだろうけれど、そのまえのわずかな時間、器をなくしたワインは水のなかでボトルのかたちを保つのだと。殻に包まれているわけでもないのに、水に溶け出しもしないで液体のままもとの輪郭を失わず、しかも水に浮いている時間が、短いながら存在する。それはきっと、もとのかたちがとてもしっかりしていて、幻のような液体の輪郭を育ててきたからにちがいない。外へ流れ出ていく方法としては、これがいちばんの理想ではないか。そんな話でした。さっさと水に溶け、混じってしまうのがいい、それこそが転身なのだと考える者もいるでしょう。でも、ぼくには、まずボトルをきれいに割ったうえで、崩れそうで崩れない赤ワインのかたちをどう守っていくか、それを究めることが転身ではないかと思い到《いた》ったんです、この年で、ようやくね。ぼくはまだボトルを割っていない。割らずに、水だけ替えていたにすぎない。こういう譬喩がきみにも還《かえ》っていくのではないか、とかすかに予感しています。

*

彼はその話をよく覚えていた。なぜなら、赤ワインのボトルの譬喩は、大家から聞いたものだからだ。若いころの彼は、たぶん出所を明かさずにしゃべったのだろう。しかし、これはトライアスロンの女性の言葉とならんで、ひとつの啓示になりそうだった。彼にもいよいよ、その「転身」とやらを考えなければならないときが来たのではないか、と。

＊

別れ際《ぎわ》、ほんとうにひさしぶりで両頬にそれぞれ二回ずつ唇を触れさせるために身体を近づけあったとき、一瞬下を向いた配達夫の女ともだちが彼の靴を見て、サイズ、四十、でしょ？と言う。どうしてわかるんです？手品でも見せられたように彼は驚いてみせる。ほら、またはじまった、と配達夫が笑う。彼女はながいこと靴屋で働いてたんですよ、知りあったひとの靴のサイズを一瞥《いちべつ》で当てるのが趣味なんです、そして、よろしいですか、唯一《ゆいいつ》当たらなかったのがわが足のサイズなんです！彼女はむっとして声の調子をあげ、あたしは女ものの靴を担当してたし、あなたのは誰が見たって規格外でしょう、男の四十六で入らない足なんて化け物とおなじよと言い、ふたたび彼の足に目を戻すとふっとしゃがみ込んで、くたびれた紐靴《ひもぐつ》の爪先《つまさき》を弓なりにのばした人差し指で二度三度押してから、ほんとは女ものの三十七・五でじゅうぶん！と上目づかいに宣言した。その瞬間、上流にむかう採石船の大波が押し寄せて船がぐらりと揺らぎ、彼の貧相な足は女ものの靴のなかでどんどん縮んでその揺れに耐え切れなくなり、身体じゅうが大きな揺れにあわせてふらりふらりと宙に漂いはじめた。

23

　鼻を隠しなさい、と白衣を着た大柄で陽気な検眼士が、そんな音があるのかどうかよくわからないけれどまろんとした抑揚をつけて、彼のまえにいる小柄な女性に繰り返していた。待ち時間のあいだにまず夫のほうと立ち話をしてたがいの出身国を明かしあい、ひと足先に入国し、職を得ていた御主人を追う恰好《かっこう》で奥さんがやってきた、という経緯まで聞かされて気になっていたのだが、彼女のほうはまだ言葉がよく理解できないらしく、これから問診もあるというのに視力検査でつまずいている状況に、夫は不安を隠しきれない様子だった。鼻を隠しなさいと命じながら検眼士は片手で自分の顔半分を隠す恰好をしているので、なんの器具も与えられていない人間になしうるのは、おなじように片手で顔半分を覆《おお》うことでしかなく、ここでは鼻が顔ぜんたいをも意味する単語であると知らなくても、言われたとおりにすれば自然と眼も隠されることになるわけだからそれですむはずなのだが、ひとつには検眼士の語調があまりにも独特で聞きづらかったこと、ふたつには検眼表が三種類あってどれを相手にすべきかはっきりした指示のなかったことが問題なのだろうと隣りで観察していた彼は結論し、そう伝えてみると、小柄な夫はじつにやさしい声で、蛍光灯で内側から照らされているやつだけ見てればいいんだよ、どちらが割れてるか指で示せばいいからね、と妻に通訳しつつ彼のほうに顔を向けた。紙でできてるのはたぶん子ども用でしょう、いちばん左のには記号じゃなくて動物の絵が描いてありますから、と言う。告白すれば、ぼくのときはそれを使いましたよ、はじめは子ども扱いされたのかと腹が立ちましたが、じつは中に入っている蛍光灯が切れかかって、ちかちかしてたんです、しかもその場にいた係の誰ひとりスペアのありかを知らなかった。いわゆる管轄外《かんかつ》ってやつですね、そのときの担当者はあの検眼士ではなく、もっと陽気なきびきびした女性でしたけれど、彼女は臨機応変にこう座をとりつくろったんです。さあ、みなさん、移民局附属動物園へようこそって。なんの含みもない、軽い冗談のつもりだったでしょうけれど、われわれからすれば、かなりあぶない言い方でしょう？　きっと顔は引きつってたろうと思いますね、おまけに動物のかたちはわかっていてもこの国の言葉でどう言うんだったか、緊張してなかなか出てこない。象、象、象って応《こた》えて、えらく怒られました、動物の種類は段ごとに決まっていて、それがどちらを向いているのかを応えるだけでよかったのに、種類のほうを言ってしまった。そんなこともあって、あの日のことは、よく覚えているんです。

＊

胸部レントゲンの機械を、母国でのように抱きかかえず、技師の命ずるまま両手を腰に当てて三角形をつくり、息を止めて冷たい板に胸を密着させた状態で、なるほど、と彼は感じ入っていた。まずは夫が象の鼻の向きに苦しみ、数年後に妻が鼻を隠せと言われるなんて、あんまりできすぎで笑い話にもならない。彼はそこで、象は忘れない、という言いまわしを思い出す。その文言をタイトルに掲げた英国女性推理作家の晩年の作品で由来を教えられたのだが、英国産の挿話となれば象も登場人物も旧植民地に関係があるのは自然な流れで、つづめてしまえば、インドの仕立て屋が象の鼻に縫い針かなにかを突き刺し、それをずっと恨んでいた象が数年後におなじ店のまえを通りがかったとき、鼻いっぱい吸い込んだ水を仕立て屋の頭からぶっかけてみごと復《ふく》讐《しゅう》を果たしたという内容の、象は怨《うら》みを忘れないと締めくくる訓話なのだが、同様の事柄を仏語《ふつご》では「象の記憶力を持つ」と表現することも彼はのちに学んでいた。象は賢く、けっして忘れない。逆に言えば、象でない人間は、すべてを、あるいは一部を、きれいに忘れる能力に恵まれているわけで、これを幸せと言うべきか不幸せと言うべきかなんとも判断しかねたが、自分がそんな場所で検眼を待っているのも、もとはといえばさまざまな忘却が積みあげられた結果であることだけは彼も認識していた。仮の身分を保障するために語学学校に登録しておいた住所は、そのころ滞在していた長期貸しのホテルのものになっていて、船に乗り移った段階で正式な住所を郵送で届け出ておいたはずなのに、処理されていなかったらしい。事務をつうじて警察にまわされたのもその住所だった。つまり、最も重要な書類が宙に浮いたままになっていたのである。学費は船の住所が記載されている小切手で払っているのだし、相手がミスに気づかないのも不可解だが、そういう不可解な事務処理は大家を知るまえにさんざん味わった「常識」のうちに数えられることだった。いずれにせよ、転身をはかろうというころになって詰まっていた下水管がいまさらのように流れ出したのは、下流の船が襲われた事件の捜査でやってきた刑事の差配によるのではないかと彼は睨《にら》んだが、もちろんなんの確証もなかった。何月何日何時何分、どこそこに出頭し、所定のメディカルチェックを受けるようにとの召喚状を、大切な女性まで紹介してくれていまや彼の水上生活の柱になったといってもいい郵便配達夫の手から受け取り、さびれた丘のうえの、もとはどこかの会社が入っていたらしい陸屋根のコンクリート低層建築物までやってきて、あちこちたらいまわしにされているうちに、動物検眼表のある部屋に行き着いたわけなのだ。しかし動物たちの上下左右は、誰にも適用されなかった。仲むつまじいふたりとも別れて、最後に用意されている問診を受けるために、彼は三つならんでいる診察室のうち、真ん中の黄色いドアをたたいた。

＊

検眼士よりも背の高い、白衣を着た品のよい初老の医師が、みずから立ちあがって彼を迎えてくれる。そこだけが一般の病院に近い内装だったが、看護婦はいなくてひとりぽつんとスチールデスクのまえに座っているだけなので、医師は逆に、ひどく孤立しているように見えた。スツールに腰を下ろしてすぐ、言葉はわかりますか、こちらへきてどのくらいになりますか、と医師は彼に問いかけ、思いやりに満ちたその口調に誘われて、彼は正直に、いや、正直というより必要以上に詳しくここに至るまでの経緯を説明した。そうでしたか、と医師は表情を変えずにうなずき、残念ながらここは警察でも市役所でもありませんし、法規についてはわたしの管轄ではありませんが、そういう事例はないわけではありません、あまり大きな声では言えませんがね、しかし、身体検査の召喚状が来たのであれば、胸に異常でもないかぎりあとは円滑に運ぶでしょう。ところで、過去に大きな病気の経験は？　ありません、と彼は応える。手術の経験は？　ありません。最後にワクチンを接種したのはいつですか？　ワクチン、ですか？　ええ、ワクチン、です、と医師は椅子《いす》をくるりと回転させて彼の正面を向いた。彼はその動きが習慣的なものなのか、それとも特別な意味があるものなのかをとらえきれずにやや緊張し、たぶん、子どものころです、もう三十年以上まえになりますね、と応えた。医師は、ほっ、ほっ、と声をあげ、わたしが言ってるのは破傷風と結核のことですよ、と頭のなかでの再確認を求める。結核のほうは済ませていますが、破傷風はないと思います。応えながら彼は自分がこの国の言葉で破傷風という単語を知っていたことに驚く。わかりました、ながく住むつもりなら十年ごとに再接種する必要があります、無料でできますから、すぐにやってもらいなさい。医師は落ち着いてボールペンを取り、住まいは、そう、河岸、の、船、でしたね、船で遠出をする可能性だってあるわけでしょう、健康には人一倍気をつかうべきですよ。言いながら机上の一覧表をぺらぺらとめくり、現在停泊中の区域ならこの病院がいいでしょう、予約をとって受付でこれを渡しなさい、と書類の一部に大きな丸を打った。印のなかの文字を読むまでもなかった。医師が口にしたのは、大家が高層階のドックに繋《つな》がれている、あの郊外の近代的な病院だったからである。

＊

黄色い引き戸のドアをたたくと、豊かな白髪を後ろになでつけた鷲鼻《わしばな》の男性が顔を出して、彼の顔を真正面から見据えた。真正面とは文字どおりの意味で、背丈がほぼおなじだったため首の上げ下げによる調節などしなくともたがいの視線をぶつけあうことができたのだ。薄手の革ジャンを着ていたが、その下はきちんとアイロンのかかったシャツにネクタイ姿で、医師でないのは一目瞭然《りょうぜん》である。部屋をまちがえたのかと焦《あせ》った彼は、ドアのわきのネームプレートをちらりと確かめてから、名を名乗った。ああ、と男は笑みを浮かべ、船に住んでる命の恩人とはあなたのことですね、どうぞお入りください、お近づきになれて光栄です、と片手を差し出した。いましがた往診があって薬で眠らせたところなんです、彼女は買い物に出てましてね。彼女？　ご存知でしょう？　と男は手伝いの女性の名を口にした。ええ、もちろん。大家以外の人間が彼女を下の名前で呼ぶのを聞いたことがなかったのでほんの少し反応が遅れ、その遅れがつぎの言葉の出を鈍らせた。彼女が戻ってくるまでの留守番です、いっしょに出ていればお会いできなかったわけだから、喜ばしき偶然というべきでしょうね、申し遅れましたが、わたしはあなたの大家の弁護士で、Qといいます、と男は自己紹介し、窓際《まどぎわ》にある椅子に座るよう彼をうながした。ここで話をしたらせっかく休んでいる病人を起こしてしまうのではないかといったん遠慮したものの、薬で眠るのはこのところの習慣で、まわりの人間のおしゃべりで妨げられるほど浅い眠りではないとの説明を信じて、手伝いの女性にひとこと挨拶《あいさつ》してから帰ろうと彼は思いなおした。

＊

前回大家を見舞ってから、もう数カ月が経《た》っている。面会時間のうち半分以上はうとうとしていると聞かされていたので、直接の要請があるまではと遠慮していたのだが、彼はむしろ船のほうに大家を連れてこられる日を夢見ていたのだった。快活にして饒舌《じょうぜつ》な御老体の、唾《つば》を飛ばし、泡を飛ばすひとり芝居を、船の上でこそ愉《たの》しみたかったのだ。あなたがわざわざ足を運んでくださってこのひとも喜ぶでしょうと弁護士が言うので、予防接種をしにきたついでであることは漏らさずに、そうだといいですね、と彼は相槌《あいづち》を打った。男がふたり、まっしろな部屋で、まだちゃんと息はあるのに深く深く眠っている老人をまえに言葉の接《つ》ぎ穂《ほ》を探り合うなんて、じつに居心地が悪かった。しんと静まりかえった空間に、大家のかすれたいびきだけがやけに大きく響く。あのときも、たしか、こんなふうでした、と彼は弁護士に言った。公園で行き倒れになっているのを発見したときのことです。弁護士はベッドを向いている身体《からだ》を、椅子を引きながらやや斜めに修正し、ええ、ええ、その話は何度も聞かされましたよ、あなたが国へ帰ってしばらくして、息子さん夫婦が亡《な》くなったんでしたね。あの事故のあとからです、わたしが顧問になったのは。

＊

記憶のなかの情景に、レ点を打つ。あの夜、船のなかで聴いたレコードが存在したことを物好きな中古レコード店主のおかげで確認できたし、それが管理会社の用意したリストには記載されていながら現物のなかった一枚であることもつきとめていた。しかし船上レストランではなく、個人の所有になる船のデッキで食事をするというはじめての体験が、彼の記憶の一部を他よりも濃く染め、また、べつの部分をより薄く色抜きし、その折の情景をまだらにして、ところどころ回復不能なまでに断片化させていることも知っていたのである。肉付きのいいマルチニーク出身のお手伝いさんと大家、そして息子夫婦に孫娘という構成がほんとうに正しかったのかどうか、春のなまあたたかい夜気や香料が効いた鶏料理のにおいといっしょに記憶は茫漠《ぼうばく》としてくる。けれども、ある日、ある時の情景を、満遍なく、色落ちもなく、均一に再現したって、それがかならずしも記憶にはならないのだ。もともといびつな脳髄なのだから。複数のデータを入力して修正をくわえてやらないかぎり、それは一個人の妄想の域にとどまる。記憶の共有？　自分以外の誰かひとりとでも共有されていない過去の情景はただの情景にとどまり、記憶とまでは呼べないと彼は考えていた。もちろん、なにからなにまで他人に話すなんてことはありえない。問わず語りにせよ、乞《こ》われて語るにせよ、すべてを話すのは不可能であり、不可能だとわかっているからこそ、ひとは、可能なかぎり、とみずから信じうる範囲で、過去を言葉にしようと努めるのだ。心のなかの「語りうること」がすでにまだらで、しかもあちこちに穴が空いている状態である以上、第三者に繰り返し語ろうとするのは、たがいにそのまだらの部分を重ね合わせ、無意識に補おうとしているからではないのか。大家が若いころの思い出をつねになにかしら皮肉をまぶした教訓とともに語っていたのは、どこまでいっても染まりきらないまだらのある胸のうちを、まずは年齢相応に、つぎに性格的によく分析していたからだろう。告解のようなかたちで譲渡された記憶は、人間ではない存在に届けられるという名目のもとで、永遠に封印される。

*

かつて大家は、と彼はふたたび過去の一場を第三者の言葉を借りて呼び出そうとする。かつて大家は、そんなやり口は悔悛《かいしゅん》させるための秘蹟《ひせき》どころか、記憶の不当な持ち逃げだ、ときっぱり言ってのけたものだ。すでに起きてしまった事件の一部始終を漏らす相手が、第三者にぜったい流したりしないなどというまことに疑わしき前提に立っての告白に意味があるとしたら、それは思い浮かんだこと、心をさいなみつづけていることがらを、自分ひとりでではなく第三者にむけて言語化しているという一点においてだけではないか、作家だの小説家だのと自称する連中が過去の情景を言葉にして外に出してやるのは、そうしてやらないと正真正銘の記憶にならないからだよ、そもそも自分のことを隔意なしにだらだらとさらけ出すような真似《まね》が、まともな人間にできるものか！　埋められない穴ぼこを、第三者の親切な読みや誤解で埋めてもらう寸法だよ！　大家の言葉を、彼は解釈しなおした。つまり、誰にとっても事情は変わらない、ということですね、物書きでなくとも、記憶は共有されてこそのものだ、と。老人はほとんど間を置かずに、そのとおりだ、記憶は思い出されることによってしか、そしてそれを言葉にすることによってしか成り立たんものだ。語れば語るほど、思い出せば思い出すほど、記憶は記憶の体裁をととのえていく。しかし、それがほんとうに正しい体裁ならば、皮肉なことに、まったくとらえどころのないものができあがるはずなんだよ！

＊

とらえどころのなさがそのまま体裁となるようなもののあり方とは、しかし過去ではなくて、まさに現在の過ごし方ではないだろうか。記憶は語りの現在のなかでしか存在しえず、まだら模様はつねに更新されて、場合によっては未来のなかに放り込まれる。結局のところ、それは日々の暮らしの定義ではないかと彼は思う。ひとは、なにかをつねに取りこぼすために生きている。そうでなければ記憶装置の容量は破裂して、なにも残らなくなってしまうだろう。ならば彼は、彼自身は、とりこぼしてきた過去とどのように折り合いをつけながら現在を生きているのか。外に出ていくまえに、転身をはかるまえに、見きわめておくべきことをきちんと見きわめていると言えるのか？　たぶん、言えないだろうし、おそらく言ってはならないのだろう。なぜなら、「見きわめる」ことにたいする抵抗こそが現状維持なのだから。そして、見きわめないように努めることこそが、見ることなのだから。

＊

朝方は晴れていたのにいつのまにか灰色の雲がひろがり、大気がもやって遠くを見とおすことができなくなっている。窓のむこうを眺めると、霧雨が降っているようだった。青く蛇行しているはずの河はおぼろげにもあらわれず、このあいだはきれいに見渡すことのできた麦畑も、丘に張りついている郊外住宅も、澱《よど》んだ白い空気に沈んでいる。病棟の裏手の墓地に埋められた樽《たる》のなかで、死してなおカオールを飲もうとした男も、まとわりつくような白い湿気の雲の下で息を潜めているだろう。視線が先にのびていかないその窓が、彼には一ミリも動かせないはめ殺しのように映った。ここから、この地上十数階の塔から、はたして無事に下りて帰ることができるのだろうか？

＊

ブッツァーティの、Kの物語が収められている作品集に、こんな話があった。郊外の工房で働いていた腕のいい機械技師が、ある晩、仕事帰りに、中年の紳士から声を掛けられた。腕を見込んでお願いがある、給料を三倍出すからうちの工房へ来てくれないか、というのだ。報酬につられてとりあえず車で工房を見に行くと、若い技師たちが黙々と設計図を引いていた。これからわが国のために、そしてわが国の首都のために世界で最も高い鉄塔を建てる、どのくらいの規模になるかは秘密だが、報酬はまちがいなく出すと紳士は断言した。そこで機械技師はあたらしい工房に移り、謎《なぞ》の鉄塔の建設にかかわっていく。ここから先の展開は、じつはよく知られているものだ。骨組みがある高さまで達したとき、紳士は工員たちにこう宣言した。契約はここで終了だ。去りたい者は去ってよい。残りたい者は残って、仕事をつづけてくれ、特別報奨金を出す。技師は仲間たちとともに残ることにした。鉄塔がある程度できあがってくると、のぼり下りだけでかなりの時間をとられて実働時間が減る。そこで、町へ寝泊まりに戻る時間を節約するために、紳士は中空のプラットフォームで暮らせるよう小屋をつくった。そしてゴムタイヤを燃やし、鉄塔のなかほどに巨大な煙の雲を発生させて、下でなにをしているのか、上でなにをしているのかが、たがいに見えないよう配慮した。技師たちは、塔の建設はもうこのまま終わらず、天に向かって永遠にのびていくにちがいないと思うようになる。そんなある日、下のほうで物音がするので、雲間を透かして下界を見わたせるところまで下りて行き、望遠鏡でのぞいてみると、警察や軍隊が広場にひしめいていた。爆音さえ聞こえる。技師は思った。もしかしたら、いつまでたっても工事が終わらないことに業《ごう》を煮やして、議会が軍隊をひきつれて攻めてきたのではないか。すると、まさにそのとき使いがやってきて、いまから六時間以内にすべてを終了し、下りて来るようにとの命令が下されたのである。どうしたらいいのだろう？　背けば攻撃される。家族もいる。もはや降伏するしかない。意を決して下界に向かうと、そこはなんと、大統領も参列しての、鉄塔完成式典の現場だった。技師たちはみなに祝福され、おおいに泣いた。

＊

実話にもとづく短篇だが、舞台は十九世紀末。当時は高さ三百メートルの鉄塔を建てるという発想そのものがほらに聞こえたはずだから、こんな物語になりうるのだろう。彼は弁護士との、まるで検眼さながらの不自由な言葉のやりとりに苦しみ、すぐ下へ来てくれと誰か命じてくれないものかと思いながらも、古タイヤを燃やした煙幕で記憶をまだらに染めるべく、ながい沈黙のあと口を開いた。彼女は、ほんとうに戻ってくるんでしょうか？　ご心配なく、日用品を買いに出ただけですから。いえ、その彼女のことじゃないんです。弁護士は眉《まゆ》をひそめて問い返した。その彼女じゃない？　ええ、と彼は静かにつづけた。大家が、船に住まわせていた、女性のことです。

24

動けない船ですって? たしかに自前で動くには定期的なメンテナンスも必要ですが、居住用に、英語を使えばハウスボートですか、地に足をつけないで暮らすための空間に改装されてからは、一度もエンジンをかけていないと聞いてます、と弁護士はおだやかな声で言う。一度も、ですか? ええ、私の知るかぎりにおいてはね、少なくともわれわれの雇い主だったひとが、失礼、雇われているのはこの私だけでしたね、雇い主ではなくわれわれの共通の友人だったひととしておきましょうか、彼の息子夫婦に予期せぬ不幸があってしばらくのち、私が顧問弁護士になったのは、元顧問弁護士——私の恩師にあたるひとです——が勇退してそのあとを託してくれたからですが、以後、エンジンは一度もかかっていないんじゃないでしょうか。そんな馬鹿《ばか》な、と彼はつぶやく。操舵室《そうだしつ》があり、機関室もあるのに、使われた形跡がないなんて。たしかに燃料は空で河岸に固定されているし、常識的に見て、船舶の免許を持ち、ハウスボートの運行と繋留《けいりゅう》までこなす人材が管理会社に揃《そろ》っているとは考えにくい。しかし、たんに動かす人間がいないだけなのか、それともエンジンそのものがすでに廃物になっているのか。後者の可能性を、弁護士は、左のてのひらで白髪をうしろになでつけながらきっぱり否定した。エンジンが廃物なんてことはありえません、そうでなければ船舶登録ができなくなりますからね。じゃあ、いったいどうやってこの河岸まで航行してきたんです？　弁護士は、なぜそんな簡単なことがわからないのかとでも言うように大袈裟《おおげさ》に両腕をひろげた。曳航《えいこう》してもらうんですよ、引き綱でね。

＊

気温九度、湿度四〇パーセント、気圧一〇一八ミリバール。西寄りの微風が吹いている。木々にほとんど揺れはなく、水面は穏やかだ。風力一、と彼は判定する。下流に船の気配がある。船影でも発動機の音でもなく、見えない下流域から伝わってくる船の気配が。

＊

砂利をいっぱいに積んだ平底船が馬力のありそうな小型船に曳《ひ》かれて、この河をのぼっていくところをご覧になったことがあるでしょう？ 弁護士が言ったとたん、彼は唸《うな》った。たしかに見たことがある。キッチンの樽《たる》のなかでとぐろを巻いていたあのやたら丈夫そうなロープ、嵐《あらし》の夜、日ごろの運動不足など怖《おそ》れもせず猛烈な勢いで樽のうえの板をはずして引き出したあのロープは、艫綱《ともづな》ではなくて、曳航用だったというわけか。ドリップのフィルターを二枚重ねにしてせっかくえぐみを抑えた珈琲《コーヒー》なのに、味が気に入らないのか熱すぎるのか、弁護士は眉根《まゆね》を寄せて迷惑そうに啜《すす》り、船の改造業者からの引き渡し条件に、希望のポイントまでの曳航が入っているんです、いまわれわれが乗っている船をここまで運ぶよう指示したのは私ですから、まちがえようはありませんよ、結局のところ、動けない船なんてどこにもないんです、水に浮いているかぎり、なんとかなるものです、と言うのだった。で、船が動くかどうかはべつとして、あなたは、これからどうなさるおつもりですか？ 申し訳ありません、まだなにも決めていないんです、と彼は正直に応《こた》えるほかなかった。ほんとうなら出発点になるはずの、お金よりも先に必要な証明書がいまごろになって交付されるなんて、信じがたい倒錯でしょう？　これさえあれば将来の行動の選択肢はひろくなるはずなのに、どうしてだか、かえって狭まったような気がしてるんです。現状維持を認めるか否《いな》かではなく、一から出なおすか、完全に打ち切るか、忌《い》まわしい二者択一を迫られているような感じですね。彼の言葉を聞き終えると、弁護士は、その日いちばん実務的な口調で言った。それはあなたのお気持ちしだいですよ、もちろん管理会社にはこれまでどおりの業務を委託してあります、なにごとも書類だけは整えておいたほうがいいですからね、よくお考えになってください。

＊

もちろん、彼はずっと考えつづけているのだ。あの日、彼は高さ数十メートルの高層病棟から、無事地上に帰還した。機械技師のように、大統領をはじめとするお歴々に迎えいれられるという華々しい不意打ちを食らうことはついになかったが、あまりに遅すぎるとはいえ、滞在許可証申請に不可欠な健康診断の際命じられた破傷風の予防接種をうまく利用して、いつも容態を案じていた大家を見舞い、そこで顧問弁護士と顔を合わせることができたのは、やはり得難いめぐりあわせだった、といまになってつくづく思う。ひとしきり話をして話題もつきかけたころ、大家の身のまわりの品を買いに出た手伝いの女性が戻ってきて、彼の姿を認めるや、まあ、いらしてたんですか、ありがとうございます、といつもと変わらぬ声で礼を言った。ひとこと御連絡くだされば伝えておきましたのに、さっき薬で眠ったばかりなんです、と備えつけの洗面台で手を洗い、ベッドのシーツを直そうとして、彼女は異変に気づいたのだった。顔を壁のほうにむけて眠っていたために、弁護士と彼のいる窓際《まどぎわ》からは後頭部しか見えず、はじめのうちはいびきもはっきり聞こえていたから安心して会話をつづけていたのだが、そのごうごういう音がいつのまにか途絶えていたのである。しかし痛みを忘れて本格的な眠りに入った者が少しずつ呼吸を整え、無意識の力でいびきを鎮《しず》めていったとしても、それが凶兆であるなんて彼らのような素人《しろうと》がどうして認識できただろう。背後でずっと流れていて、途切れるという前提のない状態で聞いていた音楽がふと消えてなくなる、あるいはどこかのカフェで愉《たの》しくおしゃべりをしているうちとつぜん周りが静かになって閉店を告げられたときの感覚に、それはひどく似ていた。取り乱したとまではいかないまでも、ふだんよりは明らかに高めの声で短く叫んだ彼女は、すぐに枕元《まくらもと》のボタンを押して看護婦を呼んだ。男ふたりはなんの役にも立たず、看護婦が、しかるのちに担当医が駆けつけるまで、棒のように、いや、どんなに押しても動かない樽のように、その場に鈍く立ちつくしていた。

＊

移民局専属医が問診の折に破傷風の現実味をしっかりと説明してくれなかったら、また、指定された病院が大家の入院先でなかったら、彼はあれほど素直に河岸を離れて人間用の高層ドックに向かわなかったろう。あの日、あの時間に予防接種をすることになったのは、予約を仕切っている受付の女性にしたがっただけで、彼のほうから日時を指定したわけではない。これはあとで教えられたのだが、弁護士が病室にいたのも、法律顧問をしているその町の商工会議所に緊急の用事ができて顔を出した帰りで、ほんとうは翌日に立ち寄る約束をしていたらしいのだ。ふたつの偶然の重なりを、ひとの悪い大家は見逃さなかったわけである。院内での儀式めいたことが片付いたところで、彼は弁護士に、埋葬に参列してもいいかどうかたずねた。どうしてそんなあたりまえのことを確認する必要があるんですか、と弁護士はまだ緊張の解けていない顔で言う。かつての仕事の関係者がたくさん来るんじゃないかと心配しておられるなら、それは思い過ごしというものですよ、ああいう方ですしね、事後の指示はちゃんと残していかれました。事後の指示？　ええ、細かな事項は書面になってますがね、とにかくできるだけさびしく、質素にと言われてるんです。このことは、ごく一部の人間にしか知らせません。じゃあ、こちらはその一部に数えられているわけですね？弁護士は、軽く鼻で息を吸って、溜息《ためいき》をついた。お知らせするもなにも、あなたはもうご存知じゃないですか？　それはそうですね、と納得はしたものの、さすがにその夜は、船に帰り着いてからもなかなか寝つけなかった。酒を飲んだわけでもないのにひどく頭痛がするので、起き出してアスピリンを二錠飲み、「樽」に腰を下ろしてうっすらと明け方の靄《もや》がかかる河をながめた。珈琲《コーヒー》を淹《い》れ、ジャケットの中央にべつのジャケットの一部が張りついているショスタコーヴィチの弦楽四重奏を流し、それから第十五番、最後の交響曲をかけた。船暮らしはこういうときにありがたい。朝っぱらからどれほど音量をあげても文句が出ないからだ。ロッシーニとワグナーを引用し、突き抜けた明るさと取り返しのつかない暗さが奇妙に混交しているこの曲をかなりの音で鳴らしていると、わたしの交響曲の大半は墓碑にほかならないと述べた作曲家の言葉が、ひときわ身に沁《し》みてくる。いつかラジオでその発言のいくつかを聞き知ってから都心の書店で入手した英訳の『証言』によると、作曲家はこんなふうにも語っていた。「わたしは自分の知っていたひとびとのことを、ゼラチンを使わずに思い出そうとしている。彼らにアスピックをかけもしないし、味のよい料理につくり変えるつもりもない。おいしい料理のほうが食べやすく、またより消化にいいことくらいはわかっている。しかし、誰もがその先どうなるかを知っているのだ」。この先、肉汁をこごらせたゼラチンをかけずに大家のことを思い出せるだろうか、口当たりのいい物語に整えてきれいに消化し、あとかたもなく排泄《はいせつ》してしまったりしないだろうか、と彼は怖れた。けれども、手もとには、思い出にかけるゼラチンすらなかったのである。

*

昼近くから雨になりそうだとラジオの天気予報は告げていたのだが、なんとか持ちそうだったので、朝方、彼は傘を持たずに出かけていった。墓地は一時間に二本しかない郊外バスで西へ四十分ほど走った、大きな繋船ドックを擁する下流域の、いつか「老人」という奇妙な名の画家の素描を買った町のはずれにあって、そこに息子夫婦が眠っていることを数日まえまで知らなかったものだから、彼は意外の感に打たれた。なにしろ治療棟ならぬ治療塔のすぐ裏手に市営墓地があるのだし、船の強盗事件を担当した刑事がそこに樽で埋められた愛すべき飲兵衛《のんべえ》の伝説を話してくれたときから、大家の終《つい》の棲家《すみか》もその墓地になるのだろうと思い込んでいたのである。神を信じないと断言していたにもかかわらず、葬儀の場は墓地のある町の教会に設けられていた。わたしが死んだら樽に入れて海に流してくれたまえと口癖のように言っていた大家の夢は、しかし常識の名のもとに実現を拒まれたようだ。もし現実に樽に詰めて送り出していたとしたら、いったいどこまで流れていったことだろう? たとえばロンドンにまでたどり着いただろうか?

＊

《バーンリー警部がたどたどしいフランス語で用件を説明すると、担当の人間が応えた。「そうですか、その樽のことならわかりますよ」彼は帳簿を調べた。「ありました、これです。その樽は、四月一日木曜日、午後四時四十五分に、カレー発の臨港列車で到着してますね。チャリング・クロス駅から列車に積み込まれたもので、荷受人はジャック・ド・ベルヴィルという方です。駅留めの指定があります。荷が到着するとすぐ御本人がいらして、樽を受け取ると、連れてきた荷馬車に乗せて持ち帰られました」》(『樽』、拙訳)

＊

樽を載せた若き大家の持ち船が行き来していたころによく出入りしていたカフェ・バーの主人とその妻、引退している前顧問弁護士と、現在の顧問弁護士、献身的に大家を支えてきた手伝いの女性のほか、彼をいれても参列者は十人ほどにすぎなかった。献花のとき、彼は眠っている大家に、喪服でなくて申し訳ありません、と声に出さずに言った。黒のジーンズに黒のTシャツ、そして薄手の黒い革ジャン。そんないでたちでやってきたのは、彼ひとりだったのだ。はっ！ 喪に服することと黒い服を身にまとうことはべつものだ、たいていの人間は儀礼にしたがってその場をうまくとりつくろえば、あとはきれいさっぱり忘れるんだよ、この日のことも、わたしのこともな！ そんなふうに一喝してくれる人間がもういないのかと思ったとたん、喉《のど》の奥が小刻みに震えだす。悲しみとは、いったいなんだね？ と大家は言ったものだ。悲しみとは、悲しみ以外のなにものでもない。そしてまた、悲しみという言葉を使ったとたんに消えてしまう想《おも》いでもあるのだ。

＊

やはり、なかなか落ち着きのある、いい船ですよ、豪勢ではないとしても、貧相なものは置いていないし、あなたは見かけによらずきれいに使っておられる、と弁護士は世辞を言った。とんでもない、じゅうぶんに豪勢ですよ、家具つきの部屋なら探せばあるかもしれませんが、私設図書館とレコード屋まで兼ねた船となると、もうほとんど奇蹟《きせき》みたいなものですからね、ここに移ってから自分で買ったり送られてきたりした書籍はほんの数冊で、好みが重なっているせいかなんの不服もありませんし、ぜんぶ自由に使わせてもらってるんですから、これを贅沢《ぜいたく》と呼ばないわけにはいきません。言いながら、再会したその日のうちに、よろしい、あれもこれも、ぜんぶ好きに使ってくれたまえ、と親しみをこめて命じた大家の顔がまた彼の眼に浮かんだ。客人を迎えて話をするにはやや不自然かもしれないと思いつつ、その日、彼は棚の一角を占拠しているボックス入りのLPを取り出して、モーツァルトの「大ミサ曲」をターンテーブルに載せ、小音量で流しつづけていた。たとえば音楽ひとつ聴くにしても、このレベルの再生装置を備えてる家はそうそうないでしょう、ましてここは船のうえですから。彼が黒い箱形の音響機器がならんでいる木製ラックのほうを指差すと、弁護士もそちらに目を移し、『レインマン』という映画の主役が首を傾けて発していたのとそっくりな調子であっあーと合いの手を入れ、あの再生装置は、ずいぶんまえにうちの事務所で恩師が使ってたものですよ、かれこれ二十数年まえのことですが、半年ほど英国で仕事をしていたときに買ってきたんです、事務所の備品として処理するには少々高価でしたがね。一度、おなじメーカーの上位機種に買い替えましたが、あとは当時のままで鳴らしてました。それをあの御老体の息子さんが遊びに来てえらく気に入ってしまいまして、どうしても譲ってくれと粘るものだから、まるまる一式払い下げたんですよ。CDプレーヤーだけは買い足したはずですが、いずれにしても懐《なつ》かしささえ覚えますね、十何年、休みの日以外はずっと聴いてた音ですから。

＊

大家があの船に住まわせていた女性、という言いまわしで彼が話を振ったとき、弁護士に当惑したそぶりはまったくなかった。それどころか、ごく自然に右手の人差し指を立てて唇に当て、その話はあとで、と彼に同意を求めたのである。それだけで彼にはもうじゅうぶん示唆《しさ》的だったが、さらなる説明を求めようにも以後の展開が許さなかったのだ。弁護士がやってきたのは、大家が所有していた、この船を含む複数の不動産の扱いについて管理会社と話をした際、彼がまだ更新手続きをしていないと説明を受けたからだった。えらく美しい女性が担当してくれましてね、トライアスロンをやってるそうですな、仕事のほうもよくできる。弁護士はそんなふうにつなぎの言葉を置いてからラックに目を移し、指揮はコリン・デイヴィスでしょう？　と思いがけない方向に話題を振った。あれは、われわれの亡《な》き友人に頼まれて、この船にいた女性にわたしがとどけたものです、誰それの指揮がどうのなんて演奏の肌理《きめ》まではわかりませんが、あの金ぴかの冠みたいなものが写っているジャケットには見覚えがありますよ。彼はひどく冷静に弁護士の説明を聞いていた。そして、いつも郵便を持ってきてくれる配達夫から、彼のまえに住んでいたらしい女性に宛《あ》てられた手紙をあずかっておいてほしいと言われたこと、送り主の住所も名前もなかったので、誤配として配達夫に返せばそれで済むはずだったのに、管理会社がその事実を把握しておらず、なにか事情があるのかもしれないと思ってまだ手もとに保管してあること、大家にたずねてみたら、女性の話は素どおりして、女の子はいなかったかと虚《うつ》ろに問い返してきたことなどを順を追って話し、彼がもう覚えてしまった封筒の名宛て人の名を口にしたところ、弁護士は、わたしがおあずかりしておきましょう、と即答した。彼は操《そう》舵室《だしつ》に行き、書類箱に入れた手紙を取ってきて、これです、と差し出した。送り主の名がないのであればダイレクトメールのたぐいでしょうな。弁護士はまことに自然なしぐさで胸ポケットにそれを収め、ありていに言って、この女性は、われわれの友人とごく私的な関係にあった方です、とつづけた。出入りしていた港湾事務局に勤めていましてね、そういう関係になって、子どもができた。あれこれもめた末、彼女のほうが強く望んだために、幸いにも幼い命は保たれました。配達の方が見あやまるのも無理はありませんよ、年齢よりはるかに若く見えるひとですからね。無事に生まれたあと、わたしたちの友人は、その子の将来を案じて、万全の準備をしておこうと望んだんです。それがわたしの、顧問弁護士としての、最初の仕事でした。協議の結果、子どもは、息子夫妻の娘として育てられることになったんです。

＊

冷めた珈琲《コーヒー》を啜《すす》り、時々思い返してはああでもないこうでもないと考えていた謎《なぞ》がこんなにもあっさり解けていくことを、彼もまたあっさり受け入れているつもりだった。謎が解かれようと解かれまいと、これからの表向きの生活に大きな変化があるわけではないし、それにまた、弁護士が掛け値なしの真実を語っているかどうか、なんの保証もない。まるで最初から用意されていたかのようなその辻褄《つじつま》のあいかたが、気に食わなくもあったのだ。なぜそんな秘密を教えてくれるんです？　かつて命を救ったことがあるからですか？　そんなふうに彼は問うべきだったかもしれない。正直者は馬鹿《ばか》を見る、と大家は何度も彼に繰り返した。馬鹿がつくほどの正直者なら、大家の信頼を得ていたはずの男の言葉を信じても差し支《つか》えないだろう。いずれにせよ、あの手紙をはじめとする些細《ささい》なつまずきの連鎖が船上生活への移行をかえって滑らかにしてくれたことは事実なのだから。大家さんのところの女の子、もう死んじゃったんじゃないかな。クレープをたくさん食べてくれたあの船上生活仲間の女の子の、予言めいた台詞《せりふ》が心をよぎる。子どもは、女の子はいたか？　そうつぶやいた老人のしわがれた声がそこに重なる。彼は言った。それで、子どもはどうなったんですか？　亡くなりました、と弁護士はさすがに一拍置いて応えた。数年まえにね。気づきませんでしたか、あの墓のむかいにあった小さな墓石に？　彼はそれに応《こた》えず、板壁にピンで留めたヴィエイヤールの《母と娘》の写真に視線を投げる。その両側に開けている窓の枠のなかを、真っ黒な石炭のような石を山盛りに積んだ平底船が、曳《ひ》き船の助けを借りて鯨のように波を切りながら横切っていった。

25

海にむかう水が目のまえを流れていさえすれば、どんな国のどんな街であろうと、自分のいる場所は河岸と呼ばれていいはずだ、と彼は思っていた。明け方に降りた露がからまって草々がしっとりにおいたつおだやかな小川のほとり、石とコンクリートで無機質な護岸工事がほどこされた都市の川べり、亜熱帯の半島の、生活排水と汚水がまじったなまあたたかい大河にかかる桟橋、向こう岸が見えないほど幅があってもう海と区別のつかない大陸の河口。歩いていても立ち止まっていても、水は彼に音のあるめまいを引き起こし、視線を下流へ下流へと曳航《えいこう》していく。その先になにがあるのかを教えてくれる者は、誰もいない。知りたければみずからの足で確かめればいいのだが、どの河のどの河岸と特定しなければ、流れの先の風景など結局は想像の埒外《らちがい》に置かれてしまうのではないか。いま彼は、その埒の外に置かれた河岸にいる。そう、ただ河岸にいる、とだけ言っておこう。水が水自身を持ち運ぶように、彼は彼自身の河岸を自由に移動させるのだ、現実のなかだけでなく、地上からは見えない暗渠《あんきょ》のなかにおいても。

＊

たとえばこれが一篇の物語なら、いま、彼のなかでなにかが終わり、なにかがはじまろうとしていた、と簡単に書き記すことができるだろう。残念ながら、彼の脳裡《のうり》にそのような意味での起承転結が組み立てられる余地はなかった。心の内爆は、いつかまた起こる。そして、起きたら起きたで、ふたたびそれを鎮《しず》めることもできるだろう。彼のなかに住んでいるジャックは、豆の木の頂上までのぼりつめ、鬼もなにもいないただの雲を垣間見《かいまみ》ただけで、さっさと舞い戻ってくるにちがいないのだ。高い高い目的地の一角に手を触れてすぐ戻ってくるこの往復こそがたぶん日々を送ることであり、日々を重ねることだからである。終わりはない。そして、はじまりもない。あるのは酸《す》っぱくて舌を縮ませるスグリの果実がみのるまでの、ながく単調な、そしてかけがえのない持続だけである。大家の死をなにか大きな区切りのように見なしてしまえば、微妙な往還運動がそこで止まってしまうのだ。

＊

ぼくには遠いようで近く、近いようで遠いひとでしたね、きみの老師は、と枕木さんが手紙に書いてきた。大きな区切りではない、と言わずに、大きな区切りであってはならないとするきみらしい理屈の捏《こ》ね方にはぼくも共感します。共感はしますが、老大家の死が小刻みな孤独の発作の、いや、ここではきみの用語を借用しましょうか、その死が連続する内爆のひとつであったとしても、そのつどのためらいの反復を肯定的に受け止めようとするきみの論理でいけば、乗り越えるべき決断の瞬間の集積からなるためらいの持続のなかに、あっさり回収される事件ではないかとも思うのです。そして、これは予想外のことでしたが、送られてきた訃報《ふほう》のファクスをまえに、ちょっと大袈裟《おおげさ》に言うと、ぼくは涙を流しそうになりました。悲しかったから？　そうかもしれないし、そうでないかもしれない。あのときの気持ちはうまく言い表せません。悲しみというより、むしろ腹立たしさに近いものだったようにも思います。存在することは外に出ることだと、きみに読んでもらった拙文にも記しましたが、外へ出ることは、じつはあたりまえに過ごすことと同義なのかもしれませんね。きみにも、ぼくにも、それはもうとっくにわかっていたはずです。でも、納得のいく言葉にできなかった。要するに、きみが異郷の船のうえで、ぼくが職場と呼ばれる空間で相手にしていた他者には、厳密に言うと種類があるわけです。概念としての他者と現実の他者、という二分のしかたではありません。このふたつは、ぼくらの暮らしに必要不可欠です。どちらもほんとうの他者なんですから。そうではなくて、現実の他者には、微妙な差異がつきまとうのです。いわゆる赤の他人がいる。手を差し伸べたくなる近しい他者がいる。そして概念化するときにだけ数に入れるような、つかず離れずの比較的存在の薄い他者がいる。ぼくらはそれらを、いつもひとつにしようとして苦しんでいるんです。じゃあ、ばらばらのままでいいのかといえば、そうもいかないところがむずかしい。そして、きみの言葉どおり、どれかひとつでも欠けたら、言葉の真の意味での孤独が成り立たなくなる。でもあの哲学的なワイン樽《だる》の老師は、きみにとってやはり特別な他者だったのではないでしょうか。郵便配達夫氏だって、突き放すための他者ではないはずです。だとするなら、やはりいくつかの他者の像とみずからをむすぶ力の比重に、偏《かたよ》りができる。バイアスがかかる。でも、その偏りにどうして倫理的な責任を取らなければならないのでしょうか？　偏りの補正法は、ひとりひとりちがうはずです。ひとりひとりちがうその補正法のありかたがすでに偏りなのですから、ぼくらの孤独は、そして他者との関係は、そういう無限の偏りの平均値のなかで、というに均衡が取れているはずではないでしょうか？　偏りは偏りのまま放っておくのがいちばんいい。内爆は、なにも阿呆《あほう》のためだけに用いられるのではないとぼくは愚考します。吹っ切らないことが、最良の吹っ切り方になる。そんなふうに言い聞かせるのが、きみの理想とする内爆ではないでしょうか？　臓腑《ぞうふ》を吹っ飛ばす火薬量のさじ加減は、それこそ千差万別です。そして、内爆がきみに必要だとするなら、誰にとっても必要なのです。いや、またしゃべりすぎました。もう止《よ》しましょう。ぐだぐだ書きましたが、一度も会ったことがないのにきみからのファクスや手紙や、それ以前からの話をつうじてなんとなく知己のように感じていた老師の死が、ぼくにはなんだか、妙にこたえたんですね。それを素直な言葉で表現できないのがもどかしいです。ながい手紙になりました。とにかく元気でやってください。これを届けてくれるだろう配達夫氏に、よろしくお伝えくださいますよう。不一《ふいっ》。

＊

偏りを補正しないこと。逆に、補正しないことで真の補正はなされる。なんだか大家の口ぶりが枕木さんに乗り移ったかのようだ、と彼は思う。これでは、まるで禅問答ではないか。それも、まことに筋の通った禅問答。論理的な悟りを開いたと言ってもいいこの割り切りようは、幸不幸の法則を「並列型」思考のなかで解釈しなおしたようなものだろう。それにしても、枕木さんの言葉の運びには偏りがないな、と彼はいまさらながら感服した。あっけらかんとしているようで繊細をきわめた言いまわしのなかに、年少の友人——であってほしいと彼は願う——にたいする微妙な補正法のヒントがこっそり滑り込ませてある。内爆は、手法と火薬量が異なるだけで、誰にでもあるとの指摘はとりわけありがたかった。なぜなら、これは行き詰まったあげくに出てくるなげやりな姿勢とはべつものだから。しかし、内爆という現象に気づいている者とそうでない者、それを意識的に引き起こせる者と自然発火を待つ者の関係はどうなるのだろうか。彼はまだ、自然発火のときを気ながに待つつもりでいる。発火の瞬間と燃焼とその鎮静までを、ありふれた日常のなかで、つぶさに見守るつもりでいる。そして、こうした受け身によってしか、発火の意志も、いくつかに分類された他者との関係の磁場のなかに海の怪物Kの出現を待ちつづけるような忍耐力も生まれない、という逆説を、まだかたくなに信じようとしていた。エンジンがなくとも、船は沈まない。流れに任すのではなく逆らおうとするときには、しかし曳《ひ》き船という外力が必要だ。ならば、外からの力を与えてくれるのは、いったい、どんな他者なのだろうか？

＊

それはそれは、と郵便配達夫はひさしぶりに焼いたクレープのうえにざあざあとグラニュー糖の雨を降らせ、ナイフとフォークを放り出して素手で四つ折りに、つまり扇型にしてそれを紙ナプキンに包むと、砂糖粒を臼歯《きゅうし》でジャリジャリとすりつぶすようにして食べながら、あなたの友人の「長枕《ながまくら》」さんに、こちらこそよろしくとお伝えくださいと言い、ジャムやヌテラ・バナーヌもいいですけど、わが女ともだちの教えに従うなら、クレープの本道は砂糖にあるそうで、もちろんバターはたっぷり塗ったうえでの話ですが、わたしもたまにこうして原始的な味わいのクレープが食べたくなるんです、と嬉《うれ》しそうに付け加えた。ところで、さっき仰《おっしゃ》ったのは、ビルの解体作業なんかでよくテレビ放映する爆破のことでしょう？　いやいや、そんな大袈裟な話じゃありません、と彼は訂正する。電化製品でいうなら、テレビのブラウン管がボンと破裂するくらいの規模ですよ。はあ、なるほど、と配達夫はうなずき、でも、あなたの国の精巧なテレビがそう簡単に煙を吐くとは思えませんけれどねえ、といたってまじめに言う。わが女ともだちの両親にはじめて会いに行ったときのことですが、その日は日曜日で、おそい朝食をいっしょに食べることになっていたんです。ところが、準備のあいだ父親が朝の番組を観《み》ようとして、うまく映らなかった。そうしたら父親がいきなり両手でたたき出したんです、猛烈な勢いでね、それはもうびっくり仰天ですよ、こう申しては失礼ですけれど、テレビ受像器を殴打《おうだ》するなんて、ちょっと頭が弱くて気が短い、おまけに乱暴な、たとえばわたしの父親みたいな大人のやることだとばかり思ってましたから、まじめで内気な公務員だと聞かされていた彼女の親父《おやじ》さんが血相を変えて受像器をたたきまくってる姿は、近来ない衝撃でした。で、そのうち、ぼうん、と音がして、煙が出た。古い古いテレビだったんですが、それでも客人の、というか娘の友だちのまえでの失態に、御本人はもとよりみな沈んでしまいましてね、居心地の悪いったらなかったんですが、その直後、台所からべつの爆発音が聞こえたんですよ。駆けつけてふたたび仰天しました、ご存知ですか、クロワッサンの缶詰を？ 彼は珈琲《コーヒー》を注《つ》ぎ足す手を止めて、配達夫のほうを見た。クロワッサンの缶詰？ ええ、わたしもそのときはじめて見たんですが、と配達夫は彼のほうにぐいと身を乗り出した。

＊

一同が駆けつけてみると、陽のあたる調理台のわきに置きっぱなしになっていた細ながい筒型の缶詰の蓋《ふた》がはじけて、パン生地みたいなやわらかくて黄色い物体がもくもくと噴き出していた。聞けばその筒は、クロワッサンの生地が封じ込められた缶詰で、ほんらいは冷蔵しておいて中身を取り出し、指示どおりにくるくる巻いてオーヴンにかければ焼きたてのクロワッサンが食べられるという手品みたいな商品だったのだが、直射日光をあびているうち生地が膨張し、ついには蓋をはじき飛ばしたのらしい。どうせ爆発させるなら、テレビじゃなくてこういうものにしてくださいね、と彼女の母親がしめくくってまるく収まりましたが、わたしが、あなたのその、内爆って言葉でまず思い浮かべるのは、このときの映像なんです。つまらない話で申し訳ありませんが。そんなことはない、じゅうぶん面白いですよ、と彼は神妙に言う。それならよかった、こんなことを話すつもりじゃなかったんですが、でも、内爆っていうのは、要するに、粉塵《ふんじん》や瓦礫《がれき》が飛び散らずにへなへな折り重なっていく、そういう壊し方ですよね、産廃の問題もありますから、それは自分自身のためである以上に、まわりのひとびとや環境を考慮しての、誉《ほ》められるべき行為になるはずです。そのとおり、と彼は配達夫の論理の飛躍に賛意を表明した。だったら、なぜ悩むんです？　あなたが内爆したって、容積はわたしの身体《からだ》の半分もないんだから、せいぜいクロワッサンの缶詰程度だと思いますよ。そこまで言って、配達夫は、いやはや、どうも、ごちそうさまでしたと、黙っている彼に大きな手を差しのべた。

＊

大家が柩《ひつぎ》ではなく樽に入っていたら、しっかりしたたがに締めつけられたその楕円《だえん》柱《ちゅう》のなかで内爆していただろうか。そんなことを考え出したらなかなか眠れず、彼は朝までふわふわした時間を過ごした。チェーホフ、ラジオ、チェーホフ。そして明け方、ベッドサイドのテーブルの引き出しからあたらしい煙草《たばこ》を取り出したついでに、入れたままになっていた麻紐《あさひも》のついた小さな丸い手鏡を引っぱりだして、つくづくと眺めた。この船にある調度のような時代を感じさせる品ではないけれど丁寧なつくりで、柄を握ったときのバランスがいい。あたらしくもないし、古くもない。この国の女性たちが手鏡を日常的に使っていたかどうか、記憶の隅からあれこれの場面を引っぱり出そうとして、彼はすぐにあきらめた。暮らしのレベルや趣味によって、家のなかの鏡の位置や形状はまったくちがってくる。マントルピースのうえの、木枠のついた重い鏡。玄関口にさりげなくかけられた楕円の鏡。洗面所に張られた枠なしの一枚ガラスのような鏡。土台があって角度が変えられる化粧鏡はよく見かけるけれど、鏡ひとつのスペースでさえ慎重に検討しなければならない船のなかの、それもベッドサイドに置かれた鏡と、彼のまえにここに住んでいた大家の恋人との関係は、いまだ推測の域を出ていなかった。旅先で買ってきたのか、友人からもらい受けたのか、あるいはあちこちにできはじめたアジア系家具や小物の店で見つけてきたのか。いずれにせよあの弁護士は、大家と彼女の関係を認め、この船に住んでいたことさえ認めたにもかかわらず、いま現在、彼女がどこにいるかについてはなにも教えてくれなかった。鏡はあらたな備品として、現状明細書に書き加えておけばいいのだろう。

＊

所有者のイニシャルも製造国のシールもない、つるりとした艶《つや》のあるその手鏡を持ってベッドを抜け出ると、彼はキッチンわきの柱に鏡を立て掛けて、珈琲を淹《い》れた。午前八時半。薄い雲の切れ間から陽光が差し、少しずつ青空がひろがっていく。土砂を積んだ巨大な鯨のような平底船が、その三分の一もない小型船に牽引《けんいん》されて、ひときわゆったりと流れを遡《さかのぼ》っていく。重い波が彼の船の、まだ見ぬ片側の腹まで届くと、軽い揺れが足もとからゆらりと伝わる。彼は窓辺に腰を下ろし、漫然と水面《みなも》をながめる。これを幸福のうちに数えるとすれば、いったい、いつまでつづいてくれるのだろう。たしかに聞こえていたはずの音楽は、もうずいぶんまえに途絶えていた。いや、途絶えていると思い込んでいただけで、じっさいには、例のごとくうとうとしてしまったのらしい。夢を見ているのか、見ていないのか。彼にはもうわからなかった。自分がいま眠っていて、しかも夢を見ていないと認識している夢なんてありうるのだろうか？　眼球の裏側の深い穴に、彼はゆっくり落ちていく。身体がふわふわと宙に舞い、軸がぶれて無重力状態になった耳の横から、不思議に乾いた音が聞こえてくる。音は徐々に大きくなり、やがて彼の身体をなつかしい感覚で満たした。

＊

目を醒《さ》まして、彼はそれが夢であったことを悟り、同時に、夢のなかで聞いていたはずの音がたしかに響いていることにも気づく。窓の外、向こう岸に目をやると、膝《ひざ》もとに太鼓を抱えたいつかの男が、土手の下で身体を揺すっていた。言葉を交わしたことも、手を振って合図をしたこともないこの太鼓たたきが、いまの彼には数少ない知己のひとりであったかのように映る。ほんとうにひさしぶりだ。どこか遠い町を渡り歩いて、路上演奏をつづけていたのだろうか。タム、タム、タタン、タム、タム、タタン——、タム、タム、タタン、タム、タム、タタン——。なじみの言語に耳を澄ますと、急に天井が明るくなって、川面《かわも》に反射した陽光が淡い文様を描き出した。水のなかに潜って水面にそそぐ光を眺めているようなぐあいだが、そのなかにひとつ、はっきりそれとわかる円形の光がうごめいていた。キッチンに立てかけておいた手鏡に、陽の光が跳ね返っているのだ。光はしだいに明るさを増し、船室ぜんたいを乳白色に染めていく。彼はなにかにうながされでもしたかのように立ちあがり、その手鏡を持ってデッキに出ると、対岸から差してくる光を拾って、遭難者が自分の存在を救助のヘリコプターに知らせる要領で、きらりきらりと光の合図をジャンベの演奏者に送った。まぶしがらせるためではない。感謝と讃辞《さんじ》をこめての、彼岸との対話のためだ。外へと放つコミュニケーション。破門、すなわちエクスコミュニケーションとは、現状にゆったりとあぐらをかいている自分を、自分にたいして静かに破門してやることだ。目をつむってたたいているのか、それとも演奏が佳境にはいってちょっとしたトランス状態に入っているのか、はじめのうちは気づかなかったが、ほど近い場所でくるくる輪を描いていた光が足もとで停止すると、太鼓たたきは驚いたように顔をあげてこちらを見た。彼はもう一度、光のリズムをととのえて、トン、ツー、トン、ツーと挨拶《あいさつ》を送り、船乗りにふさわしい手旗信号を無視した、ごくありきたりなやりかたで手を振る。すると相手は、両手をあげて丸をつくるように挨拶を返し、タム、タム、タタン、タム、タタンと、さっきまでの演奏とは異なるリズムで太鼓をたたいてよこす。タム、タム、タタン、タ、タム、タタ、タ。そして片腕を高くあげ、彼にむけて弧を描くように二度、三度と振った。陽はあるし、風もないのに、外はひどく肌寒かった。だが、深夜の天気予報によれば、午後にはだいぶ気温があがるという。予報どおりになったら、内爆なんて物騒な言葉はすばやく呑《の》み込んで散歩に出てみよう。このままずっと土手沿いに大橋まで下り、向こう岸に渡ってみよう。早足で歩けば、おそらく二時間ほどで着けるはずだ。その時間まで太鼓たたきがいてくれるかどうかはわからないけれど、あのすばらしいジャンベが据えられている場所に立って、対岸から彼の船の横腹を眺めてみるのも一興ではないか。それでなにかがはじまるわけでも、終わるわけでもない。幸不幸の配分を甘んじて受けながら、すべてはこれまでとおなじ顔をして彼のわきを通り過ぎていくだろう。気温九度、湿度三一パーセント、北西の風、風力一、気圧一〇二三ミリバール。河岸は平穏だ。高すぎず低すぎず、ゆったりとした灰緑色の水が流れている河には、Kの姿もない。

解説　弱さとためらいとゆかしさと

鷲田清一

わたしは小説を読んでいたのだろうか……。最後の頁《ページ》を読み了《お》えて、ふとおもった。言葉は、結晶のように明晰《めいせき》であるのにふくよかな襞《ひだ》に充《み》ち、複線の物語が、たがいに乗り入れ、小数点以下まで計算しつくされたかのように緻密《ちみつ》に紡《つむ》ぎだされる。なのに、一頁あるいは数頁にわたる文章の束は、香りたかいエッセイのようでもあるし、低い声で紡ぎだされる分厚いアフォリズムのようでもある。そして気がつけば、物語のなかに溶けいっている自分がいて、そしてまた物語からさまよい出てぼんやり別のことを考えている自分がいる。囲うものが何かさだかでないまま、とにかくある囲いがほどけて、中空に放りだされ、あてどもなくそこここをたゆたっている自分がいる。わたしの皮膚は、一瞬、すっかり生えかわったはずのあの産毛《うぶげ》が剛毛のあいだに、萎《な》えてちょろっと残っているかのような面映《おもはゆ》い感覚にくすぐられこそしたが、あとはずっと、そう、ずっと、全身が剝《は》がれかけのかさぶたのようになってちりちりしていた。

いまわたしたちが生息しているこの社会は、みずからおずおずと動きだそうとすれば、すぐに「あなたは何ができますか」「あなたはこれまで何をしてきましたか」と問われる社会である。それで「評価」が下される社会である。何もしないでいること、踏みだささないでいること、飛び込まないでいること、じっと待っていることが、それ相応の意味を認められがたい社会である。ためらい、あとずさり、尻込《しりご》みが、煮え切らないこととされ、ひとを苛立《いらだ》たせてしまう社会である。棄《す》てきれないもの、嚙《か》み切れないもの、見きわめえないものの存在が、迷いなく切り捨てられてゆく社会である。ある、と言い切るのが、いまわたしがそこへと合流することを拒もうとしているその社会に流通しているのとおなじ傲慢《ごうまん》で図式的な物言いになっているとすれば、そういう流れのなかにわたしたちの社会はみずからを置いてきた、と言いかえてもよい。

「移動祝祭日」ならぬ「可動式河岸」。めったにありそうにない冒頭のこの場面設定が、わたしたちにとってもっともありふれたもののひとつであったはずの風景にくるっと反転する。「彼」がねぐらとすることになった河岸に繫留《けいりゅう》された船が、比喩《ひゆ》とすら感じられないくらいになじみの空間となる。たった二頁で。

繫留された船は、たえず流れゆく水の上で、「いつでも出発できるのにあえてそれを拒み、待機しつづける」、そんな位置の形象だ。「足場のないところに足場を仮構するあやうさ」と作家が書きとめたのは、あらゆるものが流れゆくなかでじっと動かないこと、そこよりほかには〈自由〉の場所はありようがないからだ。「弱さ」「ためらい」「待機」「並列」、そして「片側」といった言葉が通奏低音のように響く。何かを拓《ひら》き、さばき、操作しようとして動くことをがんとして拒むこと。あるいは、見きわめないこと、決めつけないこと、割り切らないこと、無理に答えを出さないこと。ふつうなら「受け身」として一蹴《いっしゅう》されそうなそうした心根を、逃避でもなければ責任回避でもなく、明晰なひとつの視覚として、明確なひとつの「責任の取り方」として、裏返そうとする。じっと動かないのにとらえどころのないその状態を、ぎりぎりの均衡、ぎりぎりの緊張として描きだすことで。

たとえば、「水準の高い弱さ」について。「鉄人レースをこなすには、弱さのレベルをあげながら、しかも身心の均衡を保つために弱さを弱さとして残す微妙な皮膚感覚が欠かせないのだ」という観察。

「見きわめないように努めることこそが、見ることなのだ」から、「ぼんやりとしてかたちにならないものを、不明瞭なまま見つづける力」が何よりたいせつだという洞察。言葉にならずに「意味のこちら側にとどまって、五感のどこかを刺激しつづける」、そういう曖昧《あいまい》なものを、曖昧なままで精確に表現するのがほんとうの視力だと言わんばかりに。

「ためらうことの贅沢とは、目のまえの道を選ぶための小さな決断の総体を受け入れることにほかならない」のだから、「ためらうという刻々の決断を反復していく覚悟があるかぎり、戦闘的な寛容さと弱さの持続があるかぎり、ほんとうの芯《しん》が育つまではとにかく長大な猶予《ゆうよ》期間を与えてもいいのだ」と言い切る、より大きな決断。確かな累積と華やかな発展という夢に毒された「世間」は、「並列の夢を許さない。足したつもりなのに、じつは横並びになっただけで力は変わらず温存される前向きの弥縫策《びほうさく》を認めようとしない。流れに抗するには、一と一の和が一になる領域でじっとしているほかないのだ」という思想。

「実人生のなかの『私』の像は、あくまでも片側に、一面にすぎない。語っている人間のとなりに、正面に、すぐうしろに、あるいは離れたところに誰かがいてその言葉に耳を傾け、立ち居ふるまいを観察し、友人やそのまた友人たちからの又聞きをぜんぶひっくるめてつくりあげた、ずれやひびわれや傷があるふぞろいでいびつな像こそが『ほんとう』に近いものなのである。つまり、けっして焦点があわず、真実かどうかわからない姿こそがもっとも正しいのだ。しかも厄介なことに、そうした多重露出の像は本人に見えない。……」としつつ、たがいに無数の片側を晒《さら》しながら、奇蹟《きせき》でも起こらないかぎり「背中合わせのまま消えていく」ほかないのだという苦い確信。

これらすべての、口ずさまれてもほとんど聞き逃されてしまう微《かす》かなピアニッシモの声。が、それこそピアノ線のようにほんとうは強靭《きょうじん》な声であると、作家は告げる。ドイツ語の「理性」(Vernunft) が、「聴きとる」(vernehmen) という動詞に由来するものであったことを思いだすかのように。

最後の苦い述懐のあと、作家はこう続ける。「片側に気をつけろ。片側ふたつで両側になるとはかぎらない。そこには一に一を足して二にならない、あの並列つなぎのゆかしき世界がある」。おもえば、河岸に接してある船は、いつもずっと河の片側にしかありえなかった。こうして、片側にしかありえないというその事実のまわりに、「弱さ」「ためらい」「待機」「並列」といった概念が三々五々、集結してくる。

それにしても、これが〈自由〉の最後のかたちであるとは？　このときこの〈自由〉に、わたしたちはどんなイメージの衣をまとわせたらいいのだろうか？「ゆかしき」という言葉から、わたしの空想はひょんな方向へ膨らんでゆく。しばらく前までうかつにも知らなかった「リベラリティ」(liberality) という名の〈自由〉のほうへ。

「リベラル」という英語の、辞書に掲げられる最初の意味が「気前のよい、物惜しみしない」であることは存外知られていない。リベラルなスポンサーとは気前のよい後援者のことであり、お金にリベラルであるとは金離れがよいということである。わたしたちは〈自由〉ということで、何かが自分のおもいどおりになること、意のままにできることとおもいがちであるが、そのように自分を囲う、自分の意志を拡張してゆくのではなく、逆に自分をほどき、みずからのまなざしをまずは他者に贈りとどけるような自由、他者を押しのけるのではなく遠くから見つめるともなく見つめる自由というものがあるのではないか。鷹揚《おうよう》さ、気前のよさという〈自由〉である。それはほとんど、寛容（generosity）にひとしい。

そういえば、作家はこうも書いていた。「公約数を求めるのではなく、もう約分できなくなったその最小値がすなわち個になる方向でひとに接することこそが、きびしい試練なのだ」、と。まちがっても「分かる」などとかんたんに口にしないこと、何かを共有することで他者につながろうとはしないこと、そのためにもまずは自分を閉じないこと、まなざしを狭めないこと。

「待機」といういとなみについて、霜山徳爾《とくじ》は『素足の心理療法』のなかで、「鷹揚な、ゆったりした内的状態」であるとしている。それは、「コンピュータのプリントアウトを待つような待ち方ではなく、四季の運行を待つのにも似た、あるいは北国の雪の下で草木の芽がじっと春のくるのを待つような、自然への信頼感にも似たもので、時間に対して開かれている」、と。これにわたしは、かぎりなく儚《はかな》くも強靭なピアニッシモのいとなみでもある、とつけくわえたい。

（平成二十年三月　哲学者）

この作品は平成十七年二月新潮社より刊行された。

堀江敏幸著
いつか王子駅で
古書、童話、名馬たちの記憶……路面電車が走る町の日常のなかで、静かに息づく愛すべき心象を芥川・川端賞作家が描く傑作長篇。

堀江敏幸著
雪沼とその周辺
川端康成文学賞・谷崎潤一郎賞受賞
小さなレコード店や製函工場で、旧式の道具と血を通わせながら生きる雪沼の人々。静かな筆致で人生の甘苦を照らす傑作短編集。

堀江敏幸著
おぱらばん
三島由紀夫賞受賞
マイノリティが暮らす郊外での日々と、忘れられた小説への愛惜をゆるやかにむすぶ、新しいエッセイ／純文学のかたち。

堀江敏幸著
めぐらし屋
人は何かをめぐらしながら生きている。亡父のノートに遺されたことばから始まる、蕗子さんの豊かなまわり道の日々を描く長篇小説。

堀江敏幸著
未見坂
立ち並ぶ鉄塔群、青い消毒液、裏庭のボンネットバス。山あいの町に暮らす人々の心象からかけがえのない日常を映し出す端正な物語。

堀江敏幸著
その姿の消し方
野間文芸賞受賞
古い絵はがきの裏で波打つ美しい言葉の塊。記憶と偶然の縁が、名もなき会計検査官のなかに「詩人」の生涯を浮かび上がらせる。

池澤夏樹著

マシアス・ギリの失脚

谷崎潤一郎賞受賞

のどかな南洋の島国の独裁者を、島人たちの噂でも巫女の霊力でもない不思議な力が包み込む。物語に浸る楽しみに満ちた傑作長編。

池澤夏樹著

ハワイイ紀行【完全版】

JTB紀行文学大賞受賞

南国の楽園として知られる島々の素顔を、綿密な取材を通し綴る。ハワイイを本当に知りたい人、必読の書。文庫化に際し2章を追加。

池澤夏樹著

きみのためのバラ

未知への憧れと絆を信じる人だけに訪れる、一瞬の奇跡の輝き。沖縄、バリ、ヘルシンキ。深々とした余韻に心を放つ8つの場所の物語。

丸谷才一著

笹まくら

徴兵を忌避して逃避の旅を続ける男の戦時中の内面と、二十年後の表面的安定の裏のよるべない日常にさす暗影——戦争の意味を問う。

島尾敏雄著

出発は遂に訪れず

自殺艇と蔑まれた特攻兵器「震洋」。出撃指令が下り、発進命令を待つ狂気の時間を描く表題作他、島尾文学の精髄を集めた傑作九編。

島尾敏雄著

死の棘

日本文学大賞・読売文学賞
芸術選奨受賞

思いやり深かった妻が夫の〈情事〉のために神経に異常を来たした。ぎりぎりの状況下に夫婦の絆とは何かを見据えた凄絶な人間記録。